南阳青年作家丛书

叫喊

夏江 著

中原出版传媒集团
大地传媒
大象出版社
·郑州·

图书在版编目(CIP)数据

叫喊 / 夏江著.— 郑州 : 大象出版社, 2016. 2 (2016. 5 重印)
(南阳青年作家丛书)
ISBN 978-7-5347-8721-8

Ⅰ. ①叫… Ⅱ. ①夏… Ⅲ. ①中篇小说—小说集—中国—当代 ②短篇小说—小说集—中国—当代 Ⅳ. ①I247. 7

中国版本图书馆 CIP 数据核字(2016)第 001269 号

南阳青年作家丛书

叫喊

夏 江 著

出 版 人 王刘纯
责任编辑 侯金芳
责任校对 张迎娟
装帧设计 付锬锬

出版发行 大象出版社(郑州市开元路 16 号 邮政编码 450044)
发行科 0371-63863551 总编室 0371-65597936
网 址 www.daxiang.cn
印 刷 洛阳和众印刷有限公司
经 销 各地新华书店经销
开 本 787mm×1092mm 1/16
印 张 14.75
字 数 180 千字
版 次 2016 年 2 月第 1 版 2016 年 5 月第 2 次印刷
定 价 28.00 元

若发现印、装质量问题,影响阅读,请与承印厂联系调换。
印厂地址 洛阳市高新区丰华路三号
邮政编码 471003 电话 0379-64606268

总　序

南阳是国家历史文化名城，文化底蕴厚重，文化资源丰富，文化名人辈出。理清南阳文化发展的脉络，才能更好地探寻南阳文化发展的道路与方向。通过这几年对南阳的了解与感受，我认为文化是南阳最突出的城市符号，是南阳未来发展的宝贵资源。

南阳是汉文化的昌盛之地，其标志性无可取代。早在战国时期，南阳就是全国的冶铁中心，农业、手工业都十分发达。西汉时，南阳“商遍天下，富冠海内”，为全国五大都市之一。东汉时，光武帝刘秀发迹于此，故南阳有“南都”“帝乡”之称。经济的繁荣有力地推动了文化艺术的发展和昌盛。两汉、三国时期南阳名人荟萃：张衡的科学成就举世称誉，因而他被列为“世界十大文化名人”之一；以医圣张仲景为代表的汉代医药文化是中华民族乃至世界医药文化宝库中的瑰宝；足智多谋的军事家诸葛亮成为人类智慧的化身。南阳的文学、乐舞、绘画、雕刻等艺术门类异彩纷呈，各领风骚，在整个汉代文化艺术中占据着举足轻重的地位。特别是最能反映汉代艺术水平的南阳汉画像石和汉画像砖，朴素而不单调，豪放而不粗疏，被世人称为“东方艺术宝库”。

南阳是河洛文化、荆楚文化和秦巴文化的荟萃之地,其多样性特色鲜明。南阳文化既有河洛文化的典重质实,又有荆楚文化的清奇灵巧,还有秦巴文化的苍凉豪放。这是南阳自古以来优越的自然环境、发达的水陆交通和良好的社会经济环境决定的。南阳境内河流纵横,山川秀丽,是长江、黄河、淮河三大水系的分水岭和南北气候的分界线。从春秋战国时期起,南阳郡为秦、楚等国与中原各国的交通枢纽,由关中向江淮此乃孔道,由伊洛向荆襄此乃要冲,既是南北交通的咽喉,又是西北通往东南的必由之路。发达的水陆交通和优越的自然环境不仅为南阳的经济繁荣提供了得天独厚的条件,更为河洛文化、荆楚文化和秦巴文化在这里的交融与发展奠定了基础。

南阳是文脉相承的兴旺之地,其稳定性十分罕见。得益于优越的自然环境和区位优势,并且较少受到战争的影响,自古以来南阳文化都十分发达,兼容并包,千姿百态。兴旺的文脉如长河奔流滔滔不息,从未中断。自两千多年前到现在,南阳可谓“江山代有才人出,各领风骚数百年”。以科圣张衡、医圣张仲景、商圣范蠡、智圣诸葛亮这“四圣”为代表的历史文化名人灿若群星;“二十四史”里有记载的南阳历史文化名人超过800人。到了现当代,南阳名人仍然层出不穷。目前,仅南阳籍两院院士就有19人,占河南籍两院院士的三分之一。另外,还有以姚雪垠、二月河等为代表的南阳作家群等。

先辈留下的丰厚文化资源为我们开展文化建设提供了得天独厚的有利条件。我们要在传承和保护南阳厚重文化的基础上更好地创新与发展，充分发挥文化引领风尚、教育人民、服务社会、推动发展的作用，使文化成为实现南阳跨越式发展的新动力，成为南阳城市发展的终极竞争力，这是我们共同的历史使命。人类前行到今天，“文化是根，文化是魂”的共识更有力地彰显出文化本来应有的鲜明印记。如果说文化是人类改造客观世界过程中创造的精神成果的总和，那么，一个国家对民族精神的塑造肯定是文而化之的结果。在这个过程中，文学无疑充当着十分重要的角色。它不仅是民族精神最形象、最直接、最生动的体现，而且也考量着人类社会发展的文明程度。毫无疑问，南阳作家群在南阳文化建设方面发挥着积极的推动作用。南阳现有国家级作协会员30人、省级作协会员340人、市级作协会员450人，其中在全国知名或有相当影响的就有十数人。南阳作家群以整齐的阵容、众多的人数、独特的作品在中国当代文坛筑起一道亮丽的风景线，不仅成为文学豫军的重要力量，而且在中国文坛具有相当大的影响，是南阳当之无愧的文化名片和南阳人的骄傲，堪称南阳文化建设的一面旗帜。

近年来，南阳市委、市政府高度重视并支持南阳作家群的发展。为建设人才队伍，培养文学新人，南阳成立了文学院，加强了《躬耕》杂志、《南阳日报·白河副刊》等文学阵地的建设，为南阳的文学创作营造了良好的环境。全市广大作家坚持以人民为中心的创作导向，深入生活，扎根群众，创作了一批精品力作。这次我们从南阳老中青三代作家中遴选出35位代表，将其优秀作品以“南阳青年作家丛书”和“南阳作家自选集”两套丛书的形式结集出版，这是南阳文学发展史上空前的举措，旨在助推南阳文学创作，全面系统地展示南阳当代作家的整体实力，为南阳转型跨越、绿色崛起提供强大的精神动力和文化支撑。希望这种助推能够成为南阳作家投身文学创作的新动力，期盼各位作家在个性化的文学创作中获得更大的成功。

中共南阳市委常委、宣传部长　王新会

2015年11月19日

目　录

夏江小说印象

宋云奇

1

夏江是南阳青年作家中最具才情和发展潜力的小说作者之一。《躬耕》自2010年首发他的小说处女作《湖面上白色的迷雾》,2011年又在全年12期刊物中,连续发表了他5篇小说。短短几年下来,夏江在《躬耕》发表的小说,应该有十多篇了:《湖面上白色的迷雾》《我们的时光和循环》《照片》《刀舞》《天浴》《魂儿》《白画》《叫喊》《父亲的木条人生》……这样的连续推介登载,在《躬耕》的办刊史上尚不多见。

我们为什么喜爱夏江的小说?他的小说到底好在哪里?我觉得夏江小说的最大优点就是两个字:"新"与"怪"。"新"是超越传统小说的创新意识,"怪"是规避平庸写作的执着追求。这种"新"与"怪",是作者的才情使然,是作者大量阅读中外优秀文学作品尤其是现代先锋佳作的积淀所致,是作家抽象的理性思维与具象的社会现实生活的巧妙结合所产生的结晶。这种"新"与"怪",凝聚为一种超越传统小说的诗性特质——诗意。

什么是诗意？诗意就是诗的意蕴和境界。这种诗性和诗意，存在于一切好的文学作品之中。一首拙劣的诗歌，不一定具有诗意，然而一篇好的散文或者好的小说，却一定蕴含着这种诗意。写出这种诗意，在诗歌里相对来说比较容易，但在散文里就比较难了，在小说里就会更难。难得的是，夏江恰恰就是在最难写出诗意的小说里，写出了这种难能可贵的诗意——诗的意蕴和境界。这种诗性和诗意，贯穿于夏江小说的各个层面，形成了夏江小说的独有特点。这是夏江小说成功的秘诀。有了这个难能可贵的特点，即便作品存在这样或者那样的缺陷，也是具有极大发掘潜力的好作品；反之，如果没有这个特质，即便是找不出这样或者那样的毛病，也不可能是真正意义上的好作品。

请阅读夏江小说中的几段这种诗性的叙事和描述，品味一下他小说语言的诗意。

《湖面上白色的迷雾》："湖水是蓝色的，湖面上的迷雾是白色的。对面是一片碧绿的草地，它的左边是一条小路，右边，遥远的地方，一座雄壮的高山立在那里。""湖面上跃起一条小鱼，后面就绽开了一朵洁白的浪花。一瞬间，花朵以它最大的花形和最浓烈的香味表现出来，在他的眼里定格下来。不管怎么说，这条小鱼不就是花的蕊吗？他想。但他没有和她说。""她站在湖边一动不动。甚至比开始更加冷静。他向前走了几步，然后用食指指着对面的小路。他仿佛看见小路上走来一个女孩和一个男孩。他们蹦蹦跳跳的。这个男孩就是我，他想。"

《我们的时光和循环》："我看见从洞口里面飞出一只浑身紫色的小鸟。它轻轻拍打着翅膀，动作轻盈。很显然它没有飞向远处的想法。扑棱扑棱的声音一直响在我们耳旁，仿佛是借机向我们传达什么感觉似的。我几乎就要看清楚小鸟眼神里带着的温柔和浪漫。就像小小看着我时的眼神。""她存在于我的内心，而且是在内心的极深处，深得让我没有勇气和力量去把她挖掘出来。她就这样被埋藏了起来。在她身旁,近得是如此真切。但她又只是一种光芒,在遥远的天空中兀自发着光,既使我觉得朦胧,又于虚幻之中刺激得我全身的毛孔都张开,都痒痛。我无法确认什么,我们都无法确认什么。心灵里游离的东西实在是太过于奥妙,神秘的滋味摧残了我所有世俗的理智和判断,我只能飘飘然于自我设定的迷茫之中。"

……

再说一下夏江小说整体构思的诗意。《天浴》这篇小说的题目原为《洗澡记》,写的是20世纪中期两个天真无邪的山村少女——小隐和小开,两人相约到山涧清溪洗澡的故事。本来,洗澡是老天赋予人类的权利,然而却因为两个主人公是山村女孩儿,于是在陈旧落后的封建思想的重压之下,这件再平常不过的事情,就变成了一件极不寻常、石破天惊的大事情,并由此引发出一连串的是是非非、恩恩怨怨,最后连小说的两个主角——好朋友小隐和小开,也产生了无法弥补的心灵创伤与裂痕……夏江在不动声色的诗性描述中,将批判的矛头直指根深蒂固的农村封建思想桎梏,揭示了这种沉重桎梏对于天真无邪、淳朴纯洁的农村少女的深深荼毒与伤害……整篇小说读来,真像是一首让人思绪万千、幽怨愤懑的散文诗。正是鉴于这个原因,我才将小说的原名《洗澡记》改成了《天浴》。

再如夏江的小说《白画》。这篇小说的可取之处,在于其成功地塑造了一个十分独特的社会转型期的典型人物。小说男主人公白画——一个酷爱绘画艺术的拟似自闭症患者的生存窘态。他在兵工厂兴盛时期被女主人公爱慕,两人结为伉俪,但是随着兵工厂的倒闭转型,工人相继自谋职业,老婆吴馨尚且为一家人的生活奔突拼搏,而白画却在焦急困惑之中无能为力、一筹莫展——绘画无法突破,生活没有计划,空想大于行动,老婆为他找的活儿他也不想放下架子去做……作者将小说题目和男主人公的名字定为"白画",我觉得非常好。白画可以理解为绘画中的素描,也可以理解为中国的水墨画。懂得绘画的人都知道,素描的景深很远,中国的水墨画不仅景深远邃,而且画面本身就充满了诗情画意。夏江将小说的题目和男主人公的名字定为"白画",可能就是想以这篇小说为"画",以诗意描述的素描笔法,将人的美好理想与残酷现实的激烈冲突,诗情画意般地展现在读者面前,让人们深思、反省,并滋生出对畸形社会有所警醒和疗救的自觉。这就是《白画》的成功之处。

其实,不独是以上提到的几篇小说,其他如《魂儿》《刀舞》《照片》等,都是这种诗性写作的佳作,在此不再一一赘述。

2

除了上面所述的诗性写作,夏江小说的另一个值得称道的地方,就是他有意识地超越现实,用形而上的哲性眼光俯视俗世的社会,从所谓的"真实的生活"中撷取具有典型意义的微小的片段,并将这种片段综合、凝聚、打碎、搅拌,重新提炼为一种具有艺术层面意义的"真实"。这种艺术上的"真实",比所谓的"真实的生活"更真实,更可信,更能令人信服,更能让人警醒和反思。夏江的不少小说,都具备这种"超现实主义写作"的特质。

现举夏江的短篇小说《叫喊》为例。这篇小说原名《呼喊》,所描述的事件极其一般:作品中的主人公"我"正于凌晨酣睡时,却被一阵远远传来的尖叫声吵醒。这种凌晨的叫喊声,令"我"懊恼无比、痛苦不堪,终于"我"忍不住揭被而起,去寻找可恨的叫喊者进行交涉和抗议。几经周折,叫喊者终于找到了,然而,等到弄清楚了那人凌晨叫喊的缘由,"我"的态度竟然由对叫喊者的刻骨仇恨,转而变为对他的理解、认同和赞许,最后甚至禁不住地加入了叫喊者的行列,跟叫喊者"同流合污",一起在凌晨叫喊起来……

这篇小说所叙述的，就是这样一件十分平淡却又极具典型意义的小事儿。然而就这样一件微不足道的小事儿，要写出一篇像样的小说，却不是一件容易的事情。难能可贵的是，夏江做到了，这是夏江小说的一次难得的突破。

我为何说《叫喊》是一次难得的突破？因为这篇小说跟他原来的那些小说相比，是由初始的有意识的诗性写作，向更深的社会层面和思想层面上的跨越与开掘。这篇小说中那个叫喊者的叫喊，不是一般意义上的叫喊，而是一种精神重压之下的情绪宣泄，是一种绝望的号叫，是一种精疲力竭的抗争，是一种撕心裂肺的呐喊！鉴于此，我将这篇小说的题名，由原来的《呼喊》改为《叫喊》，让其更有动感和震撼力，也算给这篇小说锦上添花了。

稍感可惜的是，《叫喊》发表之后，夏江没有沿着这条路继续往前走，没有再写出几篇这样极具震撼力的作品。这不能不说是一种遗憾。当然，夏江没有继续这样写下去，是又选择新的突破方向了。他后来发表在《躬耕》上的《父亲的木条人生》，就是一篇时间跨度更大、社会观照面更广阔、思想蕴含更厚重的一篇力作。

3

当然，这篇文字写到最后，也要说几句夏江小说存在的不足。

正如前面所言，夏江的小说之所以能取得目前的成绩，就在于他自觉地摆脱了中国传统小说的套路，有意识地将抽象的理性思维与具象的社会生活相结合，选取具有典型意义的现实事件，进行诗情画意般的诗性雕琢。这是他的小说取得成功的主要原因。

然而，夏江的小说还不是完美的，还存在着这样或者那样的缺点与不足，譬如：有些篇什叙事描绘充满诗情画意，人物塑造方面却做得不好；有些篇什过于追求理性、诗性，冲淡了应有的社会生活气息；有些篇什形而上的主观思维先入为主，而对形而下的现实生活凝聚、提炼不够，显得牵强生硬；等等。

尤其近段时间，夏江的小说写作又遇到了“瓶颈”，主要问题是他过分追求理性色彩，致使作品生活韵味淡薄，有些篇什甚至看不出故事的脉络，读不出生活的影子。我们都知道，小说的三要素除了语言这个基本功，人物、故事和环境（生活）都是不可或缺的。不管小说如何诗性、理性，如何超越现实高于生活，但归根结底还是要依赖人物刻画、故事编织这些东西，还是要有社会生活的根基，要以现实生活为依托的。

我觉得夏江现在要注意的，已经不是继续“向前走”的问题，而是如何“向后退一步”的问题了。原本，他的小说取得成绩的原因，就是在坚守小说的三要素——故事、人物及环境（生活）的基础上，有意识地强化叙事语言的诗性，对现实生活进行哲性的凝聚、提炼和超越，然后再反过来观照、映射生活的。但是目前来看，他在这方面走得太远了，现在需要的是回过头来，在坚持理性、诗性的前提下，温习一下“故事、人物、环境（生活）”这一课。尤其应注意的是，要在选取事件的典型意义和撷取生活的原生态韵味方面下点功夫。

我想，如果这个“回头补课”做好了，夏江的小说还会“旱苗遇雨”“眠树逢春”，很快迸发出勃勃生机，写出更多更好的作品来。对于此点，我们坚信无疑。

宋云奇，河南省作家协会会员，现为南阳市文联《躬耕》杂志副主编、南阳市作家协会副秘书长、南阳文学院副院长。

天　浴

渡口就在小镇正东头，它把嵌在山窝里的小镇跟外面的世界连了起来。现在的渡口很新，小巧，有些现代气息：临水是十三个台阶的码头，岸边一个亭子，可以遮阳避雨，亭盖刷成天蓝色，四根柱子是大红色，看起来鲜艳夺目。码头和小镇的历史久远，可如今的人们对此不太感兴趣，所以说起它们的过去都显得特别无知。从这里走出去的人，偶尔也有回来寻古怀旧的，说这里的历史斗胆可以推测至汉代，小镇曾是这个地区发达冶铁业一个不大不小的代表。

从渡口回来的人远没有从这里出去的多。外面好像有一个巨大的抽水机，把这里有本事的人抽水一样地抽了去。来来去去的人们，到了渡口脚步大都会做些调整，停顿一下看看，宽阔的水面，一副厚德载物的模样，这也不全是大自然的造化，多半是下游一座水库的功劳。河道朝南，到五十米左右的地方，横折转向东去。横折是有原因的，因为碰到一座山，这山便是朱砂山，独独的一座，圆圆地隆起，像饱满的乳房，山石呈暗紫色。

十八岁少女张小开从渡口坐渔船回来。她是从小镇出去的闺女，父亲叫张有光，早些年还在这里住，后来一家人到城里做些小买卖，现在生意做大了，已经把家安在城里。人们都说这家伙现在混得阔了，再也不愿回破烂的老窝了，倒是他这个女儿，常利用假期回来几天，好像这个地方欠了她什么东西似的。

时间是后半晌，日头还没有把黄昏的光色调配好，四周某些地方冷不丁地会闪出刺眼的光，不稳定，没有规则。由于无法确定，难以捉摸，所以就显得扑朔迷离，好像张小开此时的心情。

张小开撑着一把小红伞登上了朱砂山，这里是她小时候最喜欢的地方。镇子里还有一个叫臧小隐的女孩，她也喜欢这里。那时候，两个小丫头野劲儿十足，小开扎一根儿梢儿钩子般弯下去的独辫儿。小隐是蘑菇头，后头齐刷刷的，油黑闪光，前头剪得多，脑门亮堂堂的，配上一张大脸，猛一看让人觉得她很“愣”。就是愣，现在小开还留有这种感觉。她俩一起在山上疯，看看这儿看看那儿，沿着石崖子晃晃荡荡地走，闻野花的香味儿，逮草里头的蚂蚱。疯到最后，小开的头发乱得像随随便便攥在手里的一把稻草。小隐呢，“蘑菇”成了“鸟窝窝”。

风化的山石变成了暗紫色的土，小时候她们不知道这是朱砂，那时候她俩都说这土里一定流了很多人血。不知不觉间，她们都长大了，想起那时候俩人“紧急时刻”猫着腰躲在大石头旁方便的情景，张小开现在还有点儿羞呢。臧小隐这时候在干什么呢？以前回来，见了面，小开聊得很兴奋。可是，她总觉得小隐肚里的话遮遮掩掩地不想吐出来。话还是说出来好，要说就说得痛快淋漓，她决定这次要和小隐好好地说说话。

到奶奶家安顿好后，她就去找小隐。

见了面，两人都愣怔一下，她们都觉得对方现在已不太像这个小镇上的人了。小隐原本单纯，清水洗涤过似的，可如今眼神里却透出几分孤傲和乖张。小开太青春了，浑身洋溢着现代时尚的气息，成熟性感于掩藏之时也欲蓬勃而出，这东西像胶水一样会黏人。

她们都曾经被母亲告诫过：记住，可得小心，搞不好你会伤人的。

对于这种无缘无故的告诫，她们似懂非懂，既有所顾忌，又不知从何做起。想想，自己怎么会伤了别人呢？只要别人不伤了自己就千恩万谢了。这都是当妈的神经过敏了，自己又没有做错什么事，凭空的为什么这么说？

现在，她们顾不上这些，急着要说话呢。

小开说："这次回来，我和老爸大吵一顿，他骂我不孝，叛逆，哼！凭什么！"

小隐先呆了一下，然后舔舔嘴唇，又把眼睛睁大了一些，这时小开就看见她的眼里发出一束冷冷的光。

"你不该和你爸吵，父女之间能有啥矛盾呀！换作我的话，我就……唉！不说了，你是你，我是我，不能代替哦！哼！"

她这么说是什么意思呢？你是你，我是我，本来就是嘛，还用再说出来？小开想，谁跟谁都不能互换的，她是不是觉得两个人现在不一样了，心里就有点儿不舒服呢？有什么呀！不就是我即将上大学而她已决定不上学了嘛！有什么呀！我还巴不得回老家，以后的麻烦事多着呢。想着想着，她的嘴巴就把它们全给交代了出去。小隐其实已经被现在的境况弄得挺伤感的，小开说的话里有几句又像刺一样扎着了她的心。

但她到底还是拐了一个弯儿，她说："你个死妮子，拿你妹妹开涮呢。"

"哪里敢拿你开涮哩，我说的是实话——跟老爸吵为的是改名字和年龄。"

"啥？改名字和年龄？为啥呢？"

"我这名字张小开，后面是'小开'，我讨厌死小花小草之类的名字了，像农村的傻姑娘。前后搭起来是'张开'，一个女孩张开——张开，张开干什么呢？听了叫人胡思乱想。"她没注意到说"傻姑娘"时小隐的眼神变化，只管继续说，“我今年十八岁，按说上大学正好，可是以后社会竞争太激烈了，我得为找工作和结婚多争取点儿时间，再改小一岁。”

听到这儿，小隐的心第二次吃惊了，这么巧，她也想改岁数，只不过她想改大一岁。

“我爸说我是瞎胡闹，说得轻巧，是你想改就改的？所以我俩就吵了起来。”小开说得忘乎所以。小隐搭不上一句话，只听得心里有一小股儿潮水一漾一漾的。

小开自己去找过主任，也求几个本家亲戚找过他，事情没办成。主任说：“瞎胡闹，改啥哩。一个小丫头片子来找我，真中！他老子咋就不回来呢？”她给小隐说了这些情况，生气又偏不信这个邪，大声说一定要把这事给办了，不然以后没法混社会。小隐暗暗觉得好笑，她想，要是自己改名儿和岁数，一定央求爹去，备个礼花点儿钱，如今兴这个。她本来是想把这话说给小开的，可是又觉得她们改的方向和理由不一样，说了怕产生尴尬和冲突，就罢了。她改大一岁是想着出去打工有人敢用，今年十七，改大一岁十八，是成年人了，不存在童工的问题，就连自己也觉得自己真是大人了，成熟了，不再那么害怕“他们”了。改名儿，想改又犹豫。这几个字儿又是“臧”又是“隐”的，不美气，别扭。小隐——小隐，好像弄啥都有“瘾”似的，女孩用这个名儿不像回事儿。可名字又是镇上老一辈中最有文化的李二爷起的，人家读古书多，用这几个字必定是有道理的。

她们的事儿似乎一开始就遇到了挫折，索性暂时不去管它。

为此，小隐心里少不了瞎琢磨。这女孩子做事，莫名其妙地很上劲儿，又莫名其妙地扔下不管了。

说起来这时候是她们共同的暑期。只是，对张小开来讲是真正的假期，而对臧小隐来讲却是永远的假期。这样一来，这些日子对于她们就又有了些与往常不同的意味。加上她们又正是少女心事难以料理的时候，所以行为和想法就显得与众不同。

她们不喜欢和镇上的人待在一块儿说闲话。她俩爱往朱砂山上跑，累了就到山脚下林子里休息。树影遮着她们的身影，脚伸下去就可以触到清凉的河水，动一动，搅起了小小的漩涡，它们随着眼前这妩媚的河水向前漂移，慢慢消失，也捎带走了她们心头的一点点惆怅。

有一次，她们在这里说话。

小开急躁躁地先说道："这心啊，有时候乱糟糟的，它蹦蹦蹦死劲地蹦，摁都摁不住，不知道是咋回事呢。就好像里面有个炸药包已经引爆了，轰的一声，只能等着开肠破肚了。"

她一开始就说出这般突然的话，真是不符合刚开始说话时应有的调儿。小隐不置可否，就那么莫名其妙地笑着。说开了，小隐也便轻叹："都说咱们女孩心里有个小鹿，我怎么觉得里头有只小野兽在跑着呢。"小开听了嗔怪地瞪着她，说何止是小野兽，简直像有个性烈的豹子在里面又抓又挠呢。随口又说："你整天就会装模作样，把什么都埋在心里，看把你给憋的，唉！可怜俺这个小妹妹……"话还没说完，小隐就打断她，说："你个死妮子，就会数落我，就会挖苦我，刚才的话跟我妈都没说过呀！你可不能嘴上没个把门的胡乱说。"她们你一句我一句的，说的都是无关紧要的话，中间俩人也笑笑，笑的时候她们就真像盛开的花。

又说到朱砂山，这回倒是小隐先开了口，她说："我看见朱砂山，尤其看见暗紫色的朱砂，总是莫名其妙地想到咱们女人。"用到"女人"这个词，她的脸红了。小开逗她说："少女脸上的红晕就是好看，我都忍不住想亲一口，何况是男人。""什么男人不男人的，"小隐说着指头都快戳到小开的脸上了，没有真戳到脸上，只是接着刚才的话说，"我总想到古代的女人，有穿旗袍的，有手执小扇的，有捏一手帕的，她们的小拇指翘起，那姿态可真是令人着迷啊！她们大都天生丽质、婀娜多姿、低眉含笑、婉约柔美。”她用了这几个文绉绉的词儿，小开就忍不住插话要她玩：“哎哟！到底是哪个文学大师调教出来的才女呀，说出来的话让人身上起鸡皮疙瘩哦！”小隐的脸更红了，嘴唇赌气地噘起来：“不跟你说了，你个死妮子，不说吧，你说我好藏着掖着，说吧，你又这样，你到底要我怎样呢？”

小开笑得更放肆，说：“别这样，别这样，我的林妹妹，宝哥哥给你道歉了。”

小隐不噘嘴了，继续说：“有时候吧，又觉得暗紫色的朱砂是鲜血，说不定是哪个女子在这里香消玉殒了呢。”说完，她自己心里倒有点儿沉重了。

“怎么又这样说呢，好端端的，你呀！——对了，我问你，现在的女孩是不是跟从前的大不一样？”小开边说边盯着小隐看，“你有没有想过，一个扎着小辫子的女孩怎么就变成一个性感的女人了？”小隐听了没有说什么。“我们女孩哦！影响咱们的到底是内在的东西还是外在的东西呢？我想起咱们那个一月一次的家伙就生气，可是……实在没办法啊！对了，对了，你说社会这个玩意儿到底是个啥东西？你说！”小隐瞪大眼睛看着她，不明白她的疯劲咋又突然来了。她的疯劲一来，说话就东一下西一下，像只野马在草原上胡乱地跑。

“哎！小隐呀，咱们说说爱情吧！你相信爱情吗？”小隐摇摇头又点点头，又摇摇头再点点头。

“你这样就像个傻姑娘似的，知道吗？”小开说。

小隐本来心里已有些难受，她这么说又使难受增加了些。她还觉得小开的话跑得远了，远了就玄乎，就没意思了。

“真正的爱情我们永远期待，也永远不可求，是吧。生活中我们渴求爱，是吧。任何一个女人都想当妈妈，可以爱孩子或者被孩子爱，是吧。哎！对了，小隐你现在有没有想过以后自己孩子的模样？”小隐惊讶得一阵慌乱，慌乱中就急匆匆地说：“羞死了，羞死了！你在外面就学了这些乌七八糟的东西。”

小开此时已深深陷进自己的思考之中。她的胆大可着实吓了小隐一大跳。小开最后幽幽地说：“如果一个女孩被人强奸后怀了孕，你说她该怎么着？”小隐听了生气地站起来，想走了。不该说这么没意思的话。谁知小开仍然不依不饶，说：“要是我的话，先不说告他不告他，一定把孩子给打掉。”

小隐能怎么说呢，正常人都会这样的。可她心里一直有一个怪异的梦：有一夜她在梦里遭了歹人祸害，怀了孕，肚子撅得老高，别人都骂她不要脸，爹妈哭着求她做掉孩子。她却大声喊着，我自己的事自己做主，你们哭也不行，是继续怀着还是打掉，都是我自个儿的事，别人管不着。那一夜她是哭着醒的。

这个梦，她是不能给小开说的。

她们俩竟然有闲心戏耍镇上的傻子，都是小开撺掇的，小隐只是无意地顺从。她俩遇着他了，不像别人那般嫌弃和厌恶他，照样又说又笑不避他。两个姑娘已经出落成婷婷少女，在傻子面前却不显羞涩和扭捏。她们拉着手走很性感的猫步不避他；耳语之后双手捂脸弯下身子屁股撅得老高不避他；甚至彼此看看桃花一样的脸，指指发育良好的乳房也不避他。傻子真是好福气哦！可他的表情却是完全地辜负了这大好的“春光”，他像个情窦未开的小孩一般瞪着毫无内容的眼睛，就连偶尔发出的几声傻笑也与“此情此景”无关。她们还故意挺着有相当高度的胸脯朝他扭摆过去，他照样无动于衷，再扭半步就要碰着了，他还是木然的，当她们是隐形人一般，弄得两个少女的心里就产生了一股莫名的怒气，都嗔怪地噘起红润的嘴唇要贴到他的脸上去了。猛然地，俩人又无比畅快地笑起来，笑着跑远了。笑声像乳白色的雾飘然而过，可是，这雾气却没有染在傻子身上，谁知道他傻子心里想些什么呢？

这一日的天气异常闷热，夜里，月光莹白，小开和小隐只穿了短裤和短袖衫,她们坐在山脚下的石块上说说笑笑,眼前的河水被月光照得白亮亮的。

当她们发现傻子躲在不远处的一块石头后面偷看时,故意把说笑声提高了许多。傻子像个老鳖一样把头缩下去又伸出来。

小开说:"傻子也想看女人洗澡吗?"

可两个少女并没有脱衣洗澡。她们只是弯下腰用手撩水泼洒对方。水花盛开,花瓣印在她们身上,打湿了短袖衫,凉凉的又有些刺激的感觉在肌肤上慢慢荡漾开来。月光笼罩身上,衣服湿润地裹着,使她们玲珑的身体曲线显得愈加妩媚动人。

疯够了,玩累了,俩人就安安静静地坐一会儿。

静坐得感觉有些寂寞了,她们就找些话说说。"这时候恐怕傻子已经走了吧!"小开说,"傻子看个啥玩意儿呢?他的脑袋不是坏了吗?还想动什么坏心思!"

小隐说:"可不是呢!你看刚才他的头多像老鳖头。"

小开哈哈笑起来:"老鳖头一伸一缩的。哎!像个啥?……"她说到这里就后悔了,她猜测小隐肯定又会多想,想到那个东西上去。果然,小隐接着就骂她起来,仍然是"不知害羞,丢死人了"之类的。

看月亮已离河很远了,小开说:"是不是该回去了?下面洗澡的小媳妇们早已回家了,咱们在这儿孤零零的有点儿神经呢。"小隐劝她说:"怕什么,我们这里的人安生得很哩,不像你们城里乌七八糟乱着呢,傻子他还能把咱俩怎么着?"小开笑着回应她,说:"小隐呀,你就是想法多,你看你又想歪了,我可不是这个意思。你信不信,我敢把傻子拉过来按进水里头。"

"啥呀?没意思。"小隐说,"咱俩少坐会儿,省得家里人操心。"

两个人又是你一句我一句地闲聊,把月亮聊得老高老高了才回去。

小开是按捺不住自己了。她几乎逢人便问如何才能把名字和年龄改一改,弄得小镇里的人一愣一愣的,不知道眼前这个漂亮姑娘哪儿出毛病了。有时候小隐跟她一块儿,话也没办法插上一句,只得扭头抿嘴暗笑。她自己没有明晃晃地把这事儿拿出来摆在众人面前,不该这个样子的。她暗暗地在爹面前露了点儿气,爹不吭声,盯着她瞅了好一阵子,表情怪模怪样的,她也就没再往下说。小开拉着她又找了主任几次,一次是院门口的大黄狗几声狂叫就打发了她们,吓得她俩心怦怦地跳了几天。一次倒是进了院,主任喝醉酒了在院里发酒疯,本来她们去的时候他快平静了,见着她俩酒劲腾地又上来了,骂将起来。不是骂她俩,指桑骂槐地骂他的死对头陈小六,只听得两个女孩耳朵根子红得发烧。第三次小隐不去,小开拽得狠命,像个泼妇,即便这样,小隐也没去。这算啥事,太没劲了,小隐是打算哪怕因为这事和她闹翻了也不去的。小开回来后,说主任算个啥东西,你讲什么道理到他面前都是狗屁,压根儿就不和你正经说事,还说咱们这些半大的丫头片子啥都不懂,唉声叹气的,像是感慨自己的孩子没出息。临了,嘴里放出一串臭屁来,说现在的年轻人真是胆大哩,个个像疯子。

好些年长的人就悄悄地解劝小开。他们以自己的经历现身说法,总之是一个意思,这样做是不知深浅,世上的事儿哪有你想的那么简单。小隐她爹也说过她们,明里是和声和气地开导小开,暗里是藏怒宿怨地教训小隐,只差巴掌没有甩在她脸上了。为这事,她爹还给主任说了好话,不让人家生气。小隐知道后心里很不是滋味,好像她们俩真的干了什么伤天害理的事儿,惹得天怒人怨似的。

为此,她俩心里十分郁闷,少不了在一块儿说些狠话发泄发泄。冷静下来时,她们觉得心里很害怕,就都想起了母亲的告诫:记住,可得小心,搞不好你会伤人的。难道人真的会伤人吗?是自己伤了别人呢,还是别人伤了自己呢?但愿两种情况都不会发生。想是想到这儿了,但俩人彼此却都没有流露出半点儿,这东西隐藏得太深了,怕是见不得天日吧。小开有一次想说说这,仔细想这东西太虚、太假,不是真东西,像梦中的烟,浮漂,命也短,不说最好,所以就没说。

有一天晚上,她们在小隐闺房里说狠话发泄,真来劲,那阵势,也有些轰轰烈烈的意思,战争要是在这时候发生,她俩上战场决定献身的信念肯定会有,最起码其中有一个会想马革裹尸。发泄得腻烦了,话题就越过眼前的障碍,倒不如畅谈美好的未来,以后的日子不还长着哩。对未来的憧憬十分神奇地拉近了她们之间的心理关系,共同的恐惧又使她们在交谈中获得了暂时的安慰。说着说着,小隐不由得就长叹一声。按说正是少年不识愁滋味的时候,这声长叹哪里该是她发出来的?小隐用指头点了一下心脏的位置,说:“这心呀,它到底是我的还是别人的?是我的,可它咋就不听我的使唤呢?”小开这时候却不合时宜地大声笑起来。她俩可真是有意思,不经意地就互换了角色。小隐放开了嗓门说个不停,小开成了一个特别忠实的听众。

小隐说累了,小开也听得累了。她们停下,寂静就是在这一刻像利刃一样刺过来。她俩都很害怕,求救似的朝外面看看。月光透过窗户洒了一屋,她们的身上也满是霜花和冰雪。看过之后,她俩扭头对看一下,彼此的心思也便明白了。是小开先出去院门的,小隐还待在她的闺房里未动,她倒忘了送客了。一会儿小隐也出了院门,小开在院墙根候着,眼神里的意思小隐是明白的。

她们是要上朱砂山的。

月光下的朱砂山分外美丽。她俩背靠背坐着。

小隐说:“我真的不想到外面哩!”

小开问:“为啥?”

小隐说:“留在家里,还可以照顾父母和兄弟,我也离不了这里的亲人和朋友啊!要是去了城里,想他们时多难受哦!再说,城里的人不厚道,太冷,男人更是花心得很,我可不喜欢。我到时候嫁个憨厚的农村孩儿,俩人好好干,发家致富,生几个孩子,过自个儿的小日子。”

“不骗人吧!”

“真的哩！咱这儿出门就是田野，开阔；城里，哪儿都窄，人都像住在火柴盒子里一样。”

“看你说的，奇怪！”小开说，“那你在家里靠什么致富啊？现在农村的年轻人不都出去打工了吗？”

“也是，也是。不过也有在家里挣到钱的，可是……说真心话，我……我也真不想一辈子围着锅台转啊！可……唉！”

“你知道我是咋想的吗？”小开的傻劲儿又上来了，“等以后我上了大学，要做好多梦呢！第一，可以参加个什么选秀；第二，可以到大公司做白领；第三，实在不行了，咱也去傍个大款弄笔钱……”

“你的脸皮可是够厚的了。”

“别这样骂我，现在这不算啥，还流行呢，一些大学生都当坐台小姐了。”

小隐听了又骂她是死不要脸了。

“说是那样说，我心里其实也很害怕。回来后，倒觉得很舒服，我真是个没出息的人。人家都是讲究有房有车、买名牌时装和化妆品、享受现代精致生活的，我却这样想。这样不对，应该那样。可是……怎么才能办得到呢？恼了去整整容，先改变外表，再改变内心。”

……

小隐正听着，小开却突然不说了，扭头看她时，只见闪着月光的泪珠儿正从她的脸上往下滚落。小隐一时不知道该如何安慰她。

暑气很浓，天气闷热。小隐想着拉她去洗澡可能会让她舒服些，给她说，她答应了。到了河边，小隐问小开：“脱不脱衣服？”

“脱！”小开回答得干脆利索。

顿一下，她又说：“哎！小隐，雕塑和油画你可懂得？”小隐说：“知道一些。”小开说：“有一个著名的雕塑叫《断臂的维纳斯》，维纳斯为啥要断掉两条胳膊呢？多可惜。她上半身赤裸裸，挺着两只乳房，是美，为啥下半身还裹着一缕白纱？扯掉了让人看看不是更过瘾吗？”小隐顶了一句:“脱掉了不就跟平常人一样了。”小开不理她,继续说:“我看许多油画上都有裸体女子,很美。哎!要你当那样的模特,你愿意吗?”小开这一问真是不怀好意。小隐故意逗她说:“愿意。”这样一说,反倒弄得小开不知如何才好。但也不能露怯,顶风作案一般,她板着脸问小隐:“你愿意,你有胆量,现在就脱给我看,敢不敢?”

“咋不敢?”

“你敢?”

“敢!”

可事到临头了,她们都犹豫了,仿佛脱衣服已经成了一种特别的仪式。

“这时候还怕谁在这里偷看吗?”小隐问。

“不怕。”说完小开就开始脱掉上衣和短裤,只剩下了胸罩和三角裤头。小隐有些吃惊地看着她。小开催她快脱,她无论如何也不肯脱。小开说不管你了,一个人站在那儿和她怄气。小隐想了一会儿,索性来个痛快的,于是迅速地脱掉衣服,一点儿都不剩。一具美丽的少女胴体展现在小开面前。小开看她的双乳,还偷偷瞥一下她两腿之间模糊一片的黑色区域,一时弄不清楚是真实还是虚幻,竟觉得如同在梦中见到了自己的身体一般。

等小隐的身体没入水中了,小开还呆呆地立在岸上。

那一夜,她始终没有脱掉最后的两件东西。她也一直弄不明白,自己的勇气那一刻究竟都跑到哪里去了。

她们在河里脱衣服洗澡的事儿不知怎么竟然传遍了整个小镇,悄悄地说得有滋有味。人们把这事儿说得变了样儿,说她们两个在河边脱得一丝不挂,还互相摸对方的乳房,你揉一下她揉一下,像老婆子在案板上搓白馒头……这话到底还是传到小开的奶奶耳朵里一些,小开的奶奶挑三拣四地给小开说了说,怪孙女做事儿不像话,只差没把“伤风败俗”四个字撂出来了。小开气得两天没吃饭也没出门。

小隐反而很淡然。无论她爸爸用怎样的眼光审问她，她心里都没有感到有多么羞耻。事情是明摆着的，不是他们说的那样。再说了，夏天到河里洗澡的女人多了去了，很正常，没听人们说这说那，偏偏她们俩就不行了，到底是咋的啦。

可是，事到如今，不管是小开的生气还是小隐的淡然，都不能改变人们的看法。过几天，她们出去玩，镇上的人看她们的眼神就和往常不一样了，仿佛每个人都可以看见她俩脱光了衣服的样子似的。她们都觉得浑身不自在，这样的眼神好像把她们重新还原到月光下河边的情景之中，她们是脱光了衣服站着的，人们一簇一簇地躲在石头和树干后面偷看，眼光像舌头一样舔着她们的身子；痒痒的，开始紧张，开始战栗，陡然又燥热、发狂。最后她们感觉身体一点点地死掉，往下沉，落入无限的虚空。

渐渐地，小隐觉得在这件事上她很明显地吃亏了，小开占了便宜。而小开心里的茫然和恐惧更重，她觉得这事儿怨小隐，是她一手造成的。于是，两个人不可思议地成了仇人。

小开的父亲张有光从城里回来，气势汹汹地把小开打了一顿。本来是个悄悄的事儿，他这一弄就等于把事情公开化了。也就怪了，自此人们再也不议论这事儿，把话厚厚实实地闷在了心里。小隐他爹只好暂时把她关起来，还说你净跟着外面的人学坏，将来还怎么找婆家。小隐他爹的话传到小开耳朵里，小开顿时觉得她这顿打算是白挨了。不过，这样倒好，两不相欠，扯平了，她心里的仇恨有些轻了。她要离开这里，本来想着要见小隐一面的，临走时却不愿见了，那点恨还在，一时半会儿怕是无法完全消融掉的。

小隐不能离开这里，这儿是她的家。最起码暂时不会离开，也许她日后还会在这里做个农村媳妇，概率很大的。也许她会过了渡口到外面闯闯，永远都不回来。无法预料的，想想而已。

在她们分别而又相互留有仇恨的日子里，小隐做出了她人生的第一个决定:她要寻一个机会,让张小开脱,她自己也脱,不再是为了脱了好洗澡,就只是为了脱光本身,她要看看她张小开脱光了衣服后究竟是个什么样子。

叫　喊

1

清晨，外面大雨倾盆。睡意朦胧中，那个人的叫喊声又开始往葛红宇的耳朵里钻。先是“嗬——嗬——”，接着是“回来呀——回来呀——”，最后是撕开喉咙的“哎——哎——”。听着听着，葛红宇的心脏开始狂跳，整个人也变得烦躁起来。他再也无法平静地躺在床上了，索性坐起来，大骂道：“疯子，疯子，你他妈的就是个疯子！”

其实，是他自己快要疯了。借用导师的话讲，这是典型的“斯文扫地”。又发了会儿呆，情绪稍稍稳定了些，他走到窗前，拉开了窗帘，透过雨幕去搜寻那个人。一段时间了，这成了他早晨的“固定功课”。

对面的树林被雨水冲刷得碧绿发亮。树林前面有一条小道，再往前是一条河，河水翻滚着，像一匹狂躁的野马。

雨小了些，原本聚集在南边桥底下的一小撮儿人，这时也开始陆续向小道靠拢，他们头顶上各种颜色的伞盖也缓缓移动着。

那个人出现在视野中，中等个，偏瘦，穿黑短裤，白背心，看不见脸，被黑色的雨伞遮住了。这个“疯子”还在叫着，全然不顾周围那些在洪水面前保持着平静的人们。

每天清晨5:30，准确得像定时炸弹，那个人都会站在河岸上大喊大叫——他不知道他的叫声已经让对岸某个人的心中产生这么大的反应。他们简直因此而结仇了，他却浑然不觉。

葛红宇是一忍再忍，到底又是忍无可忍的。因此，他便把那个人定性了，他是他的眼中钉，肉中刺。既然是“钉”，是“刺”，那就只能拔之而后快了。为此，他连扛起枪上战场的心都有了，他准备和那个人刺刀见红。

他盯着那个人看，眼睛睁得大大的，像一张嘴，里面全是牙齿，吃掉那个人的心都有。这样一来，他简直就像是一只野兽了。再借用导师的话讲，这叫作“间歇式的兽性大发”。可这并不怨自己，怨那个人。他才是一只狰狞的野兽，正对着自己发出饥饿的嚎叫。

看着看着，葛红宇想象着自己变成了一个巨人，只要一个跨步过去，就可以瞪那个发呆的小矮人了，之后骂他，扇他的左脸和右脸，踢他的大腿根儿。蛋！弄碎了吃掉，正好壮壮爷的胆。

然而，这一切究竟是为了什么？他怎么了？说来话长。原本，葛红宇是一只翱翔高空的雄鹰，现在什么都不是了。一切飞翔的梦想都落入现实的泥沼中了。别说雄鹰了，连一只会飞的小鸟都不是。他不轻灵，不自由，成了一只蠢笨而惶恐的鸭子。

一切都是“知识”的错。他学的是行政管理。不懂得的人一听就说：“娃子以后是当官的啊！”什么官？屁也不是。毕业了，他这个行政管理学士竟然没人要了。挺尴尬的。只好等着。又不能“荣归故里”，父老乡亲早把他当榜样“供”在心里了。再说，研究了这么多年的行政管理，总不能回去“管理”五谷杂粮和瓜果蔬菜吧。不能。死都不能。

对此，他是有清醒认识的。社会在转型，在跨越，从农耕文明到工业文明，中间裂出一道深沟，他的两只脚搭在两岸，左也不行，右也不行，反倒越来越有掉下去的危险。不能啊！死都不能啊！虽然他从来都没有被洪水淹没的体验，但他还是拼命地想抓住一根救命稻草。他不甘心。怎么就这样了？都是行政管理学士惹的祸。

还真让他抓住了一根。他的救命稻草是一个女人。她有钱，是个富婆，一个离异的单身富婆。其他还有什么，不知道了。严格地讲，还不能说是他抓，而是她抓。这年头，有钱人的手想抓什么就抓什么，没钱人的手能抓什么？无非是两种状态，一种是在空气中乱挠，一种是缩在自己的裤兜里，像只大王八。

那个女人可好了。在这个城市里，她是唯一对他"好"的人。给他吃，给他喝，让他穿得也体面，连眼前住的这套房子也是她的。她对他真是好，说是准备把这房子送给他，还要给他安排工作。你说，这样的大好事怎么就砸在他的头上了。他想不明白，也不想明白。糊涂一点儿好啊！就这么着吧，先吃两年青春饭再说。

女人现在不在他身边。她有自己的生意，一飞出去就是几个月。奇怪了，她一走他就开始烦躁，不是一下子的，而是一点点累积的，最后竟演变成生气了。

眼前就是这样。他把火气一股脑儿撒向了对岸那个人。人这个东西呀，就是不能闲，一闲就横生是非，得有正事干。

2

又过了几天，一天清晨，葛红宇提前出来了。他决定找那个人交涉。也许话一说透，他们就和解了。

"老板，锻炼呀！"

"嗯！"

"能不能不喊？"

"可以。"

"叔叔,早呀!"

"你谁呀?"

"能不能不喊?"

"你神经病呀!"

"同志!"

……

"早呀! 锻炼哦!"

……

"你喊得太刺耳了,小声点儿好吗?"

"老子在河边锻炼碍你啥事了? 小心把你摁到河里淹死你个鳖孙子……"

这是他路上的想象。如果照此看来,此行成功的概率又是很小的,可以说是凶多吉少。按理说,此事好办,你大声叫了,你影响到别人了,别人找你说了,你就该小点声儿或不叫了。这是理儿。可很多情况下,人们是不讲理的。讲理守规矩的都是没本事的老实人,但凡有些来头的,都像螃蟹一样横行霸道。

走到大桥上悬挂在路灯杆上的巨幅广告画前时,他停了下来。需要调整一下情绪,做事保持良好的心态才好。好了些。抬起头,他盯着画看起来,上面是一个风情万种的女明星。男人要是能娶到这样的媳妇,死了都甘心。他感叹。想到自己和那个女人的境况,又不免有一些小小的忧伤。突发奇想地,他对着画上的女明星演练了刚才想象的三个场景。女明星始终保持着自己的风度,骂不还口,打不还手,是个全心全意为人民服务的好同志。幸好没人。要是有人看到了,会把他当成神经病的。

公园门口有很多人,准确地说是有很多"城里人"。他又敏感了,几乎是百感交集——自己一无所有,而他们却如此幸福,为什么我们之间会有这样大的差距呢? 尤其当一个年轻女子开一辆红色跑车从他旁边经过时,他更是嫉恨起来。嫉恨是个很奇怪的玩意儿,它的根基是,为什么她有而我却没有?它向外弥漫着一些混合了羡慕和仇恨的气息。它们可以拯救一个人,也可以毁灭一个人。

公园中央的小广场上,一对年轻男女正在打羽毛球,白色的球在网上飞来飞去,笑声也随着羽毛球飞来飞去。他们是年轻的,这笑声也是年轻的,像晨曦一般新鲜。

他忘情了——年轻的女子吸引住了他。她在一个箭步救起即将触地的球之后笑了起来,笑声更是击中了他。等她扭过头朝他的方向瞥过来时,他惊呆了,多像他的小卓!不会是她吧?咯咯咯的笑声,桃花一样的脸,多么像。年轻女子停下来,她的身影是那样的楚楚动人,玉臂优雅地抬起来抹去额头上的汗珠,然后轻轻向下一挥,画出一道温柔的弧线,美丽无边了。洒落地上的汗珠想必也含着体香了,它们随着水分的蒸发暗暗飘向四周。他闭上眼睛,深吸一口气,似乎已经闻到了那些香味儿——他开始想念他的小卓了。

"啪"的一声,接着是连续的啪啪声。这声音打断了他的想念。他没有马上去寻找声音的来源,而是重新去看那个年轻女子,却不见了她的踪影。他来回搜寻,再也没有发现。他感到很失落,简直痛苦了。他捂着胸口,好像害怕心脏也像年轻女子的汗珠一样碎如齑粉了。

啪啪声来自陀螺。一个老顽童正在用力抽打它。很奇怪,他应该生气的,他应该骂人的,他却没有骂,还把怒气直往心里面压。有什么好愤怒的,有什么好痛苦的,生活原本就是这个样子,见怪不怪吧。

当他来到河岸时,阳光已经刺人眼了,那个人还在。葛红宇站在离他不远的河岸上。此时的河水虽然没有前几天洪水暴发时那么猛烈了,却依然是浩浩荡荡的样子。岸边的河水一阵阵荡漾,漫上去,把石砌的河岸弄湿了半米多高。河中央的水流平稳有力地向前流去,不时会跳跃起浪花,低凹处,漩涡打着转往河底钻,顶端深深扎进去,上面形成一个圆形的斜坡,像一把倒立的伞一样旋着。

他眼盯着河面上的漩涡发呆。本来漩涡是滚动着的,变化着的,可当他的眼睛一动不动盯着同一个地方时,漩涡就会在同一个地方接连不断地出现,就好像那个地方的漩涡从来就没有消失过。这是让他深感迷惑的。更让他觉得迷惑的是,看着看着,在阳光的照射下,那些漩涡幻化成一朵朵金色的菊花了——造型像许多女人纤细的手指簇拥着一样,它们根根聚集,向上,既不能说柔弱,也不能说是尖利的。

那个人的叫声响了,葛红宇一个激灵回过神来。他朝那个人看去,那个人似乎也感觉有人在“注视”自己。他突然停止叫喊,扭过头来,两个人的眼神一下子就撞在了一起。

葛红宇看到的是一个奇怪的人。他的脸消瘦,骨感,看起来太过紧张了,还显出一种病态。身体也发生了变化,脖子,胳膊,腰部,还有两条细长的腿都向外迸发着力量。这两个本来陌生的人瞬间就有了点儿“剑拔弩张”的意味了。

“不如就这样算了,走吧!”葛红宇想。可他又不愿意这么做。他是来交涉的,相当于谈判和议和,这样一走了之算什么。他的想法还是要提一提的,不然的话,自己也太他妈的无事生非了。

他是准备好了要给那个人一个微笑的,然后再表达自己善意的提醒。最真诚最灿烂的笑容马上就要绽放在他的脸上了,可是——就在这时,那个人向前紧逼一步,膝盖微曲,胳膊乍起,像只斗鸡,准备和挑战者搏斗——他又旁若无人地叫起来。

葛红宇的笑容尚未盛开便已零落。他的心往下沉,往下沉。简直就是宿命,就像面对生活中所有压力时一样,屡败屡战的体验让他深感虚无。他害怕了,既然无力改变,那就不如放弃。退一步海阔天空,让一点风平浪静。这一场精心策划的谈判,结果是他一句话没说就败下阵来。

事后,他一度十分后悔,埋怨自己为什么不直接说出来。不就是叫那个人不要再叫了嘛！多简单的事儿,为什么弄得如此复杂,简直演绎成一部《步步惊心》了。

“你就这点出息啊，葛红宇！”他在心里质问自己。这一问不打紧，噢！坏了——他气势汹汹地跑到厨房，拿了一把锃亮的不锈钢锅铲子，又钻进卫生间，关了门，挺直脖子站在镜子面前，用锅铲子指着镜子里的那个人，质问道：“你什么意思？你什么意思？欠揍啊！逼急了，老子杀人抢银行都敢，你算个什么鸟？”

这样给自己出了一通气后，他才渐渐平静下来。平静下来时，他瞥了一眼镜子里的那个人，嗨！蔫了吧，没出息了吧，你的眼泪正在脸上画道道呢。

3

一个月后，那个女人又“飞”回来了。以前是几个月“回家”一次，这次提前了。她想他了，她心里还是有他的。他竟然有点儿像备受冷落的女人终于盼回了自己的丈夫一样受宠若惊了。有个家多好！有个女人多好！这才是正常人过的日子，再有个儿子就美满了。他想得心里直笑。

既然回来了，那么就做。女人虽说已是半老徐娘，但风韵尚存，浑身上下散发出来的香味儿能把人淹死。女人兴奋了，他更加英姿勃发了。女人浑身战栗起来，而后躺在床上大口喘气。女人就是在这时候说了一句要命的话：“小五呀，跟了姐吧！”

这句话让他愣住了，他不知道女人是什么意思。他还沉浸在刚才的“战斗”里。这真是一场酣畅淋漓的胜利，他都成了攻无不克、战无不胜的将军了。

“你说什么？”

女人重复说：“跟着姐。”是不容置疑的语气。

“小五是谁？”他傻掉了。

女人说："兴你们男人三妻四妾的，女人就不可以吗？可以的。"

她这是要当女人中的"皇上"。如此说来，他就是东宫或西宫了。按现在的说法，那他就是男人中的"小三"。还不一定。也许是小四、小五……对，是小五，刚才她说过的。

她怎么能这样！

她为什么不能这样！

可问题是，"小五"算个什么东西。无名无分的，还不能保证以后能不能"转正"，前面可是有一、二、三、四呢，说不定后面还有六、七、八、九的。简直没有出头之日了。

于是，他又问女人："小五是谁？"

女人说："小五不是你，你是小宇。我的意思是你以后跟着我，一切都是我的，我养着你哦！"

原来是这样。他该怎么办？他不知道该怎么回答她。他心里一直都有娶个老婆生个孩子过正常日子的想法。她这样——如果一直这样下去的话——无异于让他断子绝孙。

女人已经开始收拾自己，把刚才的放荡一点点包裹在名牌衣服中，手表、戒指、项链又在相应的部位闪光了。而后，女人很郑重地对他说："跟着姐，你房子会有，工作会有，还保证你花钱如流水。"口气不是商量，没有一点儿讨价还价的余地。原来不是肮脏的包养，是姐姐对弟弟的关怀。纯粹了，不俗了。

他的脑子有点儿糊涂，嘴也跟着糊涂了，含混不清地小声嘟哝道："要命的。"嘴是这么说的，表情却出格地贱——他竟然对着她眨眼了。可爱的眼神，是弟弟对姐姐的那种。

女人显然是看到了。"姐姐"笑了，口气更像姐姐了——他都能听到妈妈般的温暖话语了。"姐怎么会要命呢，跟着姐只会享福的。你那个傻妹儿啊，咱不要了哦！"

女人并没有让他立即回答。做生意的都知道好事多磨的道理。

如果不是水到渠成、气圆馍熟的话，就是对方和你签约了，一转眼说不定便会撕了那张纸。霸王硬上弓是粗鲁男人干的事儿。精致的女人讲究的是精雕细琢。

他一时拿不定主意。还十分纳闷，好好的，怎么一下子就变成了这个样子了。“小五”“跟了姐姐”“一切都是我的”，这些话到底是什么意思呢？你这个女人——几个月时间就“改朝换代”了吗？还真的就扮起了含蓄而充满阴谋的“皇上”了。

女人只在“家”里待了一个晚上就走了。看来，在他正式答应之前，他们的好日子是没得过了。唉！幸福说来就来，说走就走，他现在只能望着它的背影唉声叹气。好在，房子还给他留着，钱还给他花着，电话偶尔还打几次，讲些不咸不淡的话，仿佛刻意把往日的那些甜言蜜语掩藏了起来。

你说这叫什么事儿？你说这叫什么事儿？他急躁躁的，心里又无限失落。他站在窗前对着城市最繁华的地方遥望，灯红酒绿处的那些吃青春饭的姐妹们，你们不容易啊！他现在深深地理解了她们。是感同身受，也是同病相怜——我们辛苦了。

4

真是一事不顺，事事不顺。他和女人的屋子“漏”了，偏偏“连夜雨”就来了。

先是爹妈。对于他的基本情况，他们大致是了解的，他们的宝贝儿子其实是在城里干耗着。他们却不能对外人说，相反，还得在亲戚面前说大话。往儿子的脸上贴金就是保全他们的两张老脸。不容易啊。要说老脸也没啥保的，破了就破了，血早就在几十年的风风雨雨中流干了，真没啥子可保的了。可问题是保自己也是为了儿子的体面。儿子一旦不体面了，破皮下面的血肉就会模糊的——那可真要他们的命。

当然,他们并不知道儿子和那个女人的事儿,只知道他在城里打拼。打拼好呀!人这一辈子不就是需要打和拼的吗?谁都是这样过来的。儿子生到这个时代说到底还是幸运的,还有个地方供他打,还有个事儿让他拼。想想他们,悲苦了,只有挨打受气的份儿,就是想拼也不知道和谁拼。不管怎么说,还是现在好。要是再年轻三十年,他们也会像儿子一样轰轰烈烈干一场的。

做老子的尤其得给儿子打气。他父亲停一段时间就要给他打电话。老子和他说话,从来都是单方面的说服教育。鼓励为主,消除不良情绪为辅。总之一个意思,你不能当孬种,得有个男人的样子,得混出息了,你要是灰溜溜地回来,家门就别进了,老祖宗的脸面都被你丢尽了。你说还怎么回?死了之后祖坟都不好意思进啊!

知道儿子不容易,心里憋屈,当妈的往往更心疼。她偷偷劝儿子说:“儿呀,咱别死要面子活受罪,大城市不中就小城市,官家饭不中就到市场闯,大公司不行小公司也是个干,到哪儿都会有口饭吃的,你这么悬着也不是个事儿,活人还能叫尿憋死吗?实在不行就回来,老家的人不都活得好好的吗?”

话是这么说的,理儿也似乎是这个理儿。可“话里面的话”却是沉重的,不甘的,憋屈的。哪能听妈的?不能。不但他自己不同意,父亲这一关也是万万过不去的。

虽然隔了这么远,但他仿佛已经看到了爹妈失望的样子,就像辛辛苦苦忙活了一季子的庄稼,临了却遭了灾,颗粒无收,那个心疼呀!

小卓更是他心里的疼。在外面这段时间,他常想起她。他俩可是青梅竹马,很难得的。他们一起长大,一起上学,又一起在这个城市念大学。要论谈恋爱的历史,他们两个都可以申请吉尼斯纪录了。毕业后,小卓选择回到老家,在一个偏僻的山村小学当老师。挺好。他们其实是商量过的,一个女孩子,要么当医生,要么当教师,都是很理想的职业。关于他,他们的意见也一致,要待在一块儿,爱情最好要有一个“共同理想”打基础。可是,最后他却退缩了,他坚决不能让青春埋葬在那个荒郊野岭上的破学校里。两人就分开了。

人分开了,爱情并没有分开。她舍不得他,他也舍不得她。现在,她眼里的柔情,双腮的潮红,嘴角的笑意,动情的低诉……这些往昔的美好都缓缓地流进了他的心里。它们是那么轻,眼神是轻的,呼吸是轻的,笑声也是轻的,多像一群可爱的精灵,在颤抖的心脏上无风自动。它们是隐秘的,似乎稍有惊动便会倏忽而去。

……

不知道是什么时候了,应该是她过生日的时候吧,静静地,他们的左手相扣,右手轻轻地按在彼此的心口上,闭着眼睛,不说话,他们似乎忘记了一切,只是相互感受着心脏的颤抖和甜蜜的爱意一点点传递,由你到我,再由我到你。

餐馆里,两个人的面前分别放着一碗冒着热气的面,她看着他用筷子将面条一根根挑到嘴里吸进去,忘了饥饿,仿佛他吃饱了自己也就会饱了似的。

寒冷的冬天,他骑着自行车在街道上穿行,她没有戴手套,他让她的手插进他衣服内,那一瞬间,他觉得四周空无一物了,只感觉她冰冷的手掌一点点使自己温暖起来。

竹林里,微风阵阵,竹叶婆娑,他和她背靠背在各自面前的竹子上刻字,青青的竹竿上显现出来一行嫩白的字来:我永远爱着你。然后,他们的笑声在竹林里来回飘荡。

一天晚上,月光皎洁。她躺在他的怀里。他说:“你永远躺在我怀里吧!”她说:“好啊,我愿意。我想躺在你怀里死去呢!——我只想死在恋人的怀里。”他拧了她的鼻子,不让她再胡说。

……

他想起来了,想起来了这么多的画面,一阵乱糟糟的冲动让他再也无法平静了。如今,似乎所有的美好都渐渐离他而去,抓也抓不住,只有一些碎片还时不时会闪现出来,只有一些痕迹还能偶尔被他的情感浸润起来。

小卓常在电话里说:"小宇,小宇,你说过的,我是你的,你也是我的。可不要忘记哦!"

他说:"是,是,我们是属于彼此的。"

这话相当于调情。由于距离的阻隔,这种"调情"反而愈挫愈强,都泛滥了。两个人都有点儿受不了,又不能解决实际问题,除了对着冰冷的手机屏幕亲热,什么也做不了。所以说,有时候人说话连屁都不如,屁闻着还有个臭味儿呢。

小卓往往会趁"调情"之际劝他回来——孩子们多可爱,乡亲们多淳朴,山村多宁静,心里多安稳,回来多好,你就回来吧!

他还是不愿意。

"回去好吗?你真想一辈子待在山里面?你想当孩子王,我可不想。"

"当老师有什么不好?工作稳定,内心踏实,我觉得再好不过了。"

"好个屁呀!你那个学校像座破庙,你要我在那里当和尚啊!"

他们往往是不欢而散的。可平心而论,小卓的想法他并不是没有考虑过。考虑的结果是,与自己内心深处的想法相当契合——青山绿水,田园牧歌,教书育人,与世无争。多有诗意。越想越有感觉。可奇怪的是,越有感觉他反而越害怕了。

5

那个女人开始催促他了,而且越来越频繁。女人说:"姐的要求不高,就三个条件:一是不能让家里知情,二是不能谈女朋友,三是不能随便结婚。姐希望你对爱情专一一点儿,姐最讨厌的就是那些三心二意的臭家伙。”

他不知道该怎么回答，只能似是而非地嗯嗯两声。

女人后来又问了他多次，都是相同的一句话：“小葛子，你想好了吗？姐可是等着呢。”声音特别温柔。温柔是温柔，好听是好听，但骨子里还是高傲，而且，他似乎听出最后通牒的意思了。

好像真的是最后通牒。接下来一段时间，女人不问他了。这是要对他进行冷处理。她是“冷”了，他的心里却烦躁起来，仿佛有一万个诱惑在心里潜滋暗长，又仿佛有一万个巴掌在脸上噼噼啪啪直响。特别烦时，他就在心里大骂她：“干你娘的！”可回过头来，又觉得不该骂。骂有什么用！

好像又不是最后通牒。女人不是这样的性格，想当“皇上”呢，君临天下的人都是有雄才大略的，不可能这样肤浅，说不定另有计谋。他是猜不到的，越是猜不到就越想猜。这真是个让人心烦的糊涂账。

一切都让他心烦。而那个人的叫声依然不依不饶，像盛夏时节的知了一样，在别人心烦意乱的时候还自顾自地拼命聒噪，那人家就急了，就要想办法把它给弄死——死了可就不叫了吗？

说起来似乎有些滑稽，他心烦意乱了就要拿别人开刀。避实就虚，实在是没有办法的办法。但也确实彰显了我们中国人的聪明，也是虚伪之处。当然，他并没有在心里夸自己聪明。他只是“咬住”了那个人，像只饿极了的狼。这叫什么？这叫饥不择食。类似的说法还有很多，比如贫不择妻、慌不择路，以及病急乱投医等，都堪称国粹。

就咬上那个人了。其实那个人也不算太冤枉，因为他的叫声实在是太大了，再加上周围其他各种嘈杂的声音，比如广场舞曲的咚咚声，扯起喉咙的乱吼声，鞭抽陀螺的啪啪声，街道来往车辆的隆隆声，市场上此起彼伏的叫卖声……它们混合在一起，简直就是群兽吼叫。

一场“争斗”在所难免。要斗争就得讲策略。他想到的第一个办法是建立统一战线，就是联合小区里的人一起反抗。他相信饱受叫声折磨的不只是他一个人,大家也该如此。

可事与愿违,大家似乎对此无动于衷。

一天中午,他在小区里碰到一个中年妇女,她的眼神很冷漠,是陌生人见陌生人的样子。几经犹豫,他终于开口了:“大姐,对岸的叫声是不是很闹心啊?咱们想办法让它消失,好不好?好不好?”

她是深感奇怪的。不吭声,想走开。他又追问:“大姐,你说……好不好?”

她的身子就要移开了,头偏了一下说:“咋了?烦了你住到深山里得了。”

话是让人失望的,更让他感到羞愧的是她的眼神,轻蔑的,仿佛看到了一堆污秽。他敏感地察觉到她眼睛里写着一个词:鸭子。没等那个中年妇女走开,他已经失魂落魄地逃掉了。

此路不通。看来还是得独自面对。就是兵对兵,将对将。

他终于又一次走了出来,和那个人隔河相望。狭路相逢勇者胜。他决定以血还血,以牙还牙,你喊我也喊,你叫我也叫。

其实,事先他倒是谋划了几个方案。其一,气势汹汹地过去,照着那个人的脸就是一个耳刮子,且骂:“叫什么叫哦!死你亲娘了哦!”其二,蹑手蹑脚地过去,逡巡,送去期盼的眼神,他也许可以感受到的,而后自我反思,而后放下屠刀立地成佛。其三,不卑不亢地面见对方,像个使者,晓之以理,动之以情,然后化干戈为玉帛。其四,平静地过去,静静地站在他身旁,模仿他叫,让他听,然后,感同身受,理解万岁,一切就好了。其五……

谋划得挺好。可说到底,这些方案又都是缺乏现实操作性的。无论哪一种,都有漏洞。只能一对一单挑了。

他昂起头,咬紧牙关,两腮上的肌肉突起,眼光似箭,射向对岸的那个人。当那个人的叫声又一次响起时,他的叫声也雄赳赳气昂昂地跨过了河流。

相互叫了一阵子，却没有一点儿效果。他们是互不牵扯的，驴唇不对马嘴了。这算什么事儿，你说这算什么事儿。他突然恼羞成怒了，决定来点儿粗的，就是冲那个人骂“操你妈”。可真的骂起来时，他却像个软蛋。本来，这三个字是富含雄性激素的，却被他喊成了软语。他喊的不是汉字，而是汉语拼音。缓慢地，尾音翘起，撒娇地拖长了，像是冲着国际友人学习外语。

“操你妈”被他喊了很多遍，那个人仍然无动于衷。他嘴巴里喊出的“子弹”呼啸而出，一颗颗从那个人的耳边飞过，那个人却不知道是子弹。他不知道有一个人正在对岸和自己叫板。也许，他只是觉得对岸有一个人在发神经呢。

他又一次失败了。失败是失败了，他却不愿意轻易服输。他想啊想，想啊想，就想到了战争年代的人和事。战争给了他灵感，他茅塞顿开。不一定非得正面冲锋陷阵，侧面迂回也是行得通的，但最好的办法还是在背地里鼓捣。隐蔽，安全，借力打力，化敌于无形。想通了，他就调整了策略，他要在不暴露身份的情况下开展地下工作。说到底，这尤其是我们所擅长的。

他在当地最热闹的论坛和贴吧里发帖子，在政府门户网站和有关部门的网页里投诉，都是关于那个人和河对岸那些噪声污染的。是客观情况的反映，也是个人情绪的宣泄。网络像汪洋大海，他在里面撒了许多网。他的网就是帖子，也就是所谓的顶。顶上去，顶上去，万里长城永不倒。

他并不期待自己的帖子能形成网络风暴。毕竟，这种情况是少数的。但隐隐的，他心里还是有一种期盼，具体是什么，却不甚明了。偶尔冒出来一些，都是堂吉诃德式的。连他自己都笑了——多么滑稽，多么荒唐。

6

那个女人到底等不及了。她是做生意的,很讲究效率,时间在她那里不只是时分秒,还是金钱,就是所谓的“一寸光阴一寸金”。她在背后出手了。她不知道怎么弄到了小卓的号码,就把电话直接打了过去。女人问小卓:“你叫小卓?”

小卓很奇怪,这个人的号码她不熟悉,声音也不是她认识的,她怎么知道自己叫小卓?小卓没有回答是或者不是,而是很警惕地反问:“你是谁?”

女人不急不躁,接着问:“你是不是小卓?”声音真是平静极了,她从来都是这样的胸有成竹。

小卓感觉有些不对劲儿,这个女人的声音对她构成了极大的威胁。她有预感,这个女人恐怕和小宇有关系。她有点儿急了,声音里冒出了火苗:“你究竟是谁?你可不能欺负我的小宇啊!”

女人料定小卓会猜到这一点。没有办法,这是女人的本能。同样是没有办法的,女人的痴情换不来男人的忠诚。你不能用情,你得用些办法制服他们,那他们就乖了,比女人还乖。男人的心如果分成八瓣的话,只有一瓣儿花心用在女人身上,其他的都在钱上。这是男人的天性。你也可以说是他们的责任。

这小孩子哪里懂这些?

对付小卓这样的“弱女子”,女人有的是办法,想都不用想。她说:“我是谁不重要,重要的是小宇,是吧!你放过他吧!”口气不是在商量,而是在发号施令,是“吃定”了小卓的意思。女人从来都是这样飞扬跋扈。

小卓不吭声了。其实是太生气了,甚至是恐惧了,绝望了。她这样的弱女子,哪里能经得住狂风暴雨的摧残?她不吭声,紧紧咬着牙,眼神散乱开了,人变得迷迷瞪瞪了。但下意识地,她絮絮叨叨地说:“我不放过他,我不放过他,死都不放过他。”一遍遍地重复,几近痴呆。

女人依然不依不饶,她说:“你还是放了他吧!你说,你能给他什么?什么也不能。对他来说,你就是个累赘。”

她这样说是要给小卓致命一击的。显然,她的目的达到了,小卓现在真是迷糊了。但她心里实在又是明明白白的。抛开“情分”不讲,从“功利”的角度说,自己对小宇的确是个拖后腿的,不但没有一点儿用,而且还要把他拖到这偏僻的山沟里。这女人说得对啊!小卓在心里无限哀伤地感叹了,眼泪还不争气地往外涌。她赶紧用手背使劲抹去,哪里能抹得去,刚抹去一层,后面的就又淌了出来,好像是自己的手正在扒开一个汩汩的泉眼。小卓其实是不想让眼里淌泪的,太没出息了。依她的性格,泪在肚子里像小溪一样流才好,不能在眼里淌的。越是在这种时候,越是要笑呢。

女人发动完最后一击就撤了。挂了电话,只留下小卓一个人伤心欲绝。白天硬撑着上了课,晚上就一个人孤零零在房间里绝望。她不打算给他挑明了,更不愿意让外人知道。他有这个脸,她是没有这个脸的。

星期天回家,小卓妈看出了些端倪,但左问右问啥也问不出。小卓是一丝一毫都不透露。在这个问题上,世界上最亲她的妈也是个外人了。没有办法,死也不能说。自己的脸面可以不顾,他的脸面可是金贵着呢,得顾,不能破了,一破就再也修补不好了。

小卓妈越问越紧,小卓的嘴也闭得越紧。一动一静之中,显然已经拉开了一种阵势,当妈的是心疼和关心,女儿是愁肠百结和闷在心里。小卓还不能过于伤悲了,反而得一点点坚强起来。她表面上装得跟没事人一样,脸仿佛会说话——妈,你看,你闺女这不是挺好的吗?没事,没事,真没事。

虽然小卓妈最后一丁点儿东西也没问出来,但明眼人一眼就能瞧出来,这小卓有问题了。还不是一般的,是大问题。大问题只有一个,那就是她和小宇的事儿。这种事儿哪里能装得住,越装越不像,越装越露馅。这个傻丫头,在你妈面前都有二心了。傻丫头,小宇值得你这样?当妈的想骂她的心都有了,突然,眼泪却顺着脸颊汩汩地流了出来。

小卓妈到底气不过,跑去找小宇父母算账了。按照农村的规矩,能做到这一步也是放下身段和脸面的了,孩子之间没名没分的,关系也没有定下来,你女方当妈的凭什么闹?丢人现眼倒还是其次,如果人家是得了便宜还卖乖的主儿,不气死你也让你脱层皮。好在小宇的父母不是这样的人。他们还算通情达理,说是问问这家伙究竟是咋回事,让小卓妈等信儿。小卓妈就回去了。

老两口在儿子的事儿上也弄不太清楚。这是孩子们的“感情问题”,他们咋会知道底细?他们哪能管得了?可管不了也得管,谁让他们是他的爹妈呢!在如何管的问题上,老两口其实也有分歧。小宇妈是个精细的人,说是孩子的事儿不该管的不管,该管的一定要管。咱孩子和小卓从小就好,有感情,咱可不能教他当陈世美。小宇爹是个粗糙的人,说是赞同老婆子的原则,该管管,不该管不管。但在儿子和小卓的问题上,他就像希望儿子在外面“混”一样,不主张儿子回来,意思是他们成也五八,不成也四十,说他们要是黄了,儿子在外面再找一个还不容易!

老婆子听他这么说,急得拎起刷子疙瘩就要敲他的脖子,最后忍住没敲。老头子先是暴跳如雷,说你还要反天哩!然后是扑哧一笑又服了软。一辈子的情分摆着呢,哪能说红眼就红眼。他说:“你说该咋办,老婆子?”

“我看你得进城去看看,这小子在城里究竟干的啥咱也不清楚,反正总归是不容易。老头子,你不知道,有一回儿子给我打电话,一句话都没说,对着我耳朵哭了半个钟头呢。后来再问他咋了,笑嘻嘻地光给我打哑谜,一句实话都没有。”

“那你咋不给我说说哩!”

“给你说有啥子用？除了急,没啥。你恼了再打电话骂他没出息,他受不了咋办哩!”

“他娃子就不能哭,男儿有泪不轻弹,还当着父母面儿哭,真没出息！就为这,我得教训教训他。”

“不是,不是,你不能这么逼娃子,听我说,城里难混不如就回老家吧！像小卓我看怪好哩!”

咦——小宇爹拉长了腔调感叹。

咦——小宇妈也拉长了腔调感叹。

7

父母究竟是什么意思呢？其实最清楚不过的还是葛红宇自己。当他接到爹的电话时,就明白了爹妈的想法,一个是叫他在外面“建功立业”,一个是给他备着“归隐田园”的退路。

不过,小宇爹在电话里没有说小卓的事儿,只说自己“和你二叔一块儿进城里打工挣钱,顺便看看你们,看看娃子们都在弄些啥”。

原来如此。说到二叔,也就是爹的二弟,爹是最看不起他的了。一辈子都是个软蛋,啥事儿都弄得窝窝囊囊的,光有被人欺负的份儿,从来没有欺负别人的时候。靠在建筑队干个小工,养活一家子人。唯一的儿子上学好好的,却突然不想叫上了。爹气不过,骂他:“你个混蛋为啥不叫二才上学了?”

二叔苦笑道:“咱这家庭能出大学生？咱这家庭能出人物？咱这家庭就是干活的命!”

爹气急了,说:“咱这家庭咋了？啥都行。”

在爹的坚持下,二才才顺利上了高中,读了大学。可大学生“咱这家庭”是出了，人物却没出。真应了二叔的话，二才毕业后找不到体面的工作，只能漂在外面，和没上过大学的人一样打工干活。为这，二叔倒也没有埋怨太多，只说咋着都中，咋着都中，都会有口饭吃的。好像是二才上学花的那几万块钱他一点儿也不心疼似的；好像是因为二才上大学而欠下的那些外债他一点儿也不着急似的；又好像是二才现在高不成低不就的尴尬状态他一点儿也不发愁似的。

他答应和小宇爹一块儿进城，是因为看电视上说大学生就业压力大，好多年轻人都想不开了。这让他心焦。就想看看儿子，和他说说，城里不中就回去，饿不死人的。这想法倒是和他大嫂一样。大哥不是这么想的，他历来都心眼稠，想法多。他是咋想的我不管，我只管我的想法。对他大哥，他坚持着这样的原则。

他们就过来了。和同村一个小工头一块儿，彼此好有个照应。一过来，小宇爹就着急上火地打电话说：“你小子给我弄一桌子好吃的，再整点像样的酒，我叫上一块儿来的人潇洒一下，你得给你老爹的面子撑起来啊！”

一说一大堆儿，弄得他满耳朵都是鸡鸭鱼肉的。二叔好像也在旁边吆喝着想说几句，爹嘴里给他的是一连串的“去去去”。终于说上话了，二叔给他说：“小宇啊，你兄弟二才他咋样啊？你给他说声啊，二叔我想去城里看看他哩！”

听完爹和二叔的电话，葛红宇心里其实已经五味杂陈了。爹要面子，二叔要儿子，叫他如何是好？终究又是得满足他们的。就给二才打电话。还好，这次竟然通了，但却没人接。他一直是很难联系上的，继续打，总算在中午时分通上了电话。情况大致说说，二才表现得很不耐烦，说：“他们是闲着没事，跑到省城干啥来了？还请客吃饭，一顿一两千，谁有那个钱？你给我爹说，我现在忙得很，没时间和他见面，想见你去见一下吧！就说我一切都好。”也不等葛红宇说些什么，电话就挂了，嘟嘟嘟的声音这时候听着分外刺耳，连心里都疼了。再打，说啥也不接了。再打,无法接通了。他把他哥弄成了黑名单。

二才兄弟,他现在怎么就变成这样了。不过,话又说回来,他现在到底怎么样,葛红宇这个当哥的也不是十分清楚。先前,知道他在省城,没少给他联系,问这问那的,很像个老大哥的样子,也很像一家子的亲劲儿。乡里人可不都看重这种情分吗?哪像城里人,板着个脸拒人于千里之外,就好像每个人都和他有仇似的,他真是不习惯。有啥意思?没啥意思。

但他的亲劲儿显然是"剃头扁担一头热"。二才不交实底儿。他心里的意思他着实不知道。就说工作吧,葛红宇到底也没听个实信儿。他一会儿说在大公司得了重用,一会儿说跑销售挣个辛苦钱,一会儿又说和几个人合伙弄个生意,有风险更有收益,还说,我们这次是豁出去了,哥你得支持我啊!葛红宇说,年轻人拼一下也好,没什么大不了的,实在不行去饭店端盘子洗碗,就是到工地做小工也饿不死人的。是不是,兄弟?

只能这么说了。但却把他给得罪了。二才的意思是想让他帮他。他以为他这个哥现在很有本事。既然有本事,为啥不愿意帮兄弟一把呢?你稍微帮衬一下兄弟,不就啥都好了吗?你为啥就不讲一点儿兄弟情义呢?他哪里知道,他这个哥可怜着呢。兄弟,我活得咋样,你知道吗?有时候哥想死的心都有啊!你是不知道的啊!我也不会让你知道。我能给你说吗?我能给你说吗?我是到死也不能给你说啊!不说就不说。他们就渐渐冷淡了。"渐渐冷淡"是他的感受,二才可不这样婆婆妈妈,他是一下子就冷淡下来的。

兄弟,哥想你,哥时刻都挂念着你。你还好吗?这话在心里一问,葛红宇就觉得自己像二叔了。从这一点儿来讲,二叔可真是世界上最苦逼的爹了。

联系不上二才,又必须联系,到底该怎么办?葛红宇相当地苦闷。请吃饭是个事儿,和兄弟一块儿看看爹和二叔也是个事儿。没有兄弟的参与，这些事儿都不完美。爹和二叔又催得紧，二才一直不接电话，郁闷啊！

8

实在是拗不过自己的心了，一天，他悄悄去了爹和二叔的工地。得看看他们。到了那里，工地上一片忙碌，周围的楼房一个个比赛着往天上长，让人看着觉得自己一个劲儿地往地下缩。脚手架上有许多工人在干着活，没有看见爹和二叔。看了一会儿，他突然又不想见了。不是自己不想"看见"他们，而是不想让他们"看见"自己。

就像个贼似的躲在墙壁后面。隔着不远不近的距离，正好可以清楚地看见"他们"，而"他们"却很难发现某个角落里竟有双眼睛在窥探他们。

"他们"当中还没有出现爹和二叔。一个年轻人的身影却抓住了他的心。他不像别的工人那样穿的是迷彩服，而是一身土黄色的运动服，猛一看颜色和尘土飞扬的工地很一致，但仔细看就感觉不对劲儿了，关键是衣服下面的"身体"还没有那些工人那么顺从。天还不是很凉，秋风还算爽身，他仿佛已经受不了它的冷了，偏偏要将和上衣连体的帽子扣在头上。弄得酷酷的，像个在场下做热身活动的篮球明星。他正提着两桶混凝土往"大工"那里送。他的胳膊被它们往下坠着，脖子却用力往上抻着。姿势很不酷的。在这个过程中，好像受到那个"大工"的训斥了，"球星"仰起脸正对着"大工"，脖子抻得更长，足足僵持有五秒钟。嘴到底没有张开，只拿眼睛盯着"大工"看。这时，突然刮起一阵风，他的帽子掉了，耷拉在脖子后面。他就很不习惯似的，也不瞪"大工"了，几步快跑过去，把两桶混凝土撂在"大工"脚下的架子上，转过身，又把帽子扣上了。

嘿！这家伙，怪怪的。葛红宇一瞬间就想起了列宾的《伏尔加河上的纤夫》,上面的小伙子和这个年轻人有得一比。嘿!你个笨蛋,“球星”怎么跑这儿干活来了。他偷偷地笑了。

等眼睛里出现爹和二叔的身影时,他的笑还在持续着。这时候,眼前仍是那个忙忙碌碌的大工地。仿佛又不是工地了,是个大舞台。高高大大的,“他们”正在上面演戏呢。他的心情还不错,看别人演戏原来这般舒服。

……爹和二叔搭档,一个主角,一个配角,都穿着迷彩服。呵呵!威武多了。爹的身材大,衣服有点儿小,显得憋屈。二叔身材小,衣服衬得大了,松松垮垮的,看着像个穿袍子的小丑……

……他俩一大一小——这俩人哪个像将军?哪个像士兵?他竟在心里盘算起来了。呵呵!就这俩人,都够呛。

……有人在大声吆喝这俩人了。这俩人“小妖”一样跑过去了。这俩人在舞台上老鼠一样窜。这俩人在舞台上消失了……

不知不觉间,葛红宇的脸上已经泪流满面了。他没有去见爹和二叔,等眼泪干了,他悄无声息地离开了工地。

小宇爹等啊等,一直没有儿子的信儿,就等不及了。可等不及又能咋着?这么大个城市,他又不知道儿子在哪儿,只能打电话了。儿子话还是说得好好的,啥都答应,一千个好,一万个好的,就是不执行。他是咋了?到底咋了?可不像我的儿子。气得要死时,一冲动就把小卓的事儿说了出去。电话那端一阵沉默。小宇爹喂喂喂地问,还是沉默,静得吓人。最后彻底没有动静了。儿子留下的喘息声叫他心里害怕。可小宇爹觉得自己没有做错,父子之间还用得着遮掩吗?他想了想,自己对自己说,不用。

爹真是没有做错。爹给自己说算是做对了,不对的是女人。这种做派让他生气了,两个人“好”得有个好的样子,这么做算什么——我已经在认真考虑你的意见了,你为什么还要在背后出阴招,还有没有诚意了!

借着这点儿生气劲儿,他把电话打到了女人那里,他说:“你怎么能这么做?”是质问的语气。

女人不慌不忙:“我这么做很正常。”

他不知道该说什么了,话都憋在了肚子里。

女人还有话讲,她说:“我其实对你这个人的印象很一般,主要是你的知识,我身边缺一个你这种类型的。”

她继续说,话越来越像领导了。

“你可得有自知之明啊!”

“你可不能不知深浅啊!”

“你可一定要把握住机遇啊!”

真是情真意切。真是语重心长。真是关怀备至。真是……

葛红宇是彻底哑火了。有一种痛是气得要命,胸中怒火翻腾,嘴里却没有一句能代表自己意思的话说出来。他现在就是这个样子。

9

现实中失望的人,就特别想到虚拟世界中寻找寄托,这明显是一种安慰,又能怎么着。洗着澡看着表,快活一秒是一秒。这是得过且过,也是苦中作乐。端坐在电脑前的人,其实更愿意在“里面”快活。外面的世界很精彩,外面的世界也很无奈。一切都是铁一般的森严,容不得你四处撒野。有了这么个东西,好了,人们比进了万人体育场还放肆,这里完全就是一个为所欲为的平台。快乐的我飞进来了,孤独的我飞进来了,搞笑的我飞进来了,深沉的我飞进来了。多情的我、浪漫的我、阴险的我、愤怒的我甚至是变态的我也都飞进来了。无数个不同的“我”在里面自由飞翔,比在生活的汪洋大海中拼命地抓救命稻草的感觉好多了。太有滋味了。这才是人类理想的社会模式。

网络是开放的。可除了那些乱七八糟的信息,对于人,其实最公开的不是他们的外形，而是他们的情绪和牢骚，简直到了肆无忌惮的地步。偏偏在虚拟的空间里，人们倒更容易掏心掏肺了。

一个叫“喊魂777”的和葛红宇成了朋友。当然，茫茫“网海”，相遇是需要机缘的。他们的缘分是“网上祭奠”。葛红宇也是寂寞难耐，就一个人在网上瞎逛，有网页推荐网上祭奠，他觉得挺新潮，知道有土葬、火葬、水葬、树葬和海葬，还不知道有这种祭奠死者的方式，于是就进去了，挺虚的，但也挺有气氛。画面中有照片、白花、蜡烛、煽情的语言，还有熟悉的不熟悉的人的祝福，挺不错的。

怎么就注意到这个人了呢？因为他的妻子。他和女儿正在网上祭奠她。她真是一个坚强的女人，当然也很漂亮。

她的照片已经加了黑边框，可黑边框也不能减弱她的风采。她的脸是洁白的，笑容是纯净的，眼睛里闪烁着让人沉醉的光芒。她的秀发披挂下来，身着五彩斑斓的裙子，像一只翩然而飞的蝴蝶。

这个漂亮女人的故事在上面写得很清楚，是以她丈夫的口吻写的——

我曾经有一个幸福的家庭，女人漂亮能干，女儿聪明上进。可是，无情的病魔毁掉了这一切。先是我在四十岁时患上了轻微的脑血栓，后是正上大学的女儿患上了尿毒症，必须换肾。一个家庭眼看就要被毁了。支撑着没让它坍塌的是我的妻子。她坚强地挺起脊梁，扛起了生活的重担，并鼓励我打起精神，积极为女儿筹钱治病。寻找肾源是极其艰难和煎熬人心的，幸运的是我们找到了。可巨额的医疗费用又让这个家庭雪上加霜，借遍亲朋好友，还是缺了近十万元。手术前夕，妻子在娘家拿到了父母千辛万苦借来的十万元钱。可是，灾难又一次降临了。她走到半道，就在公园门口，被一个歹徒抢走了挎包。她拼命追赶，歹徒跑进了公园。他们在河岸边搏斗起来，歹徒掏出刀子刺向她，她身中十几刀，倒在了血泊中。她到死都紧紧抓住挎包不放……

故事真的很震撼人心。她是不幸的，他们一家人的遭遇也是不幸的。可他们一家人的感情却叫人感动——现在，他和女儿每天都来祭奠她，为了她，他们要好好地活着。

葛红宇就加他为好友。他在 QQ 上对他说："你们一家人真的很不幸。"

"是，不过都过去了。现在我们仍然是在一起的，心与心相连着。"他说。

"真令人感动。那个歹徒抓到了吗？"

"当然，他得到了应有的惩罚，他是罪有应得。"

"换作我，仇恨在心里永远都不会消失的。我会仇恨凶手，仇恨那些冷漠的旁观者，甚至仇恨这个城市、这个社会。你呢？"

"我不会。都过去了，仇恨在心里一定得慢慢消化掉的，不然会很痛苦的。况且有很多人一直在帮我们，毕竟还是好人多啊！"

"呵呵！你真乐观。我现在是烦透了，我怎么遇到的都是垃圾一样的人啊！"

"那是你的心态问题。"

"是吗？呵呵！"

……

他们聊得挺投机，都有点儿相见恨晚了。当然，这仅仅是在网上。回到现实中，他们又是各不相干的人。葛红宇的问题依然是问题，它们一直是悬而未决的。而且，这些问题都与具体的人有关，比如那个每天都叫喊的人，比如那个女人和小卓，比如爹、二叔、二才，甚至眼前每一个让他看着不顺眼的陌生人。他没办法解决这些问题，他也没办法解决这些人。一点儿办法都没有，只能在心里烦着。

一天,他在本地网站上看到一个新闻,一个大学生从十层楼上一跃而下,当场死亡。一开始,他没觉得这事儿有什么大不了的,这个世界上每天都在发生着这样的事儿,见怪不怪了。可渐渐地,这件事在他的头脑中变得可怕了。他想象着大学生爬上十层楼时绝望的眼神,想象着坠落时他的身体是横着还是竖着,想象着他倒在血泊中的模样……想象是可怕的,它让整个事件从虚无中来到了眼前,比现实还真实,比真实还清晰。简直令人恐怖了——他的心脏开始乱跳,赶忙用手按,却按不住,跳楼的仿佛不是那个大学生了,而是葛红宇自己。或者是在工地上看到的那个年轻人。会不会是二才呢?这样想时,他赶紧拨二才的电话,不通,不通,不通。他急得几乎要哭了,就失魂落魄地找“喊魂 777”聊。

“又一个年轻人跳楼了。城市多么奇怪,它吞噬了多少曾经鲜活的生命。”葛红宇大发感慨。

“是的。”

“我快受不了了。”

“没那么严重吧!坚持,坚持,坚持下去,一切都会好的,都会好的。”

“哪有那么简单?哪有那么简单?”葛红宇有点儿失控了。

“我以前也是个软蛋,啥都靠老婆撑着。老婆真是好样的,再苦再难都能挺着。可一个大男人靠在女人身上,你说算什么?现在老婆去了,我该怎么办?是不是就要倒下去呢?不是。不能这样。要把腰杆儿挺直了。为了不让她失望,为了女儿能尽快好起来,我要活得好好的。这样,还行——她好像一直在默默地支持着我呢。”

“此话怎讲?”

“一想到她,我胆儿也有了,魂儿也有了,心里踏踏实实的,再不像以前那样空落落的了。”

聊着聊着,葛红宇的情绪慢慢平静了。

“喊魂777”后来说：“给你说个事儿。前段时间，不是有人告公园里噪声污染嘛！有结果了，前任环保局长被新任局长扳倒了，因为前任局长是那几个歌舞厅的背后老板。”

葛红宇心里有点儿兴奋，自己的“斗争”取得了胜利。他没敢给他说自己就是那个告状的人。

“要说这事儿与我无关，可麻烦却自己找来了。”

“什么麻烦？”

“情况是这样的：我每天都要站在老婆遇害的地方喊，喊她的魂儿，这样一来，好像她真的就回来了。可现在却有人威胁我，不让我喊。他们说我这是噪声污染，是严重扰民，再喊的话就要拘留我。”

难道他就是那个站在河岸上叫喊的人？葛红宇心里一阵难过。

“哦！原来是这样，我……我……”葛红宇吞吞吐吐的，他实在没有勇气说出自己就是那个“告状”的人。

一阵悲愤之情突然涌上心头，葛红宇不能自已，几乎是脱口而出的，他敲击键盘：“不要怕！我……我要和你一起喊。”

“嗯……好吧！明天河岸上见。”他想了想，答应了。

第二天，葛红宇早早来到河岸，等他。早已过了约定的时间，“喊魂777”还没有来。他忍不住泪流满面，他知道，今天他不会再来这里了，只有他一个人在这里喊了。

他向四周望了望，然后盯着河面一动不动。无限丰富的景象在眼前跳动起来，曾经的那些人，那些事，那些激情，那些感慨……一切都在心中激荡起来。他昂起头，目光坚定。他一时想不起“喊魂777”妻子的名字是什么了，张开嘴时，他想到了自己的恋人，于是便站在高高的河岸上大声喊起来——“小卓，小卓，你快回来吧！回来吧！啊——啊——”这样喊时，他觉得心底有一股庄严肃穆之气正在缓缓地升起。

此时，葛红宇从心底喊出来的声音像音乐一般传遍了整个河流。

这声音多么圣洁,多么清凉,它笼罩着整个河面。河中央那朵金色菊花又开始旋转起来,并且越来越快,越来越变幻不定,越来越让人眼花缭乱,似乎要把整条河流都舞成一朵硕大无比的金色菊花。

朱砂山上的病人

1

这个地方叫朱砂镇,很有意思的名字。

之所以这样叫,是因为这里有朱砂。有朱砂的地方是朱砂山。镇里的人对朱砂的认识很有限,只大概知道它好像可以用作颜料和中药,详细情况就不甚明了了。

朱砂山是一座“孤独”的山。说它孤独,是因为它的四周再无可以牵牵扯扯的同伴,多少年了,只它一棵独苗。山圆圆的,像一个很大的馒头,但颜色不像馒头,不白,简直离“白”万丈,是暗紫色。山脚下是一条河。浸在河水里的朱砂,看起来像碧血,而那些经不住岁月侵袭风化掉了的,只能随流水而去,像世间的红尘。

这里本来是一个渡口。因为北面几公里处建了一座大桥,人们没有必要再从这里过河,老渡口便逐渐荒废了。偶尔有想从这里走近路,或者是多少有些怀旧寻古情怀的人,还可以到这里坐坐渔船。

怀旧寻古的人往往对这一山一水心生感慨:它们一个坚硬,一个柔软,多像男人和女人。它们长相厮守耳濡目染的,情分自然也是少不了的吧。

离渡口一二里地有一个小村子,叫渡口村。村子背后是些连绵不断的小山峦,它们不像险峻的山峰那样高耸入云,也不像雄伟的高原那般坦荡如砥,说它们是小气势、小峥嵘比较恰当。小村古朴,给人一种偏居一隅的谦让和神秘之感。

一个老头正在朱砂山上放羊。他的一群羊撒得到处都是,好像天上的云朵儿一不小心掉了下来似的。

午饭后,老婆子忙完手里的活计,突然觉得心里很不安生,渐渐地就闷得心慌。她一般情况下不会无缘无故地心慌。正在琢磨时,村里有几个人吵吵闹闹地过来说:"您的小儿子回来了,在山上,他老爹说要整死他哩!"她惊得心都提到嗓子眼儿了。

一路小跑过去,看见老头子和小娃儿脸对脸站着不动。

老头子哟!老头子呀!她在心里叫,你像个要发飙的牤牛蛋子,俩眼发红,要冒出来火啦!你手攥得死紧,像两个铁疙瘩,想干啥哩?

俺这小娃子好可怜噢!瘦了,走形喽!像个正吃奶却没了娘的小牛犊子。俺这宝贝疙瘩小娃子噢!你是咋的了?

她喊儿子:"小娃子噢!小娃子!"

朱二虎动了一下,又呆住,动作慢半拍。他扭头看看,就又转了过去,先看他爹,再四周看看,接着是地面,继而天上。

他的眼睛里空空的没有内容。

老婆子又喊:"小娃子噢!"

他完全没有反应。

没法了,她过去拉着他的胳膊,抖了抖,又使劲扭动他的身体。效果也不好。摸他的额头,不烫哩!看他的眼睛,空荡荡的,像是被阎王爷的黑白双煞勾去了魂儿。

突然,在父子俩紧张的对峙中,凄厉地响起了老婆子的喊魂声——

“朱二虎,你回来吧!”

这一声喊同时也似刀子一样扎了她的心。

儿子没有反应,她就赶紧替他答应了一声:“我回来了!”

她连喊三声,她也连替他答应了三声。

老头子再也忍不住了,大骂起来。

“朱二虎,你就这样死回来了?”

“朱二虎,没出息死你啦!”

第三声还没有骂出,他就气急败坏地搬起一块大石头,冲上去要砸他儿子,嘴里还骂着:“你这样回来弄啥哩!还不如砸死你这个鳖孙算了。”

老婆子赶忙护着,又哭又叫又喊:“老头子!老头子!老头子!”一声比一声尖厉。围观的乡亲也上去劝说。老头子只好作罢。老婆子疯了一样问:“咱娃他是咋了哦?”

老头子说:“他给我一封上边儿写的信,我也看不懂,听他差三落四地说,不适应……活不成……离婚了……回家、回家、回家。哎呀!一大堆儿,品不出啥意思。看他这个样子,我看八成是……”他难受得说不下去了。

“咱娃儿真的就这么回来了,他傻啊!”她是哭着说的,“他真的傻了?”

她冲儿子喊:“朱二虎!”

“我说二虎啊!”

“虎呀!”

这最后一声听了让人疼到骨髓,仿佛一根冰冷的钢针把人整个地穿透了。她的心要碎了,泪水不断地流,不想活的念头缠着她绕来绕去。活了一辈子了,还能有什么看不开的,到末了,反倒真的没有活下去的勇气了。

人群里站着村小学的代课教师王一丁。

看到这一幕,她心里真是替老两口叫屈,还替他们在心里骂朱二虎没骨气,朱二虎啊,朱二虎!想当年你是多么风光,现在竟然成了这个样子——男人在外面混得硬朗,得霸道,文绉绉的肯定不行,就算是吃了败仗,也不至于吓得魂儿都丢了吧。真是个熊包。

2

日头在白天是有头有脸的人物,那派头,夕阳是高不可攀的。

只有黄昏这一段时间是属于夕阳的。这时候,它温温柔柔地像个在橘黄色的灯光下梳理长发的少女。梳完了,天黑了,少女的心事也就开始暗生滋长起来。

王一丁没有飘逸的长发,她的头发短,它们勉强快爬到后颈中间时,她就和理发师合谋斩断了它们的蔓延。不叫你蔓延,咋的?它们似乎也飘逸过,那只是在梦里。头发在她这里就是这个命。

她也没有暗生滋长的少女心事。她的心事甚至与女人都没有关系。她心里只有一个字,烦,烦自己是个女人。

但近段时间王一丁老是恍惚。她也很吃惊。她往往一手捋着实在不可能捋成优美弧线的短发,一手搓着两乳之间,两只乳房一耸一耸地碍着事儿了,她才突然明白自己是按错地方了。一边儿待着去!找心,找心,找心呢!你为啥事恍惚?

接下来就是一通长篇大论的训斥,像老师批评一个平时很乖巧某个时候又突然犯浑的学生一样,说:“我说你是咋了?平时安安生生的,应该咋做就咋做,今儿是咋的了?犯浑了?举个例子说,人的心要是猛地捣乱一下,不跳了,会是啥结果?心死不了,它心里有数嘛!人可就完蛋了。这样一比,你说咱还敢不敢犯浑?嗯?”她的训斥可真是别致,不像训斥,像玩笑,幽默感十足。

每一天都有黄昏。这天黄昏王一丁领着几个学生穿行在夕阳的余晖里。老师领着他们回家。三个男生被她调教得走路都雄赳赳气昂昂的,不像回家,像是背着书包上战场拼刺刀。里面有两个小女生,扎俩小辫,不敢垂下来,老师说这羊角辫就得像羊角。她们出门时照过镜子的,看看辫子,想想山羊角,一比较,造型完全吻合,就张开嘴巴露出乳牙笑了。

村子里有一条小道,左右两边都是绿油油的玉米地。田地往西越爬越高,眼瞅着就要背着村子的几户人家逃到深山老林里去了。多少年了,终究没有能逃出去,不疲不倦的,受刑般地负着那些房子。田地往东,地势渐低,那边河水流动的声音像音符沿着玉米梢儿逶迤而来。暗紫色的朱砂山倒耐得住寂寞,绿色的玉米晃着脑袋给它打招呼,它还是那般矜持,躲避似的,但终究也制止不了暗紫色和绿色在河面上的自由恋爱。它们的颜色融合了,但它们还是那么无趣地僵持着。

走着走着,王一丁和学生们的姿态有了难得的变化。学生蹦蹦跳跳,又说又笑,老师则左顾右盼。他们排成一个长长的队伍,把这个原本寂静的小山村鼓动得喧闹起来。这些学生都有文艺细胞。不知谁先唱了声"日落西山红霞飞",马上,整个小道上都颠簸起了"战士打靶把营归"的歌声。王一丁没有唱,她只在教他们时唱。她喜欢的歌跟他们不一样。心里喜欢,平时也不唱,憋着,憋急了就在心里哼几句。只几句就掐断,还骂自己,啥玩意儿?此刻她心里没唱,一点儿唱的意思都没有。

她仍然在左顾右盼。往左往右,脑袋像个拿不定主意该到哪边吃草的牲口。突然她扭到左边的头定住了,角度是八十度和七十度之间。她看见朱砂山上有个男人朝着他们咿咿呀呀地也在唱,细听,不像唱像叫唤。细看,原来是那个朱二虎。他光着上身,腿上穿一条宽得像女人裙子的黑色裤子,或许是蓝色的,远,辨别不清。

远处的朱二虎像看一台大戏一般朝他们望,嘴巴咧得像河中间的小船。他今天戴了眼镜，只能看见眼镜片反射出的光。他的眼神和表情统统隐藏在这光芒中，夸张地传递过来。也真是怪了，黄昏的光不该是这样，它们好像被他的镜片全吸了进去，再发出来就聚了焦，就更强烈了。

王一丁对学生们说："你们看，那边山上有个疯子，他是朱二虎。"

学生们的头齐刷刷扭到左边，也往远处望，然后又都齐刷刷地欢呼雀跃道："噢！疯子朱二虎！噢！疯子朱二虎！"只喊两声就全部齐刷刷地断了，像一个正走着秧歌步的人猛地摔到了沟里。

老师王一丁瞪着他们说："能这样说人家吗？"

学生们屏着气不敢吭声。

她心里想，哪个捣蛋鬼心里肯定会反问，只许你说不许我说？她就在心里应他道，你没有听出来我说得很平静吗？客观，知道吗？冷静，知道吗？又一想，这一帮屁孩哪懂得这些。于是就笑笑，学生缓过神来也跟着笑笑。她接着又笑，跟刚才不一样，笑过之后觉得没意思，就和学生们一起往回走了。

都快到家了，山上的朱二虎跑得气喘吁吁地追上了他们。衣服穿整齐了，棕黄色的衬衣，领口和袖口扣得严丝合缝。裤子是蓝色的。他的眼镜片子真是大，真是厚，几乎把他的眼神遮没了。他老老实实排在学生队伍的后面，脸上是兴奋的。王一丁觉得他的兴奋来得没头没脑，无法理解。学生们先是一阵小骚动，又交头接耳又挤眉弄眼的，好奇，吃惊，无缘无故地欢喜，莫名其妙地害怕……一会儿，他们到底还是自个儿稳定住了应该有的正常秩序。

朱二虎排在末尾，迈着整齐的步子，像个体育课上走队列的小学生，两只胳膊擦着胯骨一齐摆上摆下，很搞笑。王一丁抿紧了嘴笑了一点，又赶紧把它收了回去。这个人真是好笑，奇怪，也可怜……也真是可惜了，想当年他可是咱这里学生们的榜样哦！俺们一帮小女孩那时候还不知道什么明星帅哥，只知道崇拜他。这个朱二虎，现在这样了，呵呵！当年俺们可是没少梦着他呢！这样的感觉，她已经好久没有了。她仿佛已经把自己的少女梦给打开了，不是虚的，是实的，可以看见。王一丁于是就把头扭到后面，想看看当年的自己，当然看不见。只看见面前几颗晃动的头，哎呀！她心里惊叫，怎么了？连我心里都有好多圆圆的东西在晃动呢。

3

村里人都说朱老四的小儿子真是神经了。信佛的说朱二虎是看破红尘四大皆空了，还严肃得像个端坐台上讲话的领导一般说，他生来就是一个和尚胚子，有慧根，如果不疯掉，一定是我们佛教界一个不可多得的人才啊！尾巴上的这个“啊”音规模宏大地扬了上去，高瞻远瞩的气势和伟岸的形象就油然而生。经常到道观烧香的人则说他是被妖魔鬼怪缠住了，兴许给祖师爷磕几个响头再捐些香火钱就好了，他们说这话时个个像神仙——人肉的胎身，菩萨的心肠哦！更有极其虔诚地信基督的妇女说，耶稣可以救他于水火之中，他如今肯定是受了撒旦的迷惑要入地狱了，看她们诚惶诚恐的眼神映现出的善心，一刹那，十字架形状的印戳就一个个清晰地盖在了她们目光所及的众生身上。

王一丁不信这些说法。她就相信真金白银的现实货，看不见摸不着的都是扯淡。

她在心里一个劲儿地瞧不起朱二虎这家伙。男人不像个男人。咱要是个带把儿的，嗯啊，有那根硬硬实实的东西啦，啥玩意儿都不怕，是块生铁也非给它捣出几个窟窿不可。

为什么她王一丁会这样想？说来话长，长长地扯了十多年。

她父亲十几年前被人打成了残疾，左腿断了，治疗后留下了后遗症，瘸了。父亲留下的“后遗症”远不止这一点，她的母亲因此抛下他们父女俩远走他乡。家里没个当家的女人,日子就过得很凄惨。父亲把养个儿子当家立事的愿望全都寄托在王一丁身上,自小就把她往男孩子方面培养,从说话、衣着、举止,到为人处世的方式,等等。他同时也将自己复仇的念想烙铁一样烙在了她心上。

那原本是一个再普通不过的“小纠纷”:父亲因为打煤球和别人争地盘,对方人多势众,几个人把她父亲摁倒在地往死里打,结果左腿被打断了,人家最后只是赔了几千块钱就摆平了此事。冤啊!说到这个事儿,父亲总要感叹,儿呀!你长大了可要给爹报仇啊!这话是对她讲的,却又不是对她讲的——是对他的儿子讲的。

父亲的培养和教育真是起到了很好的效果。她从一开始就不再往女人的方向生长。

她在青春期时曾经很害怕这种状态,害怕、害怕、害怕,到最后就是麻木。把所有少女的敏感和羞涩都消耗殆尽后,她就从麻木中坚硬起来,没有理由地坚硬,从内到外都是铜墙铁壁。她的心坚如铁,冷如冰,死了一样凝固,厚得像地壳。

现在想起这些,她的心里觉得有些不是滋味。铁会熔化,冰也有化成水的时候,她的心会不会……想到这儿,王一丁无缘无故地笑了几声。我好笑吗?她在心里问自己,同时右手食指顶着下巴使整个脸都扬了起来。

4

大多数情况下朱二虎不是令人害怕的。众人与他嘻嘻哈哈说上几句,他也能难得一见地笑几下。只是这样的时刻不会太长,实际上很短,不大容易深入。他和别人的交流存在着路径方向上的差异,面上可以转悠几个小来回,一会儿就有点儿别扭,像两个不合脾气的人碰见了,没必要说话,都想着赶紧掉头各走各的好。

一个放假在家的大学生见了他，实在是想和他说上几句，人家十分谦逊地迎上去，脸上先是一片灿烂，时间太长了，笑只能凝固下来，像是定型的塑料花。朱二虎脸上的表情像面对着空气一般，说不上是厌恶，也说不上是喜欢，什么也没有，真是让人家见识了什么是空空如也。可怜那个和他一样戴着近视镜的大学生，到底没有讨得他的只言片语。朱二虎走后，大学生好一阵子没有回过神来。

当时，很邪性的，突然刮起一阵狂风，地上的灰尘和落叶飞旋起来，昏天暗地的，似乎要把这个世界所有既定的秩序都给刮乱了。那个大学生拢了拢被风吹乱的头发，又扶了下眼镜，还使劲点几下头，连说了几声可怜。

他朱二虎曾经是村里引以为豪的一个人物。他少年时聪慧过人，学习成绩优异，一路从这里上到省城的大学，后来又出国留学，娶了一个漂亮的留学生妻子，回国后到 K 城 N 大学任教，那时他已有了一个可爱的儿子。因此，他成了这一带的学生学习的榜样，家长教育孩子常拿他当典型例子，很能说服人的。

朱二虎不明不白地疯掉，又不明不白地回来，村里人都感到很意外和不解。什么是“晴天霹雳”？这才是真正的晴天霹雳。有个挺神的算命先生，他叫老刘，据他分析说，朱二虎坏就坏在名字上。他一度曾风光无限，那是贵在“虎”字，但这个“二”字要命，一者说一山不容二虎，二虎不就要斗起来了吗？二者说，“二”字就是二蛋的意思，哪能好？尤其是前后两个字一照头一碰面，事情就更坏了，“虎”不就吃了“猪(朱)”了吗？所以，名字就定了，他的命不好。大家都说老刘说得有道理。当然也有跟老刘对着干的，张瞎子研究风水，他说朱家的坟地有问题，也是子丑寅卯水火金木土什么什么的洋洋洒洒一大通，总结性的理由是，朱家坟地占了一点儿地气，是股龙脉，很猛，但他家只占个边儿，所以后劲不足。为了更加表明自己观点之科学，他跟大家解释说，就像火箭，一点火蹭地就上去了，可燃料不够那就得乖乖地落下来。也好像一棵庄稼苗儿,粪少了,刚开始还茁壮,后来就不行了;况且朱二虎这棵苗本不该“拔”这么高,拔一节,又拔一节,再拔一节,最后拔苗助长,死了。大家也都说张瞎子说得有道理。

王一丁就不赞同,还是人的问题,碍着名字和风水啥事了。

还有些上岁数的人说,可能是家族遗传的原因。谁也说不清楚。这个王一丁倒有点儿相信。前面说的都不是,这个再不是,那就没有原因了。没有原因他会疯,鬼信。

她咋就闲着没事琢磨起这个了呢?连她自己都纳闷。但凡啥事都该有个前因后果,朱二虎这事肯定也有,她想知道,她好奇,她就这脾气,没办法。

要说她王一丁真不该把这么纠结的事儿往自己心里放,真是不应该。她心里现在已经够乱了,还添乱!是不该,但她似乎不能再像从前那样管着自己的心了。

5

最近一段时间,朱二虎每天夜里都独自一人上朱砂山,出门之前他总要大声地嗬嗬几声,像老牛在打响鼻子。他的灵魂似乎已被孤魂野鬼附着了一样,有时抱着一棵树,就那么用头抵着粗糙皴裂的树干一动不动;有时趴在一块突兀而起的大石头上,双手颤动着一遍遍地抚摸;有时莫名其妙地哭,声音也不大,但很伤心,弄得鼻涕一把泪一把的。

夜里王一丁也能听见朱二虎出门时的“嗬嗬”声,真像老牛打的响鼻子。有时候听不见了,她心里反倒会惦记着,还为此难以入睡。有个故事与此类似,说一个男人失眠,原因是老得听楼上女人高跟鞋敲地板的声音才能睡着,习惯了。女人回来有早有晚,他就等,不一定什么时候回来,他就悬着心,等人家回来才安心,一来二去就患了失眠症，你说这叫什么事。王一丁难以入睡时，她就想啊想啊想，到最后免不了在心里来这么一句，人呀，大多数时候啊，还真是用一个字就可以科学准确地概括的，那就是——贱。

人有时候不贱都不行，因为那时候你拿自己没办法。王一丁有一天竟然开始很温柔地想问题了，她其实挺反感“温柔”这个词的。也许是物极必反吧，这个毫无女人味的女人王一丁突然就像个娘们儿一样，温柔地、多情地、缠绵地、婆婆妈妈地想事了。

什么事儿？朱二虎的事。与她何干？是无关。可朱二虎身上有种说不清道不明的东西吸引着她了。

王一丁发现朱二虎盯着自己的眼神很像个男人的眼神。本来不是啥怪事，他就是个男人嘛。可他是个疯子，眼神应该也是疯掉的，但偏偏在看自己时却雄性十足。这十分不合她的心意。他的眼神让她时常幻想自己是个男儿身的想法有了同性媾和的肮脏，可恶！有时候，很奇怪，她反而结结实实地梦见自己如花似蝶般的女儿身姿了。她以前是从来不做这样的梦的。

她觉得朱二虎喜欢跟她和她的学生在一起。虽然他个子比他们高大，可他给人的感觉却像学生一样矮小，缩小版的大人，幼稚化的心灵，怎么看他都是一个大个子小孩。他似乎跟这帮小孩子有缘分，玩得很融洽，走路都能达到步调一致。

他们的兴趣也惊人地雷同。这是令人诧异的，他把自己完美无缺地平易近“小孩”了，他是这帮小男孩小女孩天真无邪的“小弟弟”。

这帮小屁孩逗他：“小弟弟，乖，过来玩。”

他就无限地高兴，笑得像一张白床单上肆意横流的小孩尿一般。他也嗷嗷地叫，几乎就是嗷嗷待哺的婴儿弄出来的那种动静。

他说：“噢！哦！一下，一下。”王一丁不懂他这话的意思。小孩子们懂，和他玩小孩子们的游戏。他玩得很地道，很能俯下身子。

6

王一丁对朱二虎的看法有了变化。

虽然他是个男的,但他是个疯子。虽然他是个疯子——但他毕竟又是个男的。

这没什么。

这又很重要。

也很可怕,因为相对地,她自己应该是一个女人。但这实在也没有什么可怕的,一切都是现实的。

这不对,咋能扯这么多?王一丁觉得自己心里开始藤藤蔓蔓起来,她复杂了,她女人了。

这很……这不……这该怎么说?

唉!

朱二虎竟然故意"引"王一丁去他家里。

那天中午,他看见王一丁和几个学生从学校出来,远远地站在路中间盯着他们。学生回家后,王一丁看清楚了他脸上没有来由的"坏笑",夸张,怪异,显得有些狡黠。他的小拇指可怜地勾在脸颊上,像是要费劲地拉开脸上这种"坏笑"。

王一丁弄不明白他的笑是什么意思。没容她多想,朱二虎对她叫了一声,扭头就走,腿像石桩子一样捣在地上,脚步趔趄,整个人像一只醉了酒的笨狗熊。他走一段距离就要扭头看一下,把他的脸完完全全地对准王一丁,先是一副非常急切的表情,然后做出很机械的笑。

王一丁只能跟着他走。朱二虎就是蒲松龄笔下的屠户,王一丁就是那两只狼中的一个,笑就是他投给她的骨头。

到他家里,他住的屋里有一张床,一张书桌。墙壁凸凹不平,潦草地刷了一层石灰。沿床的内侧贴着一幅铅笔勾画的女人形体素描,大体上是粗线条,细部也有温润的曲线。书桌上的书不少,厚厚地堆在那里。

朱二虎拉开书桌左边的抽屉,拿出一张纸条递给王一丁。字是狂草,根子上却是正楷,看了使人好生奇怪,正要细看,他却在一旁自言自语:“妞妞们,娃娃们,看。”

王一丁问他是什么意思,他不再吭声,只是搓手。他的双手先是在腹部掌面相搓,然后移至胸部合在一起,碰一下再分开,然后再碰。看不明白他是在干什么,王一丁就看纸条,上面写着:

朱砂即硫化汞,属三方晶系,性脆,有解毒防腐作用,外用能抑制或杀灭皮肤细菌和寄生虫。

他又拿出了一张,内容是:

朱砂可治风邪诸痫,狂言妄走,精神恍惚,乍歌乍哭,口吐白沫……

还有第三张:

许多古代女子都直接以朱砂为名,那一点鲜红像是凝结了中国五千年的悠悠情缘,十分美丽;但估计很少有人知道,朱砂用来磨墨,可以磨出彩墨来,很像女孩子多变的内心,藏着一份外刚内柔的情怀。

朱二虎给王一丁纸条的整个过程重复说着这句话:“妞妞们,娃娃们,看。”他这样说到底是什么意思,弄不明白。

以后几天,王一丁干脆把纸条放在口袋里,一有空就拿出来琢磨。

后来她就猜测，朱二虎是不是想让她把朱砂的解释讲给学生听呢？他不是唠叨着“妞妞们，娃娃们，看”吗？很有可能。

那天，王一丁还随意翻开了一本书，是小说，封面很素雅。可扉页上的文字却使她感到万分震惊——

心中有美，而大都市里已经没有了真正的美，美已普遍丧失，所以失望，进而践踏美并进行自我毁灭。

——献给两个心爱的女人

7

大暑，天气异常闷热，闷得让人心烦气躁。到了黄昏日头大得出奇，也红得出格，它把朱砂山照得无限美好，让人都禁不住要跑上去抱着它亲嘴了。王一丁领着学生们回家，一路上学生和老师都静悄悄的，老师在心里想着朱二虎的纸条和书上的文字，学生们又是在想什么呢？他们不应该这么安静的。走到离朱砂山很近的地方时，学生们不安静了。他们纷纷抬起胳膊把小手指向渡口：“老师，老师，疯子在那儿哩！疯子在那儿哩！”

王一丁也看见了朱二虎。

孩子们又七嘴八舌地央求她：“老师，咱们上朱砂山玩会儿，就玩一小会儿，行吧。”

王一丁说：“行，咱去山上玩会儿。”

他们从朱二虎身旁往朱砂山上走，他看着他们，很羡慕。他也一蹦一跳地跟在这队人马的后面。

这队人马的先锋是个女人，后卫是个疯子，中间是一群年幼无知的小孩，他们排成一条直线。整齐的队伍，怪异的士兵，士兵们的头在直线上一上一下地动着,黄昏的红光裹着了他们的头,像燃着的火柴头一般。

这几根“火柴头”到山上的树林里就熄了火。他们先坐在树荫下的一块平地上休息了一会儿,然后就各自找好玩的去了。王一丁坐在那里茫然地四处乱看。朱二虎的屁股一点点地挪近她,几乎挨着她了。他像一个听话的孩子,缩着胳膊和腿,把身体佝得很低。她不觉得这样不自然。偶尔有些好奇的小男孩过来凑热闹,朱二虎就发狠地撵他们,而王一丁却像个老母鸡一样把他们揽在怀里。没有揽进怀里时,他凶得像个疯子了,一旦看见他们到“母鸡”的翅膀下了,他就咧开嘴忘情地笑个不停,一时忘记了自己先前曾经是那么凶地驱赶他们呢。

他咧嘴笑了,还说:“你,你像个老母鸡。”这句话让王一丁心里一惊,母鸡是母的,她此时恰好也在想着女人的问题,她又女人了。她想让自己这一会儿变成一个很古典很优美的古代女子。当孩子们都聚拢过来时,朱二虎站了起来,两只胳膊像老母鸡的翅膀一样一扇一扇的,嘴里发出“咕咕咕”的叫声。孩子们都笑了,王一丁也笑了。

一会儿他扇着的胳膊越来越轻柔,两只手的小拇指自然而然地翘了起来。如果他的胳膊上有一个长长的袖子,他就会像戏台上的花旦一样舞起水袖的。

孩子们都哈哈大笑:“这家伙像个女人,这家伙像个女人。”

“莫笑——莫——笑!”王一丁突然说出这样一句戏曲中的念白。孩子们笑得更欢了。在这笑声中王一丁也站起身来。她下身穿一条黑色的紧身裤,纤细,衬托出身姿的亭亭玉立,上身穿一件宽大的纱质衣衫。她一站起来,脚就在原地踩着小碎步子打转,身上的纱质衣衫随她轻轻舞动,飘逸,旋转,一刹那脸上红晕轻飞,古典女子的美丽妖娆百千而出。

孩子们都大声叫好。

朱二虎也跟着像个女人一般笨拙地舞动着。“孩子们也来跳。”老师发话了，他们就都羞涩地做着准备，摆弄手的姿势，身体的姿态，一个个都往戏子的婉约上靠拢。待老师和朱二虎的“咿咿呀呀”声响起来时，孩子们也以各自不同的姿态试探着扭摆起来。毫无章法可言，但却是尽心尽力的。

他们哪里唱过戏？他们没有登过真正的舞台，只是一种姿态而已，一种想法罢了。

一曲终了，仿佛是一个消散了的梦。这是夕阳赐予他们的梦，也是树荫遮蔽下的梦。

疯够了，他们就准备下山了。

朱二虎像个小鸟一样跑来跑去，大家都跟着他。

到了山脚下，他爹在放羊，身边站着一位老人，是个吹唢呐的好手。手里握着一把唢呐，看来又要吹几支曲子了。

赶巧了，唢呐声响起时，一阵风也及时吹过来。来了又走，走了又来。本来大家都已经平静下来了，这样一来就又把大家给激活了。想喊，想叫，想哭，想笑，想跑，想打架，想杀人的心都有了。还想跳，十分想跳，大家就又在朱砂山、河流和玉米地的簇拥下扭起来跳起来。

夕阳像一面红彤彤的鼓，无人擂也响了起来。唢呐声里，朱二虎他爹竟也扭起来，先轻，后来就发狠了，不要命似的。眼神也由冷到热，由热到火烧一般。朱二虎更扭，这爷儿俩隔着一群人扭，对着干。他凌乱的脚步在这种舞动里却十分自然，简直是错落有致。孩子们少有这般放松的机会，放松了就张狂，七歪八斜地把浑身的劲儿都使出来了。一群人像被狂风吹着的柳树一样肆意地跳，根基都是稳的，风刮起来也是有力的。空间里的寂静被他们跳得喧闹，周围有生命的被他们跳得更有生命，没有生命的也被他们跳得活了起来。朱砂山的暗紫色，河流的“半江瑟瑟半江红”，玉米的翠绿色，被他们跳得如油画一般斑斓。村子里的房屋也被他们跳得似乎要舞动起来……

王一丁闭了眼扭动着，先是像摇篮晃动，然后像花轿颤动。开始激烈起来，像在蹦床上高起低落，像是蹦极时一跃而下又一弹而上，像是和男人缠在一起蹿上蹿下……她闭了眼舞动时又恍然做了一个梦：她正揽着朱二虎的头入怀哺乳，好不害羞。而朱二虎瞪着婴儿般的眼神，张开两只大手在两只乳房上滑动，手的姿势成扇形，像鹰的翅膀在乳房上空盘旋。他始终没有接触到乳房。他要干什么？两眼紧紧盯着白嫩嫩的双乳，两只手作烤火状，轻柔地自上而下，自下而上，滑来滑去，姿势无限优雅，轨迹无限美丽……

跳够了，她不跳了，看他们跳。

这是一场醉了一样的盛大舞蹈。

看他们——男人像男人，男人又不像男人；学生像学生，学生又不像学生；人都是人，但，从整体上看人又都不是人了。想到这儿，王一丁真真正正地大声笑了起来，仿佛一开这个头就不准备停下来似的。

不知何时，远处已经站了一个人，她傻傻地看着这群疯疯癫癫的人。她是朱二虎的妈。此时，她的身旁有一只活蹦乱跳的小羊羔子正冲着她宽大的裤管不断地蹭着。

野　火

车子小心地驶出别墅大门，前面就是通畅的直道。和木本来开得很慢，但不知为什么，心里突然产生一阵莫名的烦躁，手脚也跟着有了反应，车猛地向前蹿去。蹿出去之后他就感受到了自由的惬意，原来一个人可以无拘无束，可以放纵，甚至可以疯狂哦！这久违的自由却不是真正的自由，它是梦幻的，虚假的，自欺欺人的。等瞥见一条白色的影子时已经晚了，都没有来得及打方向躲一下，车轮已经碾了过去。紧急刹车，停下，他惊魂未定。冷静下来时，他猜想自己可能是碰着一个什么小动物了。这没什么。他害怕的是自己刚才短暂的失控，它绝不是无缘无故的，与自己这段时间的心情有关。简单地说，和木现在就是吃饱了撑的，什么都有了，反而觉得什么都没有意思了。

凄凉的狗叫声提醒了和木。他赶紧下车，在左后轮旁看见一只受伤的狗。它还活着，身体在地上抽搐，四条腿还努力往前扒着。准确地说是三条腿，一条腿显然已经断了，鲜血从伤口流出来，染红了白色的毛，连地上也淌了一片。狗又尖厉地叫了一声，像是最后的哀鸣，刺得人心疼。一会儿，狗开始竭尽全力往前爬，身体一起一伏的，伤腿无力地拖在后面，像条断成两截的蚯蚓，身后拖出一段歪歪斜斜的血线。

和木赶紧抱起了它。

这时,一个女人的尖叫声在他身后响起来:“哦!可怜的小家伙!”

他还在地上蹲着,没来得及站起来,赶快扭过头去。女人惊恐的眼神像一道寒光刺进他心里。这真是一个曼妙的女人,因为受了惊吓反而显得更加楚楚动人了。他呆住了。在这一瞬间,他已经丧失了掩饰自己丑陋而尴尬姿态的本能了。他甚至也忘记了自己怀里正抱着受伤的狗,鲜血在他洁白的衬衣上洇湿了一大片,并且顺着手掌一滴一滴落下来,把乌黑发亮的皮鞋弄得一片狼藉。

此时,在这个圣洁的女人面前,他多像一个正在残害生灵的凶手。

“赶紧到车上拿纸!”她的声音充满了悲伤,好像受伤的是她自己。他觉得自己的心正一点点在碎掉。理智告诉他,这只是一个普通的宠物狗罢了,女人也只是芸芸众生中的一员而已,但她身上的某种特质还是让他觉得紧张,慌乱,战栗。

“赶紧啊!发什么呆呀!”女人又一次催促了。

不能耽搁了。他站起来,双手托着狗递给女人,然后跑到前面,打开车门,拿出一卷纸和一个红色的塑料袋。他们擦净了狗身上的血,并用塑料袋把断腿包扎起来。整个过程,两个人都没有说一句话。他有几次想擦拭染在女人白色裙子上的血,却没有勇气那么做。女人裙子上的血迹像一朵盛开的梅花,在白色的衬托下越发显得娇艳了。

不能再耽搁了。和木发动汽车,女人抱着狗坐在他身旁。

“去医院?”

“当然!”

“去哪家?第一人民医院?”

“找最好的宠物医院,呆子!”

他拍了下额头,然后迅速开动了车。他要找本市最好的宠物医院。他一定要救活这只可怜的狗。他拨通了公司副总大全的电话:“给我查本市最好的宠物医院,把地址给我说清楚,要快,快!”

快中午和木才回到公司。见到大全时，他还沉浸在刚才的情景之中，人看起来就有些恍惚。大全用手指在他眼前上下晃动几下，笑着说："和哥，嫂子啥时候也弄了个宝贝儿疙瘩哦？"

他略微怔了下，回过神来，说："她？你还不知道她的脾气，养个屁！是那个女人的。"

"那个女人，啊？那个女人，啊？"大全的笑有些坏了，"呵呵！和总终于也赶潮流了。"

他意识到自己说漏了嘴，说："哪里，哪里，一个陌生女人……她的狗被我碾了……一个不认识的女人……"

大全还是冲着他笑，又忙不迭地掏出烟，递给和木一支，自己嘴里也叼了一支。

"他妈的，不就是一只小狗，至于嘛！"他在大全面前又露出了自己粗俗的一面。有时候，人必须得这样。他闪过一丝这样的念头。

大全帮他点上烟，自己也点上，两个人一番吞云吐雾。

"和总，眼前这个项目，咱搞成了，本市你就是老大了。和哥，到时候您就是房地产大鳄了。咱们只管张开嘴，什么大鱼、小鱼、乌龟、王八的，统统都搞定。"大全又回到自己的角色上了。他是公司的副总，也是和木的左膀右臂。大全说这番话时是代替和总般的志得意满，笑容里闪现着樯橹灰飞烟灭的豪迈，都可以闻到皮焦里嫩的肉香味儿了。

"和哥，这一票儿咱干好了，以后就是神仙的日子了。"

"是，是。"和木嘴上这样说着，心却不在这里。烟雾里，那个女人一袭白色长裙的模样又在眼前晃动了。她的脸是多么与众不同，椭圆形，温润如玉，在柔顺发亮的长发衬托下，越发显得圣洁，没有一点儿岁月折磨之后留下的痕迹，也没有用来刻意掩饰的妆容，而是由内心散发出来的气质滋养着。她的眼神毫无纤尘，完全是"本色"示人，惊吓之后是心碎，平静时则是淡淡的忧伤。动静之间都是那样让人心神不宁。在她面前,他变得多愁善感了,仿佛又回到了从前——那个浪漫的、诗意的、容易触动情感和迸发激情的年轻小伙子。

在医院等候的时候,女人对他说了一句话,他记得清清楚楚。“你是对面的。”这句话像钉子,瞬间把他钉进了虚空。什么都没有了,只剩下迅速坠落的疼。

后来,他心里暗自猜测,是她吗?难道是她?——“你也是对面的?”他忐忑不安地试探着问。

“夜半时分,有个人在阳台上抽烟,烟火一明一暗的……”

明白了,明白了,是她!原来真的是她。设计了那么多“相识”的方式,都是浪漫的“偶遇”,唯独没有想到是以这种方式,尴尬了,失望了。真的是很不理想。

“和总,晚上有几个重要客人,你看用不用你亲自作陪?”

“和哥,这几个人,我看你还是亲自陪一陪吧!”

大全的话把他从虚无缥缈中慢慢拉了回来。

“哦!我……我就不去了吧!我还有些重要的事儿……”

大全听了,脸上露出很吃惊的表情,说:“和总,这……这不恰当吧!原来不是说好的吗?”

他显得略微有些不耐烦,说:“就这么说吧!你去,你去就是代表我的。”话说得有点儿硬,也有点儿冷。

大全他是好心好意,为的是自己和公司,不能屈了他的心。

所以,他接着说:“我看你去就行,大全,好兄弟,这事儿全靠你了。”

“和哥,客气什么!”

“不是客气,真的全靠你了!”在和木眼里,大全是他的得力助手,他是把他当作兄弟看的。某种程度上讲,大全就是另外一个自己。

“嗨!和哥,我做的都是小事儿,大局还得你掌控啊!有你的影响力在,什么事都好办的。”大全说的是实话,都是培养多年的老关系了,无非是打个电话，吃个饭，打打牌，关键时候意思意思罢了。

他们说话时，那个女人的形象又在和木脑海里闪现了。他使劲压制着自己。

晚上这几位客人，照往常的习惯，他说什么都要亲自陪的。今天却不想。也没有什么更重要的事儿，就是不愿意去吃那些饭，喝那些酒，赔那些笑，说那些话了。仅此而已。理由简单得像一个小孩在发脾气。有时候，烦了，委屈了，他还会问自己，为什么越有钱反倒越要为它东奔西走、低三下四呢？

回到家，老婆不在。她总是这样。这个肥胖臃肿而又年过半百的女人，现在除了对他“无微不至”的猜测，就是和麻将的“亲密接触”。麻将简直就是她的丈夫了。哼哼！他苦笑一下，又摇了摇头。对老婆现在的状况，他是深感失望的。

他并不是喜新厌旧。在性这方面，他简直像是有洁癖，这在老总们中间也算是另类了。大全也笑他是不是为哪个女人守身如玉呢。他理解大全，大全未必理解他。

但是这一次，他却喜欢上了那个女人，蛮合他胃口的。他注意她有一段时间了。她是朦胧的、神秘的，甚至是梦幻的，像是某些夜里做的某些不切实际的梦。他猜想：那个女人一定是一只极品的猫，有着花色迷离的毛，有着包藏起来的躁动。她一半是冰，另一半是火。

很多深夜，他和那个女人都有一个“规定动作”：他在阳台上抽烟，烟火一明一暗，过一会儿，对面那个女人就在薄薄的窗帘后面舞动起来。前者呼，后者应，约会一般，是隔着时空的“相见”，真实而又虚幻。他把那个女人的舞蹈当成了一场视觉上的盛宴。今夜却没有。他到阳台上看了，烟也点着了，烟头像他的心事一样忽明忽暗的，显得有些乱，那个女人没有出现，灯暗着。她也许和受伤的宠物狗一起睡了。

他进屋躺下了。他有心事。因为那个女人，他多少有点儿心猿意马的。可以理解。但又是很不应该的。对眼前即将来临的成功，他感到深深的失落，就好像一个急于看风景的人，路上心急火燎地往前赶，到了那里一看，哎呀！也不过如此，心里空落落的，失望极了。又不知道下一步到哪里去，茫然四顾，心生苍凉。

不只这一次，每一次成功之前都是这样。要说，再往前走一切都是可以预料的，可他就是强迫自己想前面一定有不可捉摸的东西。他害怕自己会突然找不到方向，找不到下一个出口在哪里。好在，每一次都能逢凶化吉，像一匹马一样跨过沟沟坎坎，奔跑在另一条征途上。但这一次，他的方向感更差了，他觉得这一次面临的关隘将是自己一生中最艰难的一个。

有时候他还禁不住想，成功的意义究竟是什么？为钱？钱他有。为了家庭？不提也罢，一提就心烦。

家庭成为他最头疼的事儿。儿子让他担忧，老婆让他失望，而这似乎与他经商有很大关系。经商之前不是这样的。那时候，在最艰难的时候他们反而个个都显现出革命者的本色。可看着亲人们像劳苦大众，他心里实在不忍。他是个知识分子，是个机关职员，是个很有前途的年轻人，可又有什么用。自己感到无聊不说，家人跟着也受罪。有人说，熬吧！时间长了就熬出头了。但他想，还是下海经商好。有本事，自己干，也许可以闯出一番新天地。他之所以毅然决然地跳下去，归根结底是为了老婆不再受罪，儿子能有个好的成长环境。尤其是孩子的教育，弄不好成了废品，家人急死，社会也不会掏钱买这个账的。扑通一声下去——当然是没少喝水——竟然成了。他有钱了。可谁知真的富了，他们反倒不如从前了。糟糕得很。他多么想找回从前的他们哦！

先前还有个目标，让他们生活得好，现在连这个目标也没有了。没意思的。原来做个有钱人并不是想象的那么美。生活不该是这个样子的，人生也不该是这个样子的。

他在床上翻了一下身，想到大全说他是个大鳄，暗自笑了，大鳄有什么好呀！连自己的老婆和儿子都被它“吃掉”了，难道自己以后还要张开大嘴四处乱咬吗？

第二天一早，和木决定去看看儿子。儿子是他的宝贝疙瘩，也是他的心病。儿子的状况可以用两个词来形容，一个是叛逆，一个是仇恨。对什么都叛逆。仇恨的是自己的父亲。他不知道儿子为什么会恨自己，自己可是他的老子啊。老子是什么？老子是把他从虚空里弄到这个世界的人。老子就是他的根。

他曾问过老婆：“儿子怎么了？为什么对我这么恨？”

老婆说：“不懂了吧！他生出来就是为了和你对着干的。”

老婆又说：“你就是爱管闲事，儿子最烦这个。”

他很无奈，老子管管儿子还不行吗？

老婆就笑了，说：“你自个儿琢磨吧！”

儿子年轻气盛，锋芒毕露，明摆着就是一只矛，专门对着他这块盾练习枪法。真拿他没办法。儿子特犟，你叫他往东，他偏往西；你叫他往西，他折过身就往东面猛撞，满怀深仇大恨似的。

他真是比谁都冤，摊上这么个冤家对头似的主儿。

可说起来，儿子小时候却是天资聪明的。那时，和木心里按捺不住地高兴，不说堪比曹操，至少也似奸雄所言的生子当如孙仲谋吧。可儿子打小就瞎折腾，实在叫父母摸不着劲儿。一会儿说学画画，你刚说行他就变。弹钢琴，琴摆在他面前了，却不看谱，右手的中指直愣愣地往上捣，像是在练一指禅……实在拿他没办法。顺其自然吧，问题更多了，烟，酒，打架，赌博，狐朋狗友一大群。乌七八糟的，纯粹是个不良少年。

和木提心吊胆的，随时都准备到派出所领人。好在没有。儿子这个富家少爷属于揣着明白装糊涂型的，小事不断，但从不越法律的界。混到高中毕业，亏得和木及早着手，好歹联系了省城的一所大学。还不错，儿子总算乖了一次，同意上大学。一群亲朋好友帮忙想了好多专业,他都不要,反而义正词严地说:“都不行,落伍了,我要学有高度的。”“什么有高度?”儿子说:“哲学。”就这么着吧,儿子成了哲学系的大学生了。

开车去省城看儿子的路上,他把儿子从小到大的细节想了个遍,竟然想得心里酸溜溜的,差一点儿就要落泪了。如果连儿子都成了被这个社会淘汰的“次品”,那他所有的打拼又有什么意义?他的生活还有什么意义?儿子的失败就是他的失败。情绪低落时,他反而又有了开快车的冲动,几次都差一点儿飙起来。好在他控制住了。

快到学校门口,他给儿子发了短信。事先没敢说要来。儿子的脾气他知道,一说就不让来了。

儿子回复:“你来干什么?甭来!”

“已经到了。”

“二楼大教室,教授的公开课,来吧。”

“好,好。”

和门卫费了一番口舌,签了字,总算进去了。校园真是个好地方,青春和书香气息浓郁。到了二楼,费了些周折,总算找到了大教室。后门开着,满满当当都是莘莘学子。怎么才能找到自己的儿子?先进去再说。和最后一排一个小男生挤在一块儿,小男生的笔记本上写了两个成语:茹毛饮血、刀耕火种。他盯着看得入神,暂时忘了在一堆后脑勺中寻找儿子的那颗了。

教授讲到激动之处,嘴里蹦出一串哲学家的名字,和木倒也听清了几个。教授突然提高了声音说,谁有什么问题可以用小纸条的方式递上来。和木感觉有些寂寥,寂寥之中偏偏又突发奇想,问小男生要了那两个成语,又借笔添了句话:这两个词语具有什么哲学意味?后缀:商人和木。这后缀其实不是卖弄,只是他想从学生们中脱颖而出设计的一个小花招。竟然中招了。教授拿着小纸条念了起来。和木心里默念:好,好,幸运,幸运。待听到“商人和木”这几个字时,他却感到有些羞愧。坐不住了，走出教室，在外面踌躇地走了几趟，还是决定离开，索性把电话也关掉了。

中午在公司吃的饭。大全不在。午休后，才想起来要给大全交代点事儿。打开手机问大全，说一会儿就回去。刚说完，儿子的电话就打了进来。不是问候，简直是臭骂，是知识对财富的批判，是文化人对商人的揭露。儿子最后对他吼道："什么是茹毛饮血？什么是刀耕火种？你，你，你——就是。"连用三个你，步步紧逼了。

这小子越来越没有规矩了，要搁古代这就是欺君犯上，杀头之罪。

他没有和儿子对着吼，他不能和儿子一般见识。家长教育孩子不能粗暴，要语重心长，要春风化雨，要润物细无声。他是准备往这个方向努力的，谁知一张嘴却没有契合自己的努力，还是老一套。

"儿子，喂，儿子，我再给你打些 money（钱），好不好？"儿子不让说钱，也不让说人民币，都俗，让说 money。

儿子听了在电话里劈头盖脸就是一句："好个屁，我才不要你的臭……臭 money。"好像不是说 money，是说骂人的话那样恨。

他听了没有生气，反而捂着嘴笑了，他笑着在自己的办公室里踱起了步子，好像脚下踩着满地花花绿绿的钞票。臭小子，money 能买到很多人的心，难不成还糊弄不了你小子！

"我不要你的，我要自己挣，我要买彩票。"

"好！好！好！我给你往卡上打，你用卡买。"

电话打完，他才把憋着的笑统统放出来。没完没了地放。他用手捂着大肚子，都笑得肚子疼了。大全进来时他还在笑。

大全问："和哥，怎么了？什么好事？"

他说："被儿子骂了，高兴。"大全被他的话弄得一脸的莫名其妙。

心里高兴了，他就想给老婆打个电话。老婆总是说自己不在乎她了，其实不是。他心里还有她。

拨通了电话，他问："老婆，你在哪儿？"

老婆没有回答,反过来问:“你又上哪儿胡混去了哦?”

他没有生气,说:“在公司呢。”

“谁信?”

“你信不过我?”

“这一段又和哪个女人勾搭上了?”老婆的疑心病又犯了。

“你想哪儿去了?我从来就没和别的女人玩儿过。”

“你能憋着?”老婆这个样子真让他受不了。

他生气了,说:“憋死算了。”

这话显然是有点儿狠毒了。越是对最亲近的人,越是不那么容易保持客气。但他的狠毒并不是毫无来头的。他的老婆是原配,是结发。他们曾经那么纯真地相爱过,在最艰苦的时候越发亲密无间,现在富了,隔阂却产生了。这与他的初衷是多么背道而驰。

本来,他还想和老婆说说儿子的情况,又想想,还是算了吧,就挂了电话。

一个人坐在办公室,他回忆起以前和老婆的点点滴滴,那些曾经的刻骨铭心,那么美。就说他们第一次见面的情景吧,他们胆怯得像颤抖的白纸,渐渐地,他们放松了,她出人意料地开口哼唱了:“没有花香,没有树高,我是一棵无人知道的小草……”此刻,歌声仿佛又在耳旁响起了,老婆那时的影子也在眼前舞动起来。

第一次见面是在老家的田野上,脚下的草正欲抽出嫩芽,远处是麦苗的绿和油菜的黄,它们一大块儿一大块儿地铺在田野中,仿佛是农民用自己勤劳的双手描绘的巨幅油画,多么美。

这一切现在真的都像梦了,再也无法找到了。他不是没有努力寻找过,可每次都是失望,都是窝火。

突发奇想似的,他想再听听老婆唱那首歌。电话又打过去,他温柔地说:“老婆,你再给我唱唱《小草》吧。”

一瓢冰冷的水泼了过来:“上包间找小姐唱吧,好听。”然后电话挂断了。他呆坐在办公室里回不过神来。只剩下一个人的孤寂,孤寂之中躁动的火苗反而乱蹿了——他更加渴望再次见到那个女人了。

这天夜里,和木又上了二楼的阳台。他点着了烟,烟火一明一暗的,这是她熟悉的信号。他的信号发得好苦,就像是发向茫茫宇宙的探测器,你能够期待的似乎永远只是有去无回。终于有了回应,那个女人亮了灯,是深夜里的灿烂。他们都有各自的规定动作。他的规定动作是一根一根地抽烟,烟头在夜色里一明一暗,烟火是他炽热的心。她的规定动作是拉开厚厚的窗帘,隔着一层轻纱起舞弄清影。她的舞姿舒缓而又曼妙,隔着一层薄雾,有水袖,有挪移的舞步,她像一个下凡的嫦娥,近在眼前,又恍若隔世。他们的夜宴是无声的,也是不可捉摸的。多么神秘,神秘得令人向往。

和木决定去看看那个女人。他是有充足理由的,因为他们早已熟悉,也因为那只被他碾伤的宠物狗。

一天,他敲开了她的门,女人很礼貌地把他让进屋。他看见女人家里的一面墙上贴满了照片,都是她身着戏服的照片,每一张都美轮美奂。他边看边赞叹。女人没有回应。她只是轻轻走到储物柜的一个格子面前,格子里摆着一尊翡翠菩萨,两个花瓶,一个花瓶里插着一朵娇艳欲滴的玫瑰花,另一个里面插着一棵很普通的小草,菩萨和花草隔着一小段距离。女人双手合掌,对着一花一草鞠了一个躬,然后再往前亲了一下菩萨的嘴唇。他眼里满是惊奇,嘴里啧啧称赞。女人扭过头,冲他微微一笑。真是莫名其妙,他的心里一阵发热,简直想拥她入怀了。

仿佛要掩饰什么似的,他赶忙问道:“你的小宝贝还好吧!”

她轻声说:“喏,在床上睡呢。”

她又接着说:“你是对面的?”

他回答:“是的,我是对面的。”

他们的关系怪异了,既熟悉又陌生,既陌生又熟悉。这让人相当别扭,你不能太冷淡了,也不能太热情了,拿捏不好的。他们都能感觉得到的,所以说话就格外小心。

“这个小宝贝,你可要照顾好哦,多可爱,不用说是你的亲密伙伴。”

谁知,她听了,却摇摇头,继而轻飘飘地说:“它是前夫送的。”他不知道该怎样接她的话,只是嗯了一声。

“前夫说,没有他了,我需要这么个活物陪伴着。”

“也许……也许他说得对。”

她竟然突然生气了,说:“他错了,我不需要它,我也不需要他。他就是个色鬼,永远都没有满足的时候。他伤了我的心了。原本我是一个心肠多么柔软的人,我愿意亲近所有人。可是,现在不了,我的心坚硬了,我要离他和他们远远的,都不是好东西。”

“或许是你过于追求完美的缘故呢?这样往往在现实中会受到伤害的,是吗?”

“哪里哦!”她的语气带着嗔怪,仿佛是针对他的,又仿佛是针对前夫的,“那……那你是觉得我是个小心眼儿了?”

“不,不,我不是这个意思,我只是想你这样做是不是过于极端了。”

女人对他冷笑了,说:“哼哼!极端?管它呢,我只是对现在的一切感到累了、烦了。管它家庭的、社会的什么狗屁责任,我只想对自己负责。难道这个世界上就没有一些让我惊喜的东西了吗?我不相信。我想,我的离开就是要去寻找这些东西的。”

“寻找什么?惊喜?”

“不能吗?”她噘着嘴,样子可爱极了,“归根结底,我要去寻找自己想要的生活。你不是一样的吗?”

“呵呵!也是,也是。”他这是苦笑了。

女人又笑了。此时,这个可爱的女人显得多么调皮,她那双纯净的眼睛盯着他看，说："我们也许可以来个约定，一年之后，看我们能不能找到自己想要的生活。"

"可以，但我不知道这样做是不是有意义，也许我能下得了决心，也许不能。最起码现在不行。"

"你们男人总是这样，热衷于金钱、权力和女人。"女人叹息道。

他不知道该如何回答她了。他惊慌失措，额头上沁出一层细汗。这个女人是把他看作和她前夫一样的男人了。

女人没有觉察他表情的异样，接着又说："我想这个世界上总有一个人是懂我的，也许他正在某个地方等着我呢。"她说得很无意，可显然已经伤了他的心了。

这天，和木从女人家里离开的时候，她还告诉他，她不想再陪这个小家伙了，她准备一个人到大草原去，能待多长时间就待多长时间。走之前，要把它安排好——当然她不想把它送给别人，而是突发奇想地决定训练它，让它具备野外生存的能力，就像野猫，离开人照样活得下去，不能让它永远都是一个彻底的寄生虫。

不管她的想法多么荒唐，他都没有反驳，说到底，他是没有任何权利去干涉和左右她的任何决定的。

女人希望有时间的话，他能陪她一起带着狗到野外适应适应。这个要求不过分，甚至是他十分情愿的。他答应了。

后来，他陪女人到野外去了几次，和她一起训练这个可怜的小家伙。似乎不是那么顺利，但她依然是执着的。他发现，女人一旦来到野外就好像变了一个人似的。她的许多疯狂举动让他猜测这个女人身上到底蕴藏着多少能量。女人在草地上狂奔，打滚儿，肆意地颠覆着淑女的形象。刮大风时，她冲着风大笑、大叫，还颇有创意地揪着两只耳朵倾听风的呼啸。好像是，只有大风从远处带来的消息才能抚慰女人内心深处的躁动和渴望。

他们的关系也进展顺利，从手拉手到拥抱，到接吻，简直亲密无间了。但还没有到"那一步",虽然两个人的内心都在期望着它。也许,他们对此还是有一点点的排斥,毕竟它是带着不道德的媾和成分的。

一天下午,他开车带她和宠物狗到一个人迹罕至的山林中去。他们一开始平静得异乎寻常,其实是欲火中烧了。渐渐地,他们的身体神经质般地有了颤动,眼神一会儿飘忽不定,一会儿扑朔迷离。狗安安静静地蜷伏在她身旁,反倒越发衬托了他们的局促不安。四周寂静。他们呼出的气息时而谨小慎微,时而又难以抑制地急促。车子走的是一条荒废的省道。它踽踽而行,它满腹心事,它像是驶进了一条精心策划的欲望之旅。前面是刀山,前面是火海,前面是一条万劫不复的地狱深渊。

想象的疯狂却戛然而止。女人捂紧嘴巴惊叫了一声。车子醒了,人也醒了。前面不远处停着一辆红色的跑车。车是什么牌子对他们并不重要,重要的是——要命的是跑车内的那两个人,一男一女,他们正在车内进行着一场赤裸裸的"人肉大战",从车门露出来的四条腿正慌乱地纠缠着。

和木笑了笑,说:"两个人真浪漫啊!"

女人的脸色变得煞白:"太肮脏了!"

那对男女也发现了他们。那对男女慌乱地穿起衣服,然后关上车门,跑车一溜烟逃走了。

他们有些发呆。过了几分钟,女人说,咱们回去吧。

回去的路上,两人默然无语。和木的眼里满是那一对男女留在草地上的卫生纸,仿佛有风吹过,纸团在眼睛里晃动,白得刺眼,它们是青青草地上的一道败笔。

一周后,女人发短信给他:狗已放归野外,我已经到了内蒙古大草原。读完短信,他很失落,她到底还是离开了他。但严格地讲,这样理解是不正确的,他们之间并没有什么承诺,唯一的一个约定也只是一个各奔东西的寻找。

天气说冷就冷了。冷是个什么东西？它孤独，却不成形。它对着虚空玩虚空，它无处不在却又对着天地万物撒着弥天大谎。

让和木心感宽慰的是儿子主动给他打电话了，很频繁。在电话里儿子亲切地喊他爸了，这让他激动万分，他又重温了当爸爸的幸福感觉。儿子的叫声是人间的，又是非人间的。它神圣、纯洁，也爱意盈怀，他幸福得简直无法承受了。

原来，儿子频繁地喊爸是有原因的。他心里有一个很深很深的洞，空荡荡的，像一张倾盆大口，随时都要吞噬掉活生生的儿子。儿子在一个深夜打电话，痛苦地追问他："爸！爸！你说，人活着到底为了什么？存在的意义究竟是什么？"句句都是利刃，直逼他的命门。

和木当然有好多话能讲，可以滔滔不绝，也可以一句顶一万句。但在儿子面前他却无话可说。所有的话都在舌头上打战，像蛇信子，他不忍心把它赤裸裸地吐在儿子面前。

他只能劝儿子："儿子，千万不要想那么多，你不能这样，你要好好的啊！"虽说是语重心长的，但他早已心急如焚了。

他最终没有成为大鳄。和他竞争的另一方胜利了，对方可以肆无忌惮地张开血口吃肉了。不过，这是无所谓的，吃或者被吃，原本极其平常。

只是，大全离开他时的话叫他伤心，他实在不应该对他和哥那样说。

大全打电话给他说："和总，我对不住您，事儿没给您办成，我没有咬紧，没把他给咬死了。哥，我应该像只狗似的咬住他死死不放。我没有这样做，我连只狗都不如，哥，你再要我还有什么意义……"

说玩就挂了。和木再打，他就不接了。其实，和木是不应该再打的。他们都是这样的狗脾气，再说还有什么意思。话不说透还可以留点儿念想，留些美好的印象，说透了真的就没有一点儿意思了。但大全他实在不应该在这个时候说什么狗不狗的，太伤感情了，都兄弟了，这算怎么回事，痛得人心都碎成八瓣了。

他可以给大全兄弟盖棺论定的，咱们是兄弟，永远是兄弟。还有再见的机会的，再见到“你们”我也不会生气，不生“那个人”的气，也不生你的气。兄弟，你应该这样的，你跟了他我支持，我高兴，你知道吗？我伤心的是你并没有把我当成哥，你也没有把自己当成我的兄弟。

冬天来了。冬天也有阳光很好的日子。冬天让人冷静，阳光却叫人暖和。在这样的日子里，和木时时会想起那个女人，想起那一次梦幻旅程，也会想起那一堆慌乱的纸团。

又一个下午，他开车去重温旧梦。隔着车窗，不时能看到在路旁的小片草丛里烧荒的人，有领着孩子的中年人，也有老年人。他们三三两两的，在火苗面前时而沉静，时而发呆，时而又手舞足蹈起来。火是一种多么奇妙的东西啊，它是燃烧起来的空气，它是聚集起来的光和热，它也是每个人眼里跳跃而起的幻想，灵光乍现，一闪而过。看着这些自娱自乐的人们，他笑了，笑得平静，笑得安详，笑得无奈，笑得也寂寞。火在他眼中成了夜空中璀璨夺目的烟花，和夜一起灿烂，也和夜一起静默。他觉得自己看到的和想到的都是老照片，和自己的往昔归为一类。生活就是一本相册，收藏丰富，一旦打开它，你就仿佛看到了一场精彩的电影，你我都是演员，在各自的舞台上演绎着悲欢离合的故事。

车终于开到了那个地方，草地还在，只是草色已经枯黄了，纸团也已经消失了。他停了车，站在草地旁凝神深思。后来，他掏出一支烟来，慢慢地递到嘴边，衔着。他又去掏打火机。掏出来了，拿在手里，往上抬了一下，又静静地擎着不动。下意识地，他按了一下，啪的一声，火苗蹿了起来，蓝幽幽的。他想起了那个女人，也想起了老婆、儿子，还有大全……他们都在火苗里，好多的人，好多的事儿都在里面。他没有点烟，而是弯下腰点燃了草丛，一点点，一点点，慢慢地，火苗的小舌头向周围舔去。火大了。野火有了嘴巴，野火也有了舌头，风指挥着它们到处乱咬，到处乱舔。一股大风吹了过来，漫山遍野都是滚动的红光。风助火威，火焰焦躁了，猖狂了，噼噼啪啪，摧枯拉朽。它们乘着风舞蹈，它们在风口浪尖上玩了一把自焚的游戏。火舌向远处猛扑过去，像巨浪，汹涌而去，也像拔地而起的风暴，所到之处，一切荡然无存，唯有中心的平静。火舌过后是烟雾，是灰烬，是草木们又一次浴火重生的旧梦。他陶醉了。火让他产生了幻觉，极不可思议的：他看到那个女人穿一袭白衣，左手擎着一棵小草，右手擎着一朵玫瑰花。她舞动着，踏着火焰的节律。他还看见一条白色的影子从脚边掠了过去，是那个可怜的小家伙，它从灰烬中穿了过去，沿着山坡往上钻进燃烧的山林里了。

恍惚之后，他的头脑反而越来越清醒了，他想：这眼前燃烧之后的荒野，以后不会再是荒草丛生的了，一定会满是被露水滋润着的嫩芽，多么清新，多么美好！儿子会好的，老婆会好的，包括大全和那个女人，甚至那个可怜的小家伙——大家都会好的。

我们的时光和循环

1

我们是一群即将失去青春的年轻人。

我们聚集在一条小溪旁。这条小溪形态逶迤,面容清秀,像一个性格开朗的女孩。它从一个幽邃的山洞里流出。我们都想进入山洞看看里面究竟有什么奇特的东西。可是一旦来到洞口,大家又都迟疑起来,心里感到恐惧。每个人的表情都像一块破碎的处于游离状态的阴云。

于是,我们就找一块空地坐了下来。坐下来时,我看见从洞口里面飞出一只浑身紫色的小鸟。它轻轻拍打着翅膀,动作轻盈。很显然它没有飞向远处的想法。扑棱扑棱的声音一直响在我们耳旁,仿佛是借机向我们传达什么感觉似的。我几乎就要看清楚小鸟眼神里带着的温柔和浪漫。就像小小看着我时的眼神。不过,现在她没有这样看我。她站起来向小溪旁走去。这只紫色的小鸟停在岸边,眼睛正盯着平静的水面。

我回忆起以前和小小在这里的情景。

那是一个秋天的下午。秋风里带着些烟雾的味道,令人惬意的清凉在我身边打转。

“秋风上身了哦!”小小轻柔地说。

“是哦！怎么？难道有什么寓意吗?”

“没有,没有那么神秘。一种自然现象而已。”她冲我笑笑。

“你看天上的云多白,多美。”

“哦！是的。”我看着她如丝的秀发呆呆地说。

“有时候觉得,我就像那一片轻柔的薄云。”她的眼神已有些变化。

我不知该如何回答,看她的眼神也有些胆怯。本想说出来的话怎么也无法表达出来。她是如此的冷静和美丽,我怕有些话会玷污到她,但还是不禁说道:“也许那片云也像你一样,在轻轻地掩饰着什么。”

“什么？呵呵！你说话也像你的文章一样美哦!”

“是吗？我怎么从来就没有这种感觉呢?”

“真的!”她一脸虔诚,使我觉得我的推辞很虚假。

“其实,很多时候写文章就像是在赌博。”

“怎么这样说呢？多么神圣的事。”

“不一定是这样的。心里备受煎熬呢！赌自己的思想、自己的人物形象,包括语言的含义,等等。那是很可怕的事情。担心得要命不说,还要在如同夜路上出现鬼魅的情况下继续前进,你说好玩吗?”

“不好。”她矜持地噘起可爱的小嘴。

“我也是在赌博,自己和自己赌博,是不是失败的可能性很大啊?”小小像是突然间变得成熟了。或许只是在这一瞬间的气氛中才这样,也未可知。若是照此发展下去,她也会是一个与以前截然不同的人。

我立刻觉得我毁掉了一个清纯可爱的女孩。

“罪过,罪过!”我半是感叹半是开玩笑地小声说。她不清楚我到底是说给她听的,还是自言自语,就呆呆地看着我。她又恢复了本来的样子,两眼湿润,好似有些清澈的水雾,薄得几乎透明,像轻纱一样笼罩在乌黑的眼珠上面,宛若夜空中明月朦胧出来的幻境之美。浑然天成,毫无做作扭捏之态,世界将美毫不吝啬地全部给了她,给了她的眼睛。

“你不曾恋爱过?”我知道自己是很违心地问的。

“从小就是一个很纯真的女孩子,爱干净到了极点,不喜欢男孩子的。”她的话是从心里流出来的,这一点我可以敏感地觉察到。

“对此,你父母的意思呢? 我是说我可以问你这么多吗?”

“没事。不知道,大概他们也是顺其自然的吧!”

“好呀! 顺其自然好呀!”

“你就像水哦!”我有些挑衅的意味。

“礼貌一点回答,我就是水做的。不客气的话,我可就沉默不语了。不过我性格如此,不会那样做的。”

“噢! 不好意思,对不起!”

我们有一段时间不再说话,在溪旁的草丛中自由踱步。

“那么,像火一样的女子会是什么样子呢?”她突然瞪大眼睛问我。

“哦! 哦! 我没有体验过的。也许像火柴头,咔嚓一声就熊熊燃烧起来了。”我有些蒙,一时语塞。

“火柴头吗?”

“哦……不是……哦……像是的。”

“你说她会自燃呢,还是需要别人把她燃烧起来呢?”她似乎是从哪里获得了思辨的灵感和力量,像一个变得坚强的战士一样步步为营。我感到力不从心。

“都有吧! 也许都不是。”

“什么?”她越发紧逼着我。

“我输了,输了。不说了,好吧!”我一脸窘相。

她出声地笑了起来:“这是不是你说的赌博?”

那天下午我们说了很多话。我似乎明白了,但又好像从来就没有胆量真正进入过她的内心。虽然整个大学阶段我们都在一起,但是她从来都没有说过喜欢我。她存在于我的内心,而且是在内心的极深处,深得让我没有勇气和力量去把她挖掘出来。她就这样被埋藏了起来。在她身旁,近得是如此真切。但她又只是一种光芒,在遥远的天空中兀自发着光,既使我觉得朦胧,又于虚幻之中刺激得我全身的毛孔都张开,都痒痛。我无法确认什么,我们都无法确认什么。心灵里游离的东西实在是太过于奥妙,神秘的滋味摧残了我所有世俗的理智和判断,我只能飘飘然于自我设定的迷茫之中。的确,我是在享受着这种感觉,求之而不得。愈是贪婪地吮吸它就愈是平淡得近乎没有,愈是平静地呼吸它就愈是从远处浓淡相宜而来。

小小说她喜欢小鸟,她说:“它们轻灵自由地在天空中飞着的样子,真让人羡慕!”那个秋天的下午,她也让我跟着她看小溪旁栖息和飞翔的小鸟。她还给我讲了一件有趣的事:“小鸟像女孩子一样爱照镜子呢!”

我很惊讶。

“那只鸟,它一直趴在一个明晃晃的大镜子边框上。”

“真的吗?”

“真的!它还试着跳起来闪动着贴在镜面上,真有趣!”

“是吗?”

“是的,有趣。它就像我们。”

“像我们?为什么?”

“它像我们一样在镜子里寻找自己。它总是在早上八九点钟准时趴在那面镜子上,然后上下左右地翻飞,它是不是在里面看到了另一个世界呢?”

“它还经常清晰地出现在我的梦中,很真实,很清晰的画面。”

我在她的话中感受到了真实和梦幻的交错。她越是说那只鸟是真实的,我就越觉得那是她在说梦。当我仿佛真的感觉那是一只梦中的小鸟时,它却分明清晰地映现在我的脑海中了。

如今,我觉得我就是那只徘徊在镜子面前的小鸟。

2

那只紫色的小鸟开始飞起来。我看见小小在注视着它。小鸟没有飞远,它在水面上几十厘米的空间上悬浮着。运动到极致而达到一种静止的状态,这真的让我觉得自然界中生灵的神奇。

过了一会儿,大家叫小小过来。我们是好不容易才聚在一起的。

小利大声喊道:“都过来!过来!我们要在一起的,我们是在一起的!”

“是的。”小美回应他。接着,小石、小郎、小小,还有我都大声回应:“是的,是的!”

我提议大家围坐在一起说话。我们都很高兴,七嘴八舌地说了很多。

后来我们逐渐严肃起来。

我们的话像我们的生活一样深沉。

小利说:“我们都是背负着自己的地狱过日子的。这是《挪威的森林》中渡边说的。我们都是背负着自己的地狱过日子的——欲望就是地狱。”

我们都以为是这样的。

“萨特说得挺好:‘我相信改变了的是我们,因为这是最简单的解决办法。’这也是皆大欢喜的办法。”小石说出了他们哲学系学生最想表达的。

我看了看大家,每个人的眼神里都像是有一只黑蝴蝶在飘浮着。

我说:“有时候,愈是悲在心中时,愈是让它无限地在一种快感中蔓延,仿佛只有这样才能更恰如其分地长舒郁闷之气。”

嘿!不知是谁孤单地冷笑一声。接着我们听到了小郎的话。

“世界俨然是一座大蜂房。我躲藏于一个小小的多边形蜂巢中。它承载了不同的时间色彩,景物的转换与喜怒哀乐相合,当一切似乎在剧烈地向前或向后运动时,空间由紧缩开始无限扩张。我有些失重,又有些飘浮的感觉。我就像是瞬间飞离到遥远的几万公里之外,使我看到了世界的真面目。它原本是黑暗的,永远的黑暗,以至于我们期待着什么东西能裂变出巨大的力量将其撕破。或者我自己就能看到永久的光明,是所有事物身上放出的灿烂之光聚集而成。并且,我在这里也看见了时间的真正面目,它是停滞的,像个有刻度的石碑一样可以触摸得到。它也许又不是停滞的。那么我希望它是急速前进的,就像闪电一样带着雷鸣而去。”

每个人的表情都阴暗了。

小小的话给我们带来了光亮。她的话在我的耳朵里尤其响亮:“我喜欢小鸟,我见到的任何一只鸟都发着光。刚才的那只鸟就聚集着一股强烈的紫色之光。先是几个光点,然后越聚越热烈,亮得刺眼。变成一个尖利的光的刀子,从我的眼里进去,消失掉了。”

哈哈!只有小美敢于笑出声来。她用笑声冲击着我们几个人形成的气氛:“呵呵!我们都来说说梦吧!挺有趣的!”

“是的,挺有趣!”我们没有一个不赞同的,“那我们就和小美说说梦吧!你先说吧!”大家都盯着她看,这使她显得很不自在。

“我的梦很美,眼前是彩色的雾,色彩也是会迷惑人的啊!我就像仙女一样从雾中飘然而至,下面是一汪碧绿幽深的春水。我很奇怪自己没有掉进水里。我就这样真切地看着下面的水流涌动着。”

“没什么呀!太虚了,我的梦才实在呢!我看见一个人在一块田里,他耕种,收获,再耕种,再收获。奇怪的是,他的整个过程极其短暂,几分钟之内就已完成,而且一直这样进行下去。”

“你是想当一个农夫吗?”小利问,“那个人是不是我的三伯?”他接着说——

“我梦见了我的三伯,还有瘸了一条腿的五伯。他们原来是朴实憨厚的农民,脸色像黄土。然而,他们却突然荒唐可笑地在暴打一个年轻貌美的女人。我从来没有见过他们这样夸张的脚踢拳打嘴咬的动作,像两条黄色的老狗。嗨!你们不知道,他们原来在打我的老婆。”

“哈哈!小利你个浪东西,连个老婆的影子还没有,屁上去打老婆啊!”我们都肆无忌惮地笑话他。

“你们不要笑了,听我说嘛!”小小的声音很小,但却平息了大家的笑,“我闭上眼睛就看见了一堆火,一堆火发出的光。火苗变幻出各种各样的形状,它们的缝隙里有一道道黑暗留下的痕迹。我甚至看到了很多水,火是水的反面,它们都是无形的。”

“哎呀!小小,你说到了水。”小石接着说,“我梦见了洪水,而且里面有很多人。我在里面用网捉了好多鱼,但是却越陷越深,即将没了我的喉咙。有一个人在岸上大声叫我,我听不见,只看到他像个哑巴一样手舞足蹈。我停下来,尽量不让洪水埋着头。奇怪,这时我能专心致志地看一场无声的电影。结尾是一个人的食指像雕塑一样面向观众,镜头缓缓左移,正对着一个在洪水中捉鱼的人。那个人的样子好傻。他的后面,一个巨大的黑色的怪鱼正悄悄地向他游去。”

“什么呀!乱七八糟的!还是听听小锋的吧!”大家看着我,他们很期待。

我使劲搓搓手,然后蒙在自己脸上。

我的梦就在手掌心里上演。我的声音就从巨大的手指缝里挤了出去。

“我梦见很多很多的人。他们一个个都被推倒在一个个小推车上，然后就像死了一样一动不动。后来，我的父亲也被推倒在上面。我看见后大嚷大叫，急得心脏都快蹦出来了。可是我不能动弹，两只脚像是被地下伸出的大手攥住了。我听到了哀乐，看样子这些人要被推进炉子里烧掉。父亲躺在小推车上的样子在哀乐的配合下无限地接近了死亡。

“非常可怕！

“我最不愿看到的就是死人的脸。那是让人设身处地想象之后感到无比恐惧的脸。对，我的说法很正确，人们都害怕设身处地的想象。

“父亲的脸没有颜色，没有表情，跟别人描述的死时的脸不太一样。原来死亡的脸是如此平静，并不像他们经常说起的苍白什么的。就是没有颜色，没有表情，所有的感觉都与他的脸无关而与看他脸的人的内心有关。马上就要被推入炉膛里了。我急得嘴唇咬破了。父亲这个时候却从小推车上坐了起来，继而又站了起来。他的表情像一个死亡的脸了。他大声呼叫：你们干什么？我不想死……

“众人一齐将他摁倒，并且都呜呼着：‘老天爷！老天爷！’一群上了年纪的妇女呜呼着：‘感谢！感谢！天地！天地！’

“他们害怕活人死掉，他们显然更害怕死人变活。”

“你父亲被烧掉了吗？”大家问我。

我说：“不知道。我曾经多次看见他躺下又起来，有两次还躺进了棺材，就是没有看到他真的死掉。有一次都入土为安了，我还觉得他没有死。”

“去！什么玩意儿！”大家对我所说的很不以为然。

我接着说：“后来，他们竟把我也摁倒在一个小推车上。我害怕极了，心脏从胸口蹦出来，砸在我的脚上，我成了一个无心人。全身所有的肌肉都紧张地抖动起来。我的感觉无比敏锐无比激烈，眼睛简直要从眼眶里炸出来。好像眼角有什么东西冒了出来，不是泪水，是红色的血……但是无济于事，最终我还是跟他们一样的结局……可怕的……我看着自己像个僵尸一样被人推进了炉膛……

“可怕的！只有我的心脏还在地上活着。”

说完后,我才觉得很不快活。我们应该高兴的,本来我们很高兴。

于是我便提议说:“我们用大笑为团聚庆祝一下吧!”

我们一齐大笑起来,笑了很长时间,笑得天色似乎明了暗,暗了又明,笑得一切似乎都变成一片模糊,只留下我们的笑声像是在一张白纸上跳舞一样。

不知道是谁已经看出了我们的情感正走向反面。他的忧伤的叹息结束了我们的大笑。笑声像梦一样消失。唯有笑声是这样快活,唯有做梦是这样忧伤。有人急得哭了,开始是一条涓涓细流,后来水源丰富起来,哭声像洪水一样泛滥。

没有一点儿办法。

没有什么要说的。我们无事可做,只好在小溪旁的空地上徘徊。徘徊的同时,大家都无法忽视小溪尽头的山洞。

这时,小小轻叹道:“我们该到哪里去？我们该不该进入山洞？”没有人回答。

停了一会儿,我说:“或许从山洞里进去就是一条捷径,人们会说我们就是从那里出来的。我们是从山洞里出来的人。”

还是没人回答。

我们一群年轻人依旧在小溪旁徘徊。

3

突然,四周传来了一阵轰隆隆的响声,像是有一群巨大的野兽奔跑过来。声音越来越近,原来是从四面八方会集而来的人群。他们聚集到我们身旁,用奇怪的眼神冷冷地看着我们。短暂,很短暂的时间之后,他们都朝山洞里跑去。后面的人仍然源源不断。

我们也只好跟着他们跑了。

我们几个斜着身子从洞口攀爬进去。里面显得阴暗迷蒙，空间很大，似乎容得下世界上所有的人。很深很深的地方有若隐若现的亮光，像是一片投到阴暗之上的白色光斑，来回晃动，飘浮不定。

我看见一个从来没有见过的东西。它趴在地上，张开大嘴说："你们是要 T 还是 F?"

我很迷惑。

人们似乎都和它很熟识。众人争先恐后地说：

"我要 T。"

"我要 F。"

他们几个扭头朝我会意地笑笑。他们模仿着人们的回答之后就化险为夷了。只有小小一个人像紫色的影子一样飘了过去。

我也赶紧说："我要 T，或者 F。"我很担心自己说得不对，犹豫不决可能给我招来杀身之祸。它看起来仿佛是一个能够震慑整个时间和空间的统治者。

"我们的主宰者！"人们都大声呼喊，"主宰者！主宰者！"

他们叫它主宰者的怪物给我留下深刻的印象。通体黑色的像块土豆一样浑身凸凹的，它就那么趴在地上，很显然它扼住了这条通道的要塞。道理上和心理上实在应该有另外一些路可以通过，然而现实却是：这里是唯一的一条，或者说是适合我们而我们又心甘情愿冒死一过的唯一一条。仔细地看，它还显得有些憨态，颜色是灰色的，形状像不规则的土豆，但却很大，足有两米来长，身材臃肿，皮肤上密密麻麻地长着一张一合的小孔，从小孔里面不断分泌出淡黄色的液体。我可以断定它有四条粗大的脚正压在肚子底下。头的形状呈半圆弧形，上面两侧突兀地显现出两个眼珠。嘴巴大得出奇，张开就像裂开一样，几乎占了整个身体的一半。

它的眼神让人难懂。我不能用看待一个人的眼光去审视它。如果从人的角度看,它的眼神里流露着散淡的憨厚之光,绝对不是可怕的狰狞之光,好似一个临死之际的生物发出来的。但仔细地看,在它眼神的这种底色之下,里面的亮光变化不定。虽不显现什么力量,但变化的频率和某种不可知晓的目的却似乎显而易见。

“你过还是不过?”它问。

“我要过,一定要！可是要T还是F呢?”我极度忐忑,甚至本能地惶恐了。我问小利:“我该要什么?”

“F吧!”他很随意地说了这句话,我就轻松地过了关。其实艰难的是脚下和手掌下面,危难重重。我们一群人必须腹部贴着地面,脚蹬着一些凸出来的石头,还要时时小心石头的脱落。手在眼睛的授意下迅速而准确地攥住那些比较牢固的草木藤蔓。

终于爬了过去。

我看见他们越来越小,越来越小。我一直盯着的小小的紫色影子却突然间变成了一道锋利的白光,如钻石般璀璨耀眼。她向前疾驶着。璀璨的光芒让我震撼。但找不到小小使我痛苦万分,我什么也不顾了,大声叫着:“小小！小小!”我举起双手大声喊道:“小小,等等我！等我!”边喊边跑了起来。璀璨的钻石之光照耀得山洞里一片明亮。没有跑几步我就停了下来。我感到脖子上有冰冷刺骨的感觉,扭头一看,魂儿都快吓掉了。一条巨大的血红的舌头像一匹布一样伸展过来,它正舔在我的脖颈上。

“你放过我吧!”我赶紧跪地求饶。

“你们这些人啊!”主宰者叹息着。

“你你你……放过我吧!”

“你们就是最神圣最伟大和最肮脏最龌龊的结合,就像你们两腿之间的那东西。”

我大吃一惊。头使劲磕在地上,鲜血淋漓起来。主宰者饶了我一命。

4

终于出了山洞，眼前的情景跟先前差不多，小溪流向同一个方向。前面是一个一模一样的山洞。仍然不见小小的身影，我失望极了。刚才还可以看到她的紫色影子和璀璨之光，出来之后什么也看不见了。

“小小到底去了哪里？你们几个说呀！我们要 T 和 F 到底有什么用？”我疯了一样大声问他们。

他们瞪着我，然后都发疯似的跑了起来。我只能跟在他们后面，我们夹杂在一群又一群的人中。后来就出现了一座高耸起来的石头垒起的大墙，或者叫大桥更合适，路面像桥，外观是一座石头砌成的大墙。我们就在大墙之上的大桥上面飞奔起来。在短暂的间隙之中，我还能上下左右地张望。这座坚硬的灰色的大石桥好像直插云霄，使其冰冷的感觉强硬地融入宏大的湛蓝的天空里面。有无数片大小不一的白色云块反射着各种非正常的光的箭头，时空也仿佛因此而闪烁不止。整个环境中幻化出来的带有实物痕迹的色彩，经过无限的融化和撕裂，投射入大桥下面潺潺的溪流之中。水面上的景色更显得神秘莫测，山水和人们的各种姿态不断交叉错位。拉长视角镜头后，我就觉察出了哪些是优美的自然景色，哪些又是与自然相悖的真实的混乱——不管怎么说，真实的东西自有它强悍的存在理由。这样，反倒是小溪的柔润变得虚弱不堪。

我明显感觉自己正逐渐地变小。我想，一定是主宰者的舌头把我舔成了这个样子。

我在想念小小的伤感中跟着他们跑。他们似乎是在一圈一圈地跑，一关一关地过主宰者的关隘。我们都在一关关地变小，有许多东西还在可怜地消失，包括人。第一次时我失去了小小，现在我们也已看不见了小美，只剩下小石、小利、小郎和我。

在一棵大树下,一群人要惩罚小石,因为他要逃跑。我其实也早已厌倦了这样一关一关地转圈。

原来,这一群又一群人组成的一大群人早已定下了规矩:逃跑者和不合群者,格杀勿论!我们几个刚开始时都义愤填膺,大声叫唤着要与他们斗争到底。小利像个屠夫一样说:“你们敢动我哥们儿一根指头,我把你们碎尸万段!”他嘴里喷出的唾沫星子似乎带着血腥味。

小郎更是眼里冒火,浑身肌肉都绷紧了,愤怒让他说不出一句完整的话,只是扯开喉咙吼着:“妈的!……妈的!谁敢……”

只有我一个人呆呆地立着。眼前的一切都是不真实的,就像是一场永远也看不懂的电影。我无法真正融入其中,更无法获得心灵深处的共鸣或愤怒。

形势极为不妙。一群又一群的人围了上来,我们被淹没其中,周围是一望无际的海。许许多多声音像狂风骤雨般地砸向我们:“杀死他们,吃了他们!”

我还是没有做出反应。这时,我听见人群中一个忠厚的声音说道:“小利,你还不快动手!”

另一个凶恶的声音补充道:“小利,你个孙子,装什么好人!”

小石已不再挣扎。他的身体被人们的铜墙铁壁紧紧箍着。他只大声怒骂:“汉奸!汉奸!叛徒!叛徒!”他的眼睛盯着小利。小郎绷紧的肌肉已经开始发抖,他的表情像死人一般,但两只手还是不由自主地想伸向小利。终于,有两只手还是像狼爪子一样扑了上去。是的,的确是扑了上去,紧紧地攥住了小石的喉咙。但不是小郎的手,是小利的。

此时,我看见小利的双手握紧了小石的喉咙,像是正在握住一根细木棍。小石仍怒骂:“汉——奸!汉——奸!叛——徒!叛——徒!”艰难地发出一丁点声音。

小利的手松开了,松开的同时他嘿嘿地冷笑不止。他大声地对众人说:“你们都看我的!”然后,他吩咐小郎:“快去找一根绳子、一把尖刀。”小郎慌里慌张挤开人群跑了出去。不一会儿,他找来了绳子和尖刀,并且还搬来了一个奇怪的木头架子,底座是一块厚重的方形木块,上面立起一根一人高的木柱子,柱子头上向里面伸出两块夹板。小利指挥小郎先将木头架子对着大树摆放好。人群中出来四五个人帮忙。小利痛快地哈哈大笑。他们把小石弄到木头架子上站着,然后把他背靠着树绑了起来,从脚脖、小腿、大腿到胯部、腰,还有腹部,身体都绑得严严实实。头上则用一条白布沿眼睛缠了十几圈,也死死地绑在树上。

“你这是干什么?”众人都问。

“有你们好看的!”小利兴奋极了。

接着,他把尖刀的柄固定在柱子的夹板之中。刀尖平直,正对着小石的喉咙,挨着皮肤。

众人又问:“小利,你个孙子! 到底玩什么把戏?”

“有你们好看的!”

“我要给你们玩一个史上最奇特最刺激的刑罚。”

“哈哈!”

整个过程中,我都像个木头一样呆着不动。

此刻,我好像有些明白了,他们要弄死小石,小利是领着头干的。决不能让他们这样干。我先是冲他们大吼大叫,很奇怪,他们没有一点儿反应。我知道我此时已变得很小很小,像一只无助的蚂蚁。虽然我势单力薄,但是我决定为朋友豁出命去。后来,我跑到小利面前,他好像没有看见我一样。我用双手去抓他,什么也抓不住。我用尽全力照准他的脸扇去,只是像扇子一样扇起了一丝风。实在没有办法,我弓腿弯腰头像牛角一样朝他顶了过去。事情毫无起色,我竟然像空气一样从他身上弥散开去,看不出对他有丝毫影响。啊! 我怎么就如此消失了自己的实体。

我成了一个没有任何人类力量的魂儿。

刑罚仍在继续。小石虽然看不见,但他已感觉到人们要对他痛下杀手。他不能动弹一点,只能用嘴大声号叫:“你们都是王八蛋！忘恩负义的家伙!”

小利扇了他一耳光:“你住嘴吧！一会儿就有你好受的!”

小石又大声号叫:“你们就是蛋子,你们就是两腿之间的玩意儿!”

很显然,这种刑罚的致命之处在于受刑者的吞咽。只要他一咽下东西,喉头向上收缩,尖利的刀子就刺破喉头,直插里面,随着鲜血像喷泉一样喷射而出,所谓见血封喉,此人的死期便到了。

小石一直没有吞咽动作,连一口唾沫都没有下去。众人已忍耐不住,开始躁动起来,纷纷大骂小利,说他玩的是什么瞎把戏。

“拿酒来!”小利大声叫道。有人递上一碗酒。他夺了过去,将碗沿凑到小石嘴边,然后猛地一塞,同时手掌迅速向上一抬,一碗酒就完全灌进了小石的嘴里。紧接着,他左手捂紧小石的嘴巴,右手啪的一声扇在小石的脸上,只听咕咚一声,这碗酒落入小石的肚中。结果显而易见,人们面前出现了一幕见所未见、闻所未闻的景象。一碗酒,一把尖刀,一个小小的喉结收缩的动作,就结束了一个人的性命。

小石的血喷出来,喷在酒碗中,喷在小利的脸上。同时,我似乎还听到一声戏词般的呻吟:“好酒!”

5

所以,我决定悄悄地躲藏起来。做出这个决定时,我想到了小石。我也想到了他们捉住我时会行那样的刑,或者他们不用酒灌我,而是使用更残酷的方法。一切都无所谓。他们把我绑在那里,一连几天不让我吃东西,当然我也不会吃任何东西。在我饿得实在无法忍受时,他们就在我面前摆上很多令人垂涎的美味,这对我是多么残酷的折磨。

我该是被饿死，还是在吃下美味时被尖刀刺破喉咙而死？想到这里我总是不能决断，索性不想。

我只想我怎样才能悄悄地躲藏起来。我可以光着身子躲在洞穴里，还可以像一条鱼一样长满鳞片在水中游动。我最喜欢像昆虫一样在草间嬉戏，身边巨大的绿色使我惬意而充满幸福感，草叶上，滴滴洁净的水珠就足以让我感动终生。

我在小溪旁找到一个洞穴藏了起来。

他们仍然一圈一圈地转。我可以静静地思考许多问题。譬如，什么是T和F？我不知道答案。他们为什么一圈一圈地转？我仍然思考不出来结果。

有一天，当他们从我的门前经过时，我听见他们也在一起议论我思考的问题。

众人纷纷说："我们不知道！"

有人就说："既然不知道，为什么还要这样做？"

没有人再说话了。停了一会儿，有个人阴沉沉地说："不知道是最大的想象力。"

"不知道是维持良好秩序的法宝。"

"人们因为不知道而幸福。"

我实在是听不明白。只有最后一句话听得清楚："是前面的人要我们这样做的。"

"他们就是这样做的。"

虽然听清了，但是我再也没有心思管他们的事儿了。我一个人定居在小溪旁，最喜欢看一只只来去自如的小鸟，并且想着那些逝去的人。

我在心里想着小小。是的，我一直在心里静静地想着小小。

白　画

1.房子的屁股后面很热闹

厂子是老的,房子也是老的。这房子屁股后面的小巷原本是冷清的,现在却热闹起来。人们在房子的屁股上凿了许多门洞。说起来特别有意思,厂子和房子都已经老掉牙了,而门面却出人意料地新。从门里出去是小巷,从小巷的两端出去就是更繁华的街道了。经常从其中一个门里进进出出的女人叫吴馨,开美容美发店,挣女人的钱,也挣男人的钱。

吴馨小时候可不是这个样子。小时候,吴馨就像这个小城一样朴实。她自然地生长着,长在清清的水里和淡淡的梦里。她的爸妈都是东北人,年轻时响应国家的号召来这里建兵工厂,生产用来对付美英等帝国主义的炮弹。厂房就建在小城东面的山沟里,一个个隐藏得像潜伏起来的大炮台。炮弹被来自大江南北的年轻人制造出来,然后再拉到深山里的库房保存下来,时刻准备着对敌人"以牙还牙"。吴馨没有见过造好的炮弹,那是军品,严格得很。她只见过毛坯和废品,前头尖后头平的，足有二尺长，像大号的驳壳枪子弹。吴馨在电影上见过这类子弹，也看见过激烈的战斗场面。他们的工厂就像是那种战斗场面的延续，虽然没有枪炮齐鸣，没有呐喊和冲锋，但工人们生产炮弹时的爱国热情一点儿也不亚于电影里的士兵们。

工厂里是斗志昂扬的状态，回到小城里的居住区，气氛就生活化了。一排排红砖墙的楼房紧挨着，有三四层的，也有五六层的，每一户都简易而实用。现在看这样的楼房真是老掉牙了。那时候可是一流的，简直如同今天那些富人的豪宅和别墅。工人们穿着蓝色的劳动服，满身铁锈和油渍地从工厂回来，有说有笑，每个人的牙齿都被身上的黑色衬托得无比洁白。脸是黑，但黑得纯正，反倒个个越看越好看了。厂子里的孩子都喜欢闻铁锈味儿和机油味儿。吴馨那时候也爱闻。工厂里、居住区里到处都飘着这种味道，它们仿佛是早晨红彤彤的日头送下来的，也好像是夜晚天上的月亮洒过来的。

那时候工人的工资很高，他们干得带劲，心里更是带劲。时代说变就变。战争没有了，炮弹的意义就不大了，工人们的生产热情不得不骤然下降。转到生产民品是一个痛苦的裂变过程。工厂就像一辆老汽车，吭哧几下就没气了，然后再吭哧再没气。年轻力壮的都出去了，到外面寻来的活路似乎很精彩。老工人们不愿意再四处奔波，就留在这里，像守着命根子一样守着老厂子。

吴馨是独生女，她没有出去，她要留下来照顾父母。他们也不愿意宝贝女儿到外面遭罪。厂子虽然不行了，但国家有照顾，工人们暂时也不至于饿着肚子。她和父母一样早把这里当成了家，有份特殊的情感在里面。叔叔阿姨们老了，可他们年轻时的欢声笑语还在树荫里响着，小吴馨在他们身边绕来绕去的影子还若隐若现着……

这些东西像绳子，扯住了她的心。

2.咱俩是姐妹

吴馨做了那么多梦,但没有一个梦是有朝一日在这房子的屁股上开个美容美发店。她不相信什么命不命的。她不想拿这个说事,太虚,太没意思了。

她的梦是突然中断的。

20 岁那年的一个夏夜,她的身子被厂子里那个男人坚硬的异物野蛮地占领了。

在吴馨成为“沦陷区”的一个月后,她和一个叫白画的男人结婚了。厂子里的人都心存疑问,不知道他们俩是怎么弄到一块儿的。吴馨是没啥说的,多好一个女孩,要模样有模样,要家底有家底,嫁个有钱有势的人家那是小菜一碟。这个白画算咋回事,不知道是从哪里冒出来的,鬼魂似的飘到咱厂子里来了。飘来了还就缠住了咱厂子里最漂亮的吴馨了。吴馨这妮儿真是遇上鬼了。

别人说什么都是别人的,吴馨心里有数。白画是她中专的同学,家在郊区农村,学的是工艺美术。本来他俩不一个班,吴馨是机械制造专业。因为中专后来不包分配了,有些学生“耐不住寂寞”就提前毕业了,两个班折损大半,所以就合在了一起。说起来真是瞎胡闹,但也造就了许多跨专业的友谊和爱情。

白画爱画画。他对色彩有研究,眼里满是赤橙黄绿青蓝紫。那时候吴馨他俩爱在一块儿谈论颜色,同学们都知道他俩好。但他们的好不是女人和男人的好,像两个女人好一样。为什么这样说?因为白画生性柔弱,像个妹子。吴馨常拿这个使劲开他玩笑:“妹妹,妹妹,你是我的好妹妹。”

所以说,吴馨不是和一个男人结婚,她是想和一个妹妹相依为命的。

洞房花烛夜时，吴馨对白画说："妹妹，你还记得吗？咱俩是姐妹。"

白画先是一愣，反应过来就抿嘴轻笑："怎么不记得，咱俩是姐妹。"

"是姐妹咱俩就得有个姐妹的样子，姐对妹好，妹也对姐好。"

白画在吴馨的甜言蜜语中听出了无限的柔情蜜意，幸福得像个"女新郎"。那天晚上他幸福得一塌糊涂。吴馨用身体把他调教成了一个攻城拔寨的勇士。他不知道，在他们上床之前吴馨早已把他画画用的红色颜料洒在了床单上；他也不知道，吴馨在一个月之前流血之后就把红色当作了梦魇，她是鼓起了多大的勇气才想到用上这一招啊！他还不知道，当他在吴馨身上征讨杀伐之时，她只能把他当亲爱的妹妹看。

她的心里对男人是多么恐惧！

她心里哭着，却仍笑着说："我的好妹妹，妹呀！"

丈夫白画睡去，她却一夜未眠，眼前总是晃动着那个强迫给她第一次的男人。别人都不知道我这个可怕的梦魇。可是——妹呀，那个男人要压死我了。妹呀，我连他是谁都不知道，可我还得在心里给他留一个位置，我冤死了。

第二天，当着白画的面，吴馨把昨晚沾了"红"的床单撕破，扔到了垃圾桶里，还拿了铁棍子使劲把它捅到深处。

因为这个"红"轻而易举地就改变了她，就好像要验证"从哪里跌倒就从哪里站起来"，她决定在"红"上面重新站起来。所以，她选择了喜爱千百种色彩包括红色的白画做丈夫。他是个试验品。

这已经不是现实层面上对红色的做派了，是偏执，是勇敢者的极度恐惧，是恐惧者的视死如归。

她对白画说："以后在我面前轻易不要提红色。"

白画很纳闷："那我还要不要摆弄颜料和画笔？"

“要!”她回答得很坚定,视死如归的语气,弄得白画目瞪口呆。

3.小日子开始了

吴馨把红色全都抹到了那个男人身上,那个男人满身鲜血的形象就印在了吴馨的心里。这样的幻觉时不时就在她眼前翻飞。她让它扁,让它窄,她也让它厚,让它宽。她还给那个男人起了很多的名字,叫红兵,红旗,红日,红石……名字太多了,都堆积成山了。红色都可以流成河了。波涛滚滚,浩瀚无边。

生活也浩瀚。但更多的时候却是平静的,最起码表面上是这样的。刚结婚那阵,小两口的日子波澜不惊。虽然只有吴馨一个人上班挣钱,但因为家庭还没有什么实质性的需求,再加上吴馨爸妈的照顾,生活倒也平稳自足。

若想起以后可能产生的种种问题,也仅仅是停留在想象的层面上,仿佛一切都是因“想”而生,又因“想”而灭的。

白画有时候也着急,吴馨不愿他着急。他一着急就变了样儿,六神无主的,可怜得很,像个“傻妹妹”。

吴馨在心里享受着他们的姐妹关系呢,她这个“妹妹”呀,真是让她既心疼又怨恨。可心疼和怨恨的分明又是她自己。

白画整日和自己喜好的颜色纠缠着,反倒对她的痛痒全无感觉一般。即使如此,吴馨还变着法地哄他。她常对白画说:“你不要急,慢慢来,等你把所有颜色都研究透了,也给你姐画一张世界级的名画瞧瞧。那就好了,什么都好了,咱啥都不用求了,咱不就啥都有了吗?”白画被她的话逗得很开心。

没事的时候,吴馨爱带着他在厂区里转悠,给他讲自己还是个小姑娘时在某些角落发生的趣事。儿时的伙伴大多到外面的广阔世界里寻生活去了,她仍然可以在厂房的墙根处把他们的身影说得活灵活现。留在这里的大都是些已经退休的大叔大妈们,他们慈祥的面孔像厂区内梧桐树的宽大叶子,虽然已饱经多少年的风霜雨雪,但依然能在每一天清晨倔强地把自己伸展开来,有一点儿宠辱不惊的从容,也有一点儿繁华落尽的淡然。常有些长辈乐善地开他们的玩笑,说:"吴馨哦,又带着你的大画家出来瞧景致儿啊!"说得她都不好意思了。白画这时候很认真起来,不对他们笑了,也不是摆着个冷脸相对,而是满腹心事,深沉起来。他倒不是对他们生气了,而是在心里认真琢磨见到的景物,它们的形态,它们的质地,当然,最重要的是它们的色彩。

白画自然而然就成了吴馨的"色彩教师"。他和她说的话绝少不了"赤橙黄绿"之类的颜色词。他说"赤"但不说"红",他记着她的要求呢。

可是,渐渐地,养家糊口这个小鞭子就开始抽在他们身上。她被逼得有些烦躁的时候,白画就踮起脚抬起头冲吴馨的肩头外面吼。他用这种方式发泄对"外人外物"的不满。吴馨就也扭头看,其实什么都没有,又仿佛有很多东西繁繁杂杂地涌过来,一个一个都像混蛋,排着队在他们跟前耍着流氓。他吼得更急了:"别逼了,别逼了,一定会叫你们瞧好的。"

吴馨没有和他一起吼,更没有对着他吼。奇怪,她不气恼,她不想对他耍狠,对他耍狠就是对自己耍狠。她不气恼还因为心里有个小幻想,幻想着白画能画出一张好的画来。

4.吓破了胆

生活是个陀螺,越转越快,使置身其中的人眼花缭乱。不知道白画有没有眼花缭乱,反正他在色彩上是够乱的。他说,什么都逃不出色彩。他也说,无论什么他都可以用一种颜色形容。他还说,人生的每个阶段都是可以用色彩来形容的。他甚至说,色彩大于天。吴馨不愿反驳他。这样的论调多了，吴馨就有些憋不住了，半真半假地讥讽他：“你对颜色走火入魔了！你还是不是个男人了？不想想以后咱们的生活该怎么过，倒整天像个娘们儿一样胡思乱想。”

谁知白画听完笑了，脸上简直有些女人的妩媚，说：“你结婚时不是说我是你妹妹吗？你看我这个妹妹演得像不像？”

吴馨气得又想笑又想哭，说：“那时候是那时候，现在是现在，跟你开玩笑的，你还真当真了？”

白画盯着她看，还死乞白赖地用指头撩起吴馨额头的一缕头发，说：“你不是开玩笑的，你是认真的。”

“认真”两个字真的就像针，猛地刺痛了吴馨。一旦痛起来就无法平复了，像怒海决堤。

她骂他王八蛋，骂他臭男人，骂他是被狗熊偷去了胆，骂他男人不像个男人。

她心里一直没有这个狠劲的。她的狠劲被“那个男人”弄蔫了，溺死在了鲜血里。可如今，它死而复生了。

看吴馨的样子是认真的，白画就不笑了，在屋子里转来转去。转到最后愣在墙上的镜子前，瞪着里面的自己。愣一会儿扭过头对吴馨说：“那你说我该怎么办？我没有工作，自己又找不到工作，你说我该怎么办？你说得对，我就是被吓破胆了。”

吴馨就更生气了，说：“你到现在啥事都没做，还没有真刀真枪地干过，怎么就吓破胆了呢？”

白画的眼神显得特别暗淡，一副深思熟虑之后又觉得无路可走的沮丧样子，说：“我就只是想想以后的事，胆就已经被吓破了。”

“哼哼！没见过，光想想就能被吓死吗？”吴馨冷笑道。冷笑之后，她觉得事情很严重。她的责任重大。

沉默，沉默。然后，很突然地，她对白画说：“你啥都不用怕，我家有一个亲戚叫张浩瀚，很牛，也是学艺术的，精通各种色彩，一幅画能用上几十种颜色，在市场上可以卖上很高的价钱。人家现在很少画，不用画了，他在南方某个城市做大官，妻子经商，家里老有钱了。”

“他就是我们的靠山，连你画画也能靠上，你用不着害怕，有他在还有什么可怕的？”

白画听了来了精神，着急地说：“那有机会带我去见见他，我向他请教。”说完之后又不相信似的说：“你是在骗我的吧？以前咋就没听说过？现在突然就冒出来了？”

“谁有闲工夫骗你？真的，以前没联系，前几天他才跟爸妈通了电话，真不骗你，不信你去问问爸妈。他说家里有啥事可以找他帮忙的。”

白画听了，赶忙说：“那让他听听我的理论怎么样？那让他看看我的画怎么样？那让他……”

可过了一会儿，他刚刚提起来的劲头儿又消失了，垂头丧气地嘟哝道：“肯定是骗人的，他一个大画家，哪能看得见咱这些小人物？”

吴馨气得没办法，说：“你真是个软蛋，提都提不起来，哪天我一定给他打电话，到时候叫他给你说，行吧？”

5.我不是你妹是你男人

这样下去显然不是办法。

双方家长对他俩提出各自的想法和要求。吴馨的爸妈想要白画有个正儿八经的事干，整天这个样子算哪门子事儿，总得有个工作他们才放心，面子上也过得去。白画的父母想要他尽到孝顺父母的义务，遮遮掩掩地讲了白画二十几年的成长简史，其实就等同于一个赤裸裸的汉字——钱。这可了不得了，一个字足可抵得了千军万马，直把他们逼到了无路可退的境地。

明白了，吴馨恍若一梦。现在她清醒了，钱就是一把锋利无比的手术刀,把她的梦从身上剜了出来。白画沉溺于梦幻中必定要比她深得多,他的梦必定是浩瀚无边的,手术刀也不能惊醒他,反正她是醒了,她就在清醒中观察他。她在他脸上看到的是厚重的油彩,像是化了浓妆似的,需要一层一层地刮下来。

四个长辈还迫不及待地问他们要孙子。

他们是得要个孩子了。

吴馨对白画说:“是不是考虑要个孩子?”

白画反应敏捷,很喜悦,说:“要!”又问:“怎么要?”

吴馨笑得前仰后合,说:“你说怎么要? 傻啊!”

白画仍然很喜悦,说:“要,一定要。”

吴馨不笑了,说:“要容易,养活不容易。”

白画不是那么喜悦了,着急,一着急就六神无主,说:“那就不要了——还得要。”

“赶紧找个事儿干,挣钱。”吴馨说。

“行!”白画这个字说得干脆利落。但之后却是婆婆妈妈地啰唆,“我……早干吗去了,老早就得挣钱才对——你们一家人为啥不早给我找个工作? 是不是把我当外人了?”

“你们一家人?”吴馨重复他的话,一时竟被他噎出一滴泪来。

泪来得快也落得快,过程迅速,跟没有发生似的。她瞪着白画说了句很搞笑的话:“白画呀! 妹呀! 你真不是个男人!”

白画被她的话弄得很尴尬,羞愧,生气。他涨红了脸,说:“我不是你妹,我是你男人!”说完,扭头兀自喘着排山倒海般的气。

吴馨到底是憋不住了,一个人跑到门外石破天惊般大笑起来。

6.还是和画有关

在儿子出生一年多后,吴馨他们家托关系给白画找了个工作,化工厂的宣传干事。他主要负责宣传画,他干得还行。很难得。

领导夸奖他说:“小白同志工作勤奋,用心,宣传画画得真好,能做到与时俱进。”“与时俱进”算是对他的最高评价。

晚上,吴馨把儿子从爸妈那里接回来,揽在怀里喂奶。儿子马上就两岁了,可以不喂奶了,可吴馨还是舍不得把奶水弄回去,一来是因为书上说这东西比啥都有营养,二来是因为喂奶粉什么的太费钱了,能多喂几天就等于多赚了几天的钱。吴馨常常是边喂孩子边和白画说笑:“你小子现在行了啊!工作干得有模有样。”

她还和他开玩笑说:“你小子刚结婚时不是说要当我妹妹吗?哎哟!你个大男人要真是个女人呀,这时候就可以用你那两个白白嫩嫩的肉家伙替替我了。”

白画听了禁不住扑哧扑哧地笑,吴馨也跟着笑。高兴之余,白画心里还是有些伤心。他不说,她心里也明白。他的心深着呢,那深处是不如意,是不痛快。

儿子吃饱之后平静地睡了,吴馨把脸缓缓地贴着儿子娇嫩的小脸蛋,轻轻地说:“儿子,好好睡吧!”她又抬起头对白画说:“老公,为了儿子,好好干吧!忍辱负重也得干,是吧?”

两个人继续说话。说些白天各自经历的喜悦和烦恼的事儿。吴馨说的本来是些鸡毛蒜皮的小事,可她偏偏有令人称奇的本领,轻描淡写的,那些工作和生活中的边角废料竟被她说出了特别的意味来。比如一个班组的张大柱,人粗得像柱子,干起活来虎虎生风,一二百斤的钢锭在他手里像是没有了重量,人家有时候也细致,钻孔打眼,切割定型分毫不差,拿捏得准着呢。还有李二小子,个小,头小,眼也小,是个小机灵,啥活都往巧处干,这也是长处,凭这也分外地讨大家喜欢……好多呢。白画不说别人的,专拣自个儿的说。哪一天画的是什么图案,哪个图案的色彩用得好。他说,有一天,他画了个超大个儿的大罐子,好是好,就是太单调。他就在罐身上画了一条缠绕过去的柳枝，那柳枝呀，像瘦女人的腰身，好看着呢，柳叶的线条用细毫勾勒，叶尖针一样，叶片上贮满的绿液快要顺着针尖滴出露珠了。

话就又拐到色彩和画画上了。

吴馨劝白画慢慢来，不要着急。你一定能画出一张足够好的画。她是真心实意的，他认真地听。有时癫狂起来了，她还会"逼"着男人在自己的肚子上作画。当然不是真的作画，让他以手指为笔，以肚皮为纸，演绎一场虚拟而惊心动魄的绘画之旅。

这样过了几年，他们的日子依然波澜不惊。利用夫妻夜话，他们简直可以说是谈论了一遍古今中外的绘画简史。白画说写意最有意味儿，传统文化的诗意和境界皆可以反映在一张洁白的纸上。吴馨赞同，又提出一个不大不小的意见，早被别人画尽了，你哪里还能插足进去？白画说工笔画最是精致，吴馨戏说还不如拍一张照片呢。两个人对此也便一笑了之。

有一天深夜，白画突然醒来，拿了颜料、画布和画笔等跑到客厅，激动得不行。吴馨也醒了，跟了过去。原来白画说自己突然顿悟，说油画最能表达现代意识，尤其是抽象的人物。他说他要画一个人物，那个人就在他的脑子里闪来闪去。嘴上是有了，一旦动手，画布上却出不来，无论如何也找不到感觉，只能接二连三地感叹。吴馨看着他，揪心于他前后激动不已和失落不已的样子。

"你就画张浩瀚算了！"女人说，"他可是个了不起的人。"

"谁是张浩瀚？"

"我给你说过的，忘了？"

白画想起来了，点点头。

"我画的不是实的，是虚的。"

"什么实的虚的，听不懂。"

吴馨接着说："那就算了，慢慢来，不要着急……或者等见了张浩瀚再说。"说完这句话，她觉得心里空落落的。

白画的情绪又上来了，说他脑子里有好多脸刷刷刷地闪现，很快，刷刷刷地。他不由得伸手去抓，当然抓不住。最后，他双手抱住了吴馨的脸，瞪着眼看。自己对自己说，这是脸，但没有表情。对，是表情，我要的是表情。他要吴馨给他做各种表情，吴馨照做了。他不满意，恼怒了，说：“这哪是表情，这是面皮。”

吴馨扯下他的手，不陪他发神经，去睡了。白画感到了深深的寂寞。他一直都没有找到自己想要的人，想要的脸，想要的表情。他痛苦了。

上床前，他的头脑里是毕加索的名画《手拿烟斗的男孩》。男孩的表情是一种高不可攀的寂寞。他的画中人应该是什么样的表情呢？还有，男孩捏了一个烟斗，他的人物不能再捏烟斗了，那么，她或他的手里该拿一个什么东西呢？这个问题让白画一夜都没有睡踏实。

7.男人下岗了

白画考虑了几天。女人说得对，他的问题还得慢慢来，急不得。可好多事儿都慢不得，一慢就出问题。化工厂慢了，跟不上了，就掉了队，破产了。白画虽然宣传画画得很与时俱进，但工厂没有与时俱进，他也只能跟着一起掉队。

化工厂正式宣布破产那天阳光明媚，晴空万里。可这么美好的天气又有什么用，挡不住工厂倒闭和白画下岗。白画先是心慌，慌得毫无办法，然后就是失魂落魄、六神无主。他觉得天崩了，地裂了，到了世界末日了。

吴馨对他比任何时候都温柔。她懂得，这时候男人是最需要安慰的。闲着就闲着吧，好好养养身体也养养心。看开了，她照样有说有笑，甚至比平常更爱说爱笑。在工厂里她更加拼命地干活，还和工友们打得火热，好像每个人都是她的亲姐妹亲兄弟。双方的父母年纪越来越大,正是需要他们嘘寒问暖的时候,不管白画如何做,她总要隔三岔五回去看他们。

农忙时节,她拉着白画回到公婆家里帮忙。以前农活她是死活不愿意干,现在这样连她自己都感到奇怪。白画是个花拳绣腿,放在地里一点儿都不中用。关键是他现在没有一点儿精气神了,勉强下地了,也像猫在地上挠爪子。吴馨干得腰酸腿疼时直起身子擦额头的汗水,顺便把散落眼前的头发又捋上去再用皮筋儿扎好,这间隙,她的身体僵直着,脸上露出疲惫的笑,像个农妇一样看旁边的白画。

儿子在田野里很欢实,瞅见啥都觉得稀奇。弄些玉米胡子粘在嘴唇上扮演黑脸包公,惹得他爷爷停下手里的活看着他开心地笑。公公的眼神不小心和吴馨碰上了,笑就有点儿变味儿——还是笑,但不爽朗,不硬气了,那么软。

儿子跑到地边的崖子上逮蚂蚱,又蹦又跳。公公怕他跌下崖子去,急匆匆地过去照看孙子。经过儿媳身旁时,脚步慢了一下,打了一个愣怔,脸上写满愧疚,到底没有说出一个字儿来。两个人就有些尴尬。吴馨躲避他朝白画看。白画活干得没有气力,一双眼睛却忙得不行,看看这儿看看那儿。公公似乎是找到了突破口,冲他吼道:“你个鳖犊子,不会带劲干?像个爷们儿不中?一家老小可都指着你哩!”说完,像还债一样看一眼吴馨。

吴馨明白,公爹这话一半是骂儿子的,一半却是让她听的。

白画挨了骂,蔫得像片枯黄的玉米叶子。白画逃不出吴馨眼睛的笼罩,也不摆架子了,以前还会装腔作势,这时候没有。吴馨看他的眼神就由硬变软了。

8.那个事也没意思了

日子照样要过下去。按理说白画是该出去找门路的,可是他这家伙是这样一种人,越是危急时刻越是没有重振雄风的勇气。该进不进反而退了,退到哪里?退到家里,退到自己的色彩世界里。简直是沉溺。

吴馨不能这样,她得想想以后的事儿。从眼前说起吧,她不能总提下岗的事。不提又不行,拐弯抹角从侧面迂回,颇费心机。还是从男人的画说起。老话,慢慢来,不急。可嘴上说不急,心里却急得要命。白画对这话有了抗药性,说了也是白说,听了没有感觉,连屁都不放一个。说多了他就急了,对她吼,别再拿这说事儿,没意思。

吴馨确实觉得没意思,她需要综合地考虑男人的问题。

就在她"综合地"考虑时,一个可怕的问题出现了,真是羞于启齿。

白画对性事变得冷淡了。三十如狼四十如虎,他们正值此时,何以如此?可怕。是不是因为吴馨先有了这种变化,然后才……这段时间以来,吴馨看着白画整天无精打采的样子,她心里就反感,进而反感了和他在床上弄那事。

是不是白画感觉到了这种变化,所以才对此索然无味了?原因可能更复杂,但后果肯定很严重。吴馨不想让他蔫了,不单单是那个东西,包括整个人。

还是得综合地考虑,做法也要调整。

现在她更加留意亲朋好友们挣钱的门路了,见面问,打电话问。他们也知道她的意思,也都跟着出谋划策。总之一句话,干什么都行,只要肯用心用力。

厂房前面现在已经是个大街道,有本事有门路的先占了位置做大生意。厂房后面是个小巷,虽说是个小巷,可是也热闹非凡。厂子里有些人就在后面弄了个小门,做些小生意,日子过得也很红火。吴馨很留意他们,有空就到他们的小店里逛逛,有意无意地打听些消息,回去就给白画说。今儿说卖肉的李大个蛮挣钱,一家人都吃得像肥猪,说肥猪时他俩都笑。白画开玩笑说李大个的胡子快像猪毛了,听他这么说，吴馨就不愿意陪着他笑了。明儿说胡小歌开了个小书店，进进出出的人不少，她戴着眼镜可像个大学生了。白画说她是个屁大学生，小学毕业装什么装？书店中啥？现如今谁还读书？吴馨到底气不过，说："你是啥意思？看不起人，人家都不行，就你行。"

吴馨说什么，他听了都泼凉水。不是嫌不体面，就是说前景不好，还有卖鸡卖鱼之类的，又说太累太脏太辛苦。凡此种种，都有他的道理。

吴馨心平气和地对他说："道理是道理，说得再好听都没用，总得找个事干吧。"

白画也是心平气和地说："我不正在研究嘛！我的事儿你不是不知道，像你说的，要慢慢来。"

听他这么说，吴馨的头开始变大，像个大气球，要炸。她想骂她男人。

男人又说："再等一等，我会找个挣钱的门路的，我很有信心，你也要对我充满信心。"

切！女人嗤笑。笑过之后想，这才有点儿像男人。

9.和儿子争望远镜

真是想不到，白画竟和儿子争着玩"外公送给外孙"的望远镜。

儿子已经会和他辩驳了，腔调很正，道理也拿捏得很准，说："这是我的外公送给我的将军用的望远镜，我的外公说了，我是将军，这个望远镜是让我用来杀敌人的。"白画听了儿子话里的几个很有趣的"的"字，憋了一肚子的笑，它们汇成一大股子水流绕着身体的管道转了几圈，没转出来，关键部位被堵死了。

他开始教训儿子。从年幼无知到玩物丧志，从孝顺父母到三纲五常，从博爱善良到战争与和平。总之，大道理夹着心里话，心里话带着对儿子满腔的爱。白画真是当面教子的伟大典型,好家伙,他的一通话简直是洪水猛兽,以摧枯拉朽之势迅猛而至,什么也抵挡不了。

可儿子不吃这一套,说:“你也别废话,你说的我都不怕,反正是我的外公送给我的将军用的望远镜。”他把后半句话中的几个“的”字说得铿锵有力,像是嚼豌豆,都听得见咯咯嘣嘣的响声了。

白画断然拒绝了儿子的合理要求。你不讲理了,我也不讲理了,哪有老子怕儿子的道理?

儿子在老子面前实现不了自己的合法权益,他只好求助于妈妈。最后,他们的联合统一战线也没能撼动白画,任凭你是刀光剑影风霜雨雪,他只是气定神闲优哉游哉。他的一句话顶过了千军万马。

“我有正经事儿,他是瞎胡闹。我忙完了就给他玩。”

再也没有其他话。鬼知道他有什么正经事儿。吴馨气得常常当面唠叨甚至是骂起他来。白画则甚是冷静,不急不躁,不温不火。吴馨骂他是个无赖,这在他们夫妻之间可是少有的。然而,此情此景之下,两个人竟然都觉得没有什么异样的了。白画一切都听着,记着,受着。都对,只自己一个人错了。不过,也无所谓,反正也就这样了。

白画把儿子的望远镜“抢夺”过来之后,就挂在了自己的脖子上。每天早饭后,他都认认真真地拿着望远镜爬到这座老房子的楼顶,把它架在眼睛上四处张望。

他要干什么?吴馨不能理解。他不会是神经了吧!

白画一开始在望远镜里是茫然四顾。

后来,他发现一个现象:望远镜能把遥远的地方变近了。多稀奇,这算什么发现。可是把后面一句话连起来就有意思了,望远镜也能把很近的地方变遥远了。他为这个发现感到高兴。望远镜在他眼里俨然变成了一个老谋深算的哲学家,两只明晃晃的玻璃眼睛会发出智慧的光芒。

于是,他就痴迷地看远处街道。一切都通过望远镜收进他的眼里。它们巨大,鲜活,耀眼,然而,又徒具清晰之貌,往往给人模糊的感觉。白画觉得有必要通过归类,整理,研究,探讨,进而寻找规律。他得出了结论:规律是什么?规律就是一切毫无规律。他试图从“宏观上”把握,一旦从宏观上把握,望远镜明亮的眼睛就没有什么用了。要他自己去把握,他完全没有这样的本领。后来,他在望远镜里又有了新的发现,镜片里的现实是片段的。他像个做实验的科学家一样一遍遍地看,把鲜活的看得抽象,把抽象的看得变异。什么都会变异。

色彩在这个过程中有了动作,有了速度,有了变化前的努力和狡猾。色彩覆盖之下的“物”具有了魔力,它们瞬息万变,像形态各异的怪兽蜂拥而来。

这真是一个心惊肉跳的过程。望远镜吸纳了一切,望远镜也掳走了白画的七魂六魄。

两周后,吴馨和亲人们商量,必须把望远镜给夺回来,别因为这个东西把他给弄疯了。

吴馨问他要,说:“把望远镜还给白描吧。”

白画说:“好啊,我正准备还给我的宝贝儿子呢。”

“一天,一天后还给儿子,行吧?”

10.心彻底空了

一天后,白画果真不再独霸望远镜了。不过,还是会间或从儿子那里“借来”摆弄摆弄。这个“望远镜事件”从头到尾都像个无头案。吴馨不知其然更不知其所以然,他的行为和说法太怪异。都已经这样了,白画他倒一点儿也不着急。哀莫大于心死。

吴馨着急。往深里说,她是害怕,是恐惧。

可她又必须解劝自己。生活中的事情有什么大不了的,天大的事也只是事,总有办法解决,没有过不去的火焰山。话是可以这么说的,可却难掩内心的空。空而疼。这样的疼在很深的地方沉沉地坠着。

吴馨仿佛可以看见白画脸上分明挂着“心死”二字。她的心既疼又乱。某一天,一句话突然在她心里畅通无阻起来,“救人一命胜造七级浮屠”,这是佛家的话。白画现在就像佛,他已经是一个不是光头的和尚了。

应当救他一命。这样说一点儿也不危言耸听。

吴馨先进行“话疗”。

先试探着说:“你……你现在……”她吞吞吐吐的。白画倒直截了当地说:“你是说我现在不成个样子。”吴馨不好意思说是或不是。

“咱们有老有小,一大家子……”准备得多么充分,理由是多么充足,可是真到他眼前了,吴馨说起话来倒像自己理亏似的。

“我知道,要养家糊口,我正在考虑,我会做到的。”这话说得真像个男人。

吴馨盯着他看,疑惑了。

男人看出来了,说:“你是不是想说,既然这样我为什么提不起劲呢?”吴馨下意识地点点头。

“我知道该怎么做,可我的心已经空了。”男人继续说。

吴馨失败了,败得很彻底,还是“死因不明”的那种。

11.又想起了那个男人

又过了一段时间,眼看形势越来越紧迫,方方面面的压力有形无形地压过来。双方父母身体越来越差,看病吃药的花费慢慢多起来,孩子越大花钱越多,等等。生活整体上看是超级复杂。

还得和白画谈。先把前前后后这些琐碎的事都说了,作好铺垫,形势好按着她的想法走,正儿八经走,别再偏了。不能让他再说得那么玄乎了。

"家里就这么个状况,我指不定哪一天就下岗了,你说,咋办?"

白画皱了皱眉头,真是难得见他的眉头正常活动活动,说:"好办,重新找事做。"

"那你呢?"

"我也找事做。"

他倒很清醒。

吴馨不大相信,问:"你心里究竟怎么想的?"

"不给你说,说了你也不懂,因为连我自己都不懂。"

"都不懂也得说,你究竟想怎样?"

"想画。"

吴馨并没有特别惊讶。正常。但放在家庭大事上,就不正常。又不是她一个人的家。白画像是打太极,他在玩。

突然间吴馨就生气了。她想到了结婚后受到的委屈,想到了这一段时间受到的折磨。白画把她当作一个男人用了。他妈的他可真是不像话,凭什么要我一个女人当男人?凭什么?一急,她就把这三个字吼了出去,一出去就刹不住车了,整个人在白画面前咆哮。她暴跳如雷,说:"想画,画你娘的脚。"

白画显然受到强烈的刺激,激动了。但他的激动只是冒了一下泡,一会儿就灭了。

"不想了。"

"还画不画了?啊!"

"画。"

"啊!"

"不画。"

他们在这种不正常的情绪状态下失去了思维的逻辑性,说话乱了方寸。

白画蔫儿着,吴馨一直亢奋。人生能有几回怒,索性怒个痛快。

怒又升级了，转向更高层次。虽高却稳定，像是爬过沟沟坎坎到了高原上。

高是高，却很平。有了高度感觉就是不一样。她理智了些，但因为高度上去了，反而不能轻易地下来了。在“高原”上她既可怜自己又可怜白画。她想起了那个叫张浩瀚的人来。她想起来的张浩瀚已不再是先前的张浩瀚，是男人白画，也是她自己。怪，更怪的是张浩瀚还是那个她一辈子都忘不了的男人，那个曾经像战士一样在她的身上插了一面红旗的男人。鲜血顿时充满了整个高原。张浩瀚呀张浩瀚，你当初把我占领了，在我的身上插了一面旗帜，到现在它还在我的身上飘，我什么时候才能把它拔下来呀！我想让我的男人把红旗插上去，可是你已经抢先占了位置……男人呀！白画呀！快来，冲吧！你什么时候才能替我把这个位置抢占下来啊！想到这里，吴馨就痛哭起来。白画被她的哭弄得手足无措。

哭得痛快，但也不能哭得太久，儿子快放学了，不能让儿子看见。

不哭了。她用手按住乱跳的心，说：“白画，你是我的男人，男人……那个男人……”她几乎要把那个“征战”过她的男人说出来了。

白画惊愕道：“男人，哪个男人？”

吴馨顿时惊醒，说：“哪个男人？……张浩瀚。”白画听不出来，她话里的每个字上都沾满了她流下的血。

白画安慰着她，替她擦拭眼角，说道：“哦！那个叫张浩瀚的男人，他好！我也会像他一样厉害的。”

吴馨听了男人的话，脸上又滚动起泪珠来。“他……他……他……”她迷迷瞪瞪地絮叨着这一个字。

“咱们，不他，不他，不他了。”白画急得像个小孩，“说说咱们，说说咱们。”

“好！”

“好！”

他们的意见统一了。

12.女学生怀孕风波

统一的意见是白画办个绘画辅导班,吴馨则继续在工厂里兢兢业业地干。什么时候真的干不成了,下岗了,再从长计议。这是白画的主意,她赞同。其实她心里早有谱了,工厂真的败了,她就在自家的房子屁股上也凿一个小门洞,开个美容美发店。她盘算过,这个热闹的小巷子里能容下这么个小店,这是个空缺。

夫妻俩忙着张罗辅导班。结果只招来了一个学生,是个准备考美术院校的女高中生。这是吴馨的功劳,她费了好大的劲儿才找来的。一个也好,不错,总算有了个开始。

白画的绘画水平自不用说,何况只是辅导一个学生,这对他来讲是绰绰有余。关键是白画干得很有劲儿,生活也变得津津有味了。钱多少倒是其次,白画渐渐地又是个男人了。

一切正常。白画在家里辅导女学生,儿子上学,女人上班。

可好景不长,工厂还是倒闭了,早就可以预料的结果。吴馨下岗了。要说看厂里的状况,她应该早一点儿主动下岗,真没有必要被动下岗。可她非要坚持,她拧着劲儿要干到结束的那一刻。

下岗就要自谋生路,用政府的话说,你们要从头再来二次创业,她懂。不一定非得靠工厂才能活下去,干什么都会有口饭吃的。可就是在感情上还别不过来这个弯儿。为了这点儿感情,吴馨回家后趴在白画的怀里结结实实地哭了一场。

吴馨哭过之后选择了坚强,她坚强地按照夫妻俩的计划行事。在街上找了两个泥瓦匠,像其他人家一样从自家房子屁股上凿开一个小门洞,装了一扇崭新的门,把这一间粉刷一番,又请了装修的师傅忙碌几天,添了些必要的设备,凭着一个女人的经验和时尚导向购买了美容美发产品，一个像模像样的小店也就初具规模了。下岗工人创业有方方面面的优惠，自己筹了些钱，加上亲朋好友的帮助，吴馨在资金上倒也没有作多大难。可技术上是个难关，好在相关的美容产品都有公司技术人员的先期服务，吴馨又聘请了一个美发师，他既是店里的师傅，也是她的师傅。等她学成了就自己干。

万事开头难。不过，好的开始又是成功的一半。吴馨对美容美发店的未来充满信心。

就在吴馨对未来充满美好期待时，一些风言风语也不请自来。她不怕，嘴就是让人说话的，不让说不行。这一来压力就有了，可干什么事情都得有压力，没有压力就什么事都干不成。

她的压力来自人们的一种说法，说开美容店的都是小姐。现如今都知道小姐的说法不是夸你是个大家闺秀，三岁小孩都知道小姐的意思是干那个的。她不怕这种说法，她是啥她自己最清楚，还是那句话，身正不怕影子斜。

偏偏有一天，一个戴眼镜的男人来了，扭扭捏捏的，像个书生，说话轻声轻气的："我给你一百块钱，让那个一下。"

吴馨一愣，很莫名其妙，问他想哪个一下。他的声音像蚊子蜇人："那个……那个……弄一下。"吴馨明白了，顿时脸红了，脖子也粗了，大骂："弄你妈那个×。"那个男人急切切的，争辩道："你这不是美容店吗？你不是个小……小……"吴馨没等他说完，就抢着骂他："回去找你姐，问你姐是不是小姐。"

还有一种议论让她感到不自在，说她男人和女学生那个了。没影子的事，她的男人她最清楚。

可是，还真是出乎了吴馨的意料。

吴馨万万没有想到，她辛辛苦苦找来的这个女学生，自己是"无心插柳"，她男人倒在人家身上弄了个"柳成荫"。他搞了那个半大的姑娘。

她是在姑娘的老爸拎刀来砍白画时才知道的。那天上午，姑娘的老爸气势汹汹地来砍她的白画。他的刀快要落下来时，吴馨冲到了最前面……结果是，他手里的刀停在了半空中，没落到她身上。刀刃上闪烁着冷光，跟姑娘老爸的眼神一样，震惊，战栗不止。他到底扔了刀，不杀人了，看来他是没有杀人的经验。杀人也解决不了问题，他也没有提出要钱。不正常。从头到尾都没有提"钱"字，不是为了要钱来的，那只能是冲白画来的。他本来是要来杀人的，可在吴馨的勇气面前改变了主意，把刀扔在了地上。可又把刀捡了起来，刀刃朝上，刀背朝下，攥得紧紧的。他重新又疯狂起来，不对人，只对物。乒乒乓乓噼噼啪啪，一会儿工夫，美容店不再"美容"了，成了废墟。

门前围了许多人。对于这样的事，别人也不好帮忙，顺其自然吧。

白画也不做解释，任何解释都没有。他只是对吴馨说："我事都做了，还找什么借口。"

13. 女人失踪了

这事之后，吴馨失踪了，结结实实地消失了。她什么都扔下不管了，整个世界都被她扔得远远的。

白画蒙了，也迷了。他骂自己是个乌龟王八蛋。说自己百无一用，说自己成事不足败事有余。又有什么用。

儿子弄得他晕头转向。吃饭，上学，放学，再吃饭。做作业，辅导，吃零食，睡觉。双方父母与他的态度是截然不同，但基调却都是悲啼啼的。白画的父母满脸愁云地看着儿子，想象着儿子成了鳏夫后可怜巴巴的样子。吴馨的父母免不了要落泪，哭是此时最恰如其分的表达方式。可这哭又一点儿也不显得懦弱，是示威。他们用哭当先锋，把白画骂得一文不值。气氛在吴馨爸爸的巴掌清脆响亮地落在白画脸上时悲愤到了极点。巴掌和它发出的声音一样孔武有力，把屋里丝丝缕缕的哭啼和忧伤赶得团团转,找不到出口,像一群晕头转向的鸭子。

白画一副麻木不仁的样子。他在等,他只有等。天会黑,事情也会结束。至少会暂停。他对待日子就像无赖,没有了妻子吴馨的日子的确不一样。以前的生活欺骗了他,他在生活面前还没有过“哺乳期”。一个人了,生活就逼迫他想些实的,想些真金白银的。痛苦也不行,不这样不行。他领教了生活的厉害。

到处找。无果。一个多月后,吴馨却自己回来了。回来就回来吧,自己家不用客气。她只是一个人出去散散心罢了,散完心回家,理所当然的。其实,当白画看见吴馨回来的一刹那真的没有什么特别强烈的感觉。到晚上他才毫无志气地有了“小别胜新婚”的感觉。吴馨像他一样,他俩都一样。

她把女人所有的柔情和力量都发掘出来了。白画面对的是一桌盛宴,偏偏他又是个饿汉,只能狼吞虎咽了。狼吞虎咽之后是细嚼慢咽,嚼着嚼着就十分享受地停下来,让自己的物件坚强地耸立着。好长时间没有这样了。白画趴在女人吴馨身上,你给她什么,她也给你什么,他们需要相互补充些东西。

女人高兴了,激动了,泣不成声,断断续续地说:“我……错了,真是……我错了。”

男人也想哭,说:“不是你,是我。”

这俩人有意思了,玩起了批评与自我批评的爱情游戏。

“找个女学生让你辅导真是个歪主意,是我的歪主意。我想得太多了。”

“还是我不对,我是死有余辜。”这话严重了。但它表明了一种态度,态度决定一切。它叫情侣的一方产生另一方要为他死的联想。说“死有余辜”时白画的那个东西在她身体里膨胀了一下。吴馨感受到了,她的高潮来了。她的身体扭动着,脸兴奋得比哭还难看,像临死前的挣扎,还不忘说:“我做了两件极其愚蠢的事,傻到家了。”简直像人之将死的遗言。

平静下来了,吴馨说:“女人做了傻事,最好的治疗就是回家。”

白画说:“男人也是。”

吴馨突然又把白画的头摆正了,认真地说:“这次出去,我也做了错事。”

男人白画似懂非懂。女人像唱戏,一出又一出的。

“我见了张浩瀚,他在上海……”女人说。白画感到什么东西重重地击了他一下,但他不知道那个东西是什么。

14.大房子的色彩之梦

家里有了女人,生活就回归了正常。他俩商量着“重建”美容店。本来就是收拾收拾重新开张的意思,白画非要说“重建”,这词儿正规、大气、有力度,使人满怀信心。吴馨对他说:“你自己何时重建哦?”话是半真半假的。你不能太当真了,但你也不能亵渎了它。

白画郑重地说道:“要重建,要重建。”最后又添上一句特别的:“我要重振男人的雄风。”同样是半真半假的味儿。

白画说重建,提醒了吴馨,她想起了一件很重要的事情。回来那天晚上他俩激战正酣,烧糊涂了,忘了。

她就郑重其事地对白画说:“白画,我见了张浩瀚,他说他有一个大房子想装修,他希望设计者能用上很多很多的色彩。他不想用大城市里的设计师,他只想用一个最单纯的人,用最单纯的设计理念设计自己的大房子。总之,要设计出来既自然纯朴又色彩无限丰富的效果,他还给起了个名字,叫大房子的色彩之梦。我向他推荐你,他对你很感兴趣,说要和你好好谈谈呢。”

吴馨说得很认真。白画却有点儿无动于衷。她很生气。他在想自己该干些实实在在的事。

“还是实际些,我想,下一步我要从打零工开始,然后……”他不想说后面的话了,有点儿虚。

女人说:“脚踏实地好。”

刚说了这句话,吴馨就意识到偏离她的主题了。

“踏实干好是好,可人也不能没有梦想,你忘了吗?你以前对色彩是那么有激情。”为的是那个“大房子的色彩之梦”。

“大房子的色彩之梦,这事你可得上心哦。”

“怎么上心?既单纯又复杂,本身就矛盾嘛。”

“有难度才好,显水平嘛。”

“再说吧。”

白画果真到一家酒店当了个门童,真够难为他了。穿了一身马戏团演员一般的服装,还要逢人便堆满笑容。吴馨想,他在我心里只是个艺术家哦!说不上是叹息,有一点儿惋惜。再想,她的鼻子里就酸酸的了。

美容美发店也“重建”了,生意还蛮好的。

家庭和生活也在正常轨道上运转着。吴馨更像个美容店老板了,白画也像个酒店门童了。

可吴馨总觉得缺了点什么。她想和白画好好谈谈,于是就找了个机会问白画。

“你想一直当个门童?”

“你想一直当个美容店老板?”男人嬉皮笑脸地学她的话。

吴馨很认真地说:“我是说正经话的。”

“我也是说正经话。”

“那你说说下一步的打算。”

白画说:“做门童,挣工资。”

“还有?”

“没有了。”

“还有！你想想。”女人的语气加重了。

“我可以上超市干，还可以当保安，做小工，打零工，我还可以去南方进工厂，上北方开荒种地，再不然就到大城市混，做个小生意，卖个假证盗版书盗版碟什么的，最不济了就回家种地，到哪儿都能有口饭吃吧！”白画本来很正常地说着，可是慢慢的，他的话就软了。他的眼神看起来也云遮雾罩的。吴馨不说话，只是捏住白画的手，慢慢地揉，好像要把骨头揉碎。在这个过程中，她的心里感到了深深的悲哀，她真的想为白画而哭了。

“我的预想是，等一段时间后，我也弄个小店，卖美术用品。”白画说得很轻，声音很小。

吴馨用力捏了一下他的手，仿佛通过这个动作就可以给他增添一些力量。她想继续给他力量，她觉得目前最大的力量源泉就是那个“大房子的色彩之梦”。这是张浩瀚的梦，也是她的梦，当然更应该是白画的梦。

又给白画说了。他听了，抬起头，眼睛盯着吴馨的眼睛，一动不动，呆了似的。

15.他们乐得像农民

一个老同学从上海回来看他们。这个同学是他们上中专时的铁哥们儿，老早就在外面混。老同学不是西装革履，倒弄了一身奇装异服衣锦还乡了。所以，他推开店门进来，吴馨和白画愣怔半天都没敢相认。认出来了，三个人的手热情友好地握在了一起，弄得像国家元首的会晤。

老同学笑着说：“咱可真是久别重逢！咱在外面心里那个旱啊，盼的就是哥们儿的甘霖哦！”他这么一说气氛就相当好了。

这人特逗。他用小品的形式活跃气氛。说自己的上衣是阿玛尼的蓝格休闲西服，裤子是佐丹奴的，又很优雅地伸长胳膊露出腕上的手表，劳力士的，够派吧！吴馨笑得合不拢嘴，说你就显摆吧！说着还看他的运动鞋。啥牌子的？宋丹丹牌的吧！她这么一说，三个人的笑就凑在了一起，有东北味儿了。小店成了农家小屋，屋外天上是白云，地上是黑土。老同学还嫌不够，撇着女人腔说："我是白云……锣鼓喧天，鞭炮齐鸣……"说着笑，笑着说，一句完整的话也整不出来。吴馨学着全国人民都知道的赵本山说："我是黑土……咋的？俺们那疙瘩……"疙瘩后面也不是话，是一疙瘩的笑。他们这么一弄，就把东北老家搬过来了，松花江畔的稻米香遥远地飘了过来。

笑够了，白画就说："我说小钢蛋啊，你在外面混了十几年，咋就越混越像个农民哩！"

"哎！白画，你这话倒还真说到点子上了。春晚你看吧！赵本山够大腕吧！其实他就是一个农民。你再看底下的人那个乐呀！说起来又是官员又是老板，年轻的个个是俊男靓女，其实他们就是农民，脱不了农民的底儿。"

他这话说的，一下子就给全国人民定性了。

言归正传。他们开始叙旧。白画可以跟他们叙的旧也就是中专的三年时光，吴馨和小钢蛋叙的旧可以再往前回溯十年。他们是老兵工厂的子弟，旧时的光阴里有火热的备战生产，也有孩童的游戏和少年往事。白画当然不能跟着他们回到那个时代，他在听着，他也在等着他们回到现在。

终于回到了现在。白画问老同学这些年在外面干些啥，他说啥都干，在外面跑着做生意的了，有赚有赔的了，差不多落个肚子圆啦。吴馨说你自己人面前就不要谦虚了。他又说真的不谦虚的了，做什么都不容易啦，天南海北地跑，世面见多了，都没有什么稀奇的了。这几年在上海发展，做服装生意啦，与别人相比只能算是毛毛雨的了。他说话一句一个"的了"，白画耳朵眼儿都快被这些"的了"堵着了。

吴馨听他的了来的了去的，好像还蛮有兴趣，听到他说“毛毛雨的了”，就插话说：“什么毛毛雨的了，对你来说是毛毛雨，对我来讲就是倾盆大雨的了。”

“哪里了，都是混口饭吃，你们一个开店，一个打工赚外快，小日子应该不错吧。”

“还行吧！”吴馨就是这个脾气，她不想在老同学面前露怯。她朝小钢蛋看了一眼。这一眼看的时间长了点。又在三个人都没有说话的节骨眼上，这样一来就有些怪怪的。他们的眼神好像还有交流，这交流里似乎刻意隐藏着什么，让人摸不着方向，让人不明就里，让人胡思乱想。

吴馨的眼珠向上动了一下，算是启发他了。

小钢蛋走南闯北的，多机灵，赶紧说：“哦！那个……那个……”吞吞吐吐的。不过，也“那个”之后就流畅了。有了大上海的繁华，有了都市的皇皇然，有了时代的高度，有了勇立潮头的激情澎湃。

他说起了国内国外的大事小事新鲜事，仿佛大千世界的所有事件都是发生在他家的后院子里，一件件地摆在那里，他只需弯一下腰就能把它们捡到篮子里。他也认识张浩瀚，这是关键。连白画都觉得这是他重点要说的。说到张浩瀚，吴馨兴奋地说：“对，对，好好说说张浩瀚。”还对白画说：“你也好好听听，他厉害着呢！咱是亲戚。”她像是在炫耀自家的宝贝。

小钢蛋说起张浩瀚就没完没了。嗯！他人叫张浩瀚，本事也浩瀚。财富、荣誉、艺术、潮流等，都浩瀚在了人家身上。小钢蛋的敬仰之情溢于言表。在上海人家是名人，谁都想认识他。

听了这番话，白画就有些好奇了。张浩瀚，他究竟是个什么样的人呢？

“哎！对了，”他的话开始转向白画，“张浩瀚的画，那是一流的。”说了这句他顿了一下，好让白画有时间消化。

"你上学时就是个才子,研究色彩,爱画画,现在如何?"

白画不知道怎么回答,就没有回答。他的现实很残酷,他的梦想很纯粹,叫他怎么说。

"我和张浩瀚聊过,他想找个人给他的大房子搞个色彩设计。"边说边用眼神询问白画,还扭头看吴馨,脸上是满意的笑。

"吴馨,你前一段不是见过他,这个事他给你说了吧?"吴馨忙不迭地说:"是说过,说过。"又看白画,说:"我给你说过这事来着。"

已经被逼到了墙角,白画再不表示一下就要撞墙上了。他说:"凭什么?他的水平那么高,用得着我班门弄斧吗?"

16.他带来了噩梦

悄没声息的,小半年时间过去了。

其实,吴馨第一次说"大房子的色彩之梦",白画就上心了。上心是上心了,感觉还是太虚,太空。

吴馨恐怕也深知这一点,所以,她就千方百计地要把这个梦弄实在了。她反复地说给白画听。她决意要把好东西塞进白画这只鸭子的嘴里。隔三岔五的,都有亲朋好友见面或打电话说:"哎,白画呀!那个张浩瀚是个人物,有本事,靠上他你什么都会有的,赶紧的哦。"白画想,至于嘛。他们催得紧,跟逼宫似的。

白画真是越思量越觉得难解。怎么偏偏都是针对他,像是推死猴上树。吴馨领了一帮人在拼命往上推。

白画觉得委屈呀!自己原来好高骛远缥缥缈缈不着边际,什么事也不做,干啥都觉得没劲儿,现在是一门心思地讨个生活,不行吗?

吴馨究竟要我怎样?

白画是应该认真想想该怎么办了,但他不敢往深处想,一想头就疼,身体还轻飘飘的。他怕这种疼的感觉,他怕这种没着落的感觉。

别人可以没心没肺一身世俗地生活，干吗他非得这样累，非得在没边没影的事上玩命？

这一天是个重要的日子，他们结婚十周年纪念日。

这一天除了纪念和庆祝，还会有一个好消息，张浩瀚会打过来电话。大家早就知道，只有白画不知道。吴馨给白画说："今天会有个好消息的，你就等着高兴吧。"

好消息没有等来，下午两点却等来了一个人。他带来的不是好消息，是噩梦。是个小青年，准确地说还是个在校大学生。他从头到脚的穿戴都走到了乖张和颓废的最前沿。倔强的黄头发，额前短如刺，颈后乱如麻。上衣黑而短，腰身处窄得像女人，透出不男不女的邪性。一见这人，白画心里就发紧，发紧了还免不了替他的父母担忧：这孩子咋就成这个样子了？

吴馨很平静，开这个店，什么人她都见怪不怪。

等这小子一开口，白画就知道麻烦又来了。还替人家爸妈担忧呢？真正该担忧的是他自己。

"你是白画？"小子的指头捣着白画的鼻子。

"是。"话音未落，一巴掌就扇在白画脸上。妻子吴馨不答应，疯了一样上去抓。白画赶紧拉住，说："弄清楚咋回事再说。"

小子斜着眼，说："弄清楚了，你是白画，还记得那个女学生吧！"

他们明白了，阎王爷来索过一次命了，如今又来算旧账了。他们俩呆得像木头，等着那小子来斧砍刀削。

话还得说。吴馨问："你想怎么着？她老爸骂了打了也砸了，你还想怎么着？"

"他是他，关我屁事。我是她男友，这事我得替她讨个说法。"小子不正经说话，字字都从牙缝往外挤。白画想，女学生多好，上大学了！咋就找了个小流氓。

吴馨瞪白画一眼，那点恨又钉子一样从眼里斜刺出来。她把白画推到一边,和那小子面对面:“怎么讨个说法?我再说一遍,店都被砸过了,事儿扯平了。”

“扯平个球,他是他,我是我。非要讨个说法。”

“怎么讨?”

“好说。”

“咋说?”

“好说,你也叫我弄一下,这事算完。”小子光天化日之下居然能说出这样的话。

“不!”

“你他妈的别装了,谁不知道你们这店里的都是妓女。”

危难之时方显英雄本色。吴馨回击了,她说了一句日后必定要成为经典的话:“你给老娘记清楚了,不是每个当官的都是贪官,不是每个开美容店的都是妓女。滚蛋!”吴馨这句话不仅为美容界正了名,也顺便给当官的正了名。美容界和官场应该把这句话奉为经典。

“我不滚,你男人不能白玩我的女朋友。”

说完,他抄起一把椅子猛砸起来,镜子,玻璃瓶子,各种工具碎了一地。吴馨在后面骂着,撕扯着,无济于事。白画像傻子一样站着。说到底,他还是理不直气不壮。

一阵噼噼啪啪乒乒乓乓,美容店第二次被砸,第二次成了一片废墟。

吴馨哭了,白画还是傻站着。今天是他们结婚十周年的纪念日。她万万没有想到会是这样一种过法。

17.废墟上的结婚纪念日

美容店第二次被砸,过程很短,那小子够快够狠。周围的邻居知道时,一切都结束了。

吴馨大声痛哭,白画呆若木鸡。邻居过来帮忙收拾,父母和亲友听说了也来安慰他们。大家都来了,吴馨就不再哭了,她得坚强。如果她塌了,这个家也就塌了。白画半死不活地歪倒在墙角。大家都说他,起来吧！歪在那里也不是个办法。儿子放学回来,看到这个情景,哭得像个泪人。吴馨搂着他劝,好歹平静了。平静了就来到爸爸面前,双手抱他的胳膊要拉他起来。白画像是被台风刮倒的树,拉也拉不起来了。

收拾到傍晚,大家都各自回家。白画的父母见儿子歪倒成了一堆泥,气得又是骂他又是拧他耳朵,都无济于事。没办法,生气加丢人,没脸待在这里,也回去了。吴馨的父母好生安慰了女儿,见女儿好多了,就领着外孙回去了,自始至终都没搭理他们的女婿白画。

店里真是满目疮痍。吴馨心里难受,难受归难受,该怎么着还得怎么着。不像白画,一点儿男人的样子都没有。天黑透了,店里的灯也被砸了,吴馨就点了蜡烛放在桌子上。今天是他们结婚十周年的纪念日,不管怎样,就是天塌了,也得过。

她去拉白画,拉不起来。他真是一堆泥,他真是一棵倒了的树。

她说:“白画,就你觉得难受,就你觉得委屈吗?我比你更委屈更难受,我们都瘫倒了,行吗?”这话说得面无表情的白画突然哭起来。吴馨强忍着在眼眶里打转的泪水,又去拉男人,还是拉不起来。吴馨心里的难受和委屈就变成了怒气,她骂白画,使劲骂他:“你打算一辈子歪倒在地上不起来吗?你不会振作起来吗?我容易吗?”说着说着她眼里的泪珠再也忍不住了,像雨一样地往下落:“我心里苦呀！你得起来,你得振作起来……我知道,咱俩都不容易……”

吴馨索性也歪在白画身旁,他俩头挨着头伤心地哭泣。桌上的烛光活泼地跳跃,好不知趣呀！停了一会儿,白画说话了:“我该怎么办?我们该怎么办?过个安安生生的小日子都不行吗?”哼！他冷笑一声。

吴馨安静地听着。

“再等等，有些积蓄了，我也开个店，卖美术用品。会好起来的。”

吴馨这时候很突然地说：“不行！你得更有出息，你得拼，你得画一幅像样的画。”说完，把白画拉了起来，围坐在烛光旁边。

“你忘了，今天是我俩结婚十周年的纪念日，我们该高兴啊！”吴馨的声音听起来很柔美。

烛光闪烁起来，看起来像是“废墟上”开出的一朵橘红色的花。吴馨的脸上也有了光彩，简直像新婚时的模样了。有点儿妖冶，有点儿暧昧，有点儿无中生有的丰富，有点儿水中洗笔般的蔓延和斑驳。白画触景生情，有感而发，一股悲情从很深的地方往上涌。他像个忧伤的诗人一样说了一句让吴馨颇感意外的话：“所有的色彩到最后都是无色的。”

话还没有说完，白画接着说出下半句：“所有无色的到最后都会是无比斑斓的。”

吴馨先是意外，而后感慨：“你说得对，想明白了，活明白了，无色的也会灿烂夺目。”

“像人家张浩瀚，以前也是一无所有，现在……”

“张浩瀚有那么厉害吗？他简直成了你的希望了。”白画说，“到底有没有那个叫张浩瀚的人啊？”

“有！”吴馨的语气无比坚定。她又开始絮絮叨叨地说起那个张浩瀚来。她知道，白画心里是不可能忘记色彩的。这是他的梦，这是他的魂，这也是他的命。

白画是一副沉思的样子。他感觉一切都遥远了，都缥缈了，都虚幻了。他的灵魂出了壳，像一个纸飞机，飘摇几下就开始疾速地坠落。只有坠落的过程，没有坠落的结果。它坠落的深渊无边无际。

这时候吴馨的手机响了，一定是张浩瀚打来的。白画一个激灵，他赶紧抓住了吴馨的手。抓得紧紧的，死死的。仿佛只有这样，才能阻止“纸飞机”的坠落。他感觉吴馨的手就是他唯一的救命稻草。

湖面上白色的迷雾

1

湖水是蓝色的,湖面上的迷雾是白色的。对面是一片碧绿的草地,它的左边是一条小路,右边,遥远的地方,一座雄壮的高山立在那里。

两个人站在湖边,表情平静,冷冷的眼光像是落在了水面上,又像是已经深入湖水里面,活泼的鱼儿一样自由穿梭。一会儿,他们感受到了清晨的凉意,微微掩了掩敞开的衣领。

"湖水很深呀!"叫商隐的男子说。

"不知道。"荆楚说。

"你现在什么都不知道吗?"他很想笑笑,但只是薄薄的嘴唇向上动了一下,没有出声。

"我都知道。"

"那你为什么……"

"除了你所说的那些奇怪的问题,别的我都知道。"她的眼睛盯着湖面上的迷雾。它是白色的。

“我们是不是站错了地方？恰好是在相反的地方。”商隐接着说道。

“是吗？”荆楚的表情没有什么变化。

“难道不是吗？你倒是好好想想嘛。”

……

“噢！”她若有所悟，“正像你所说的，相反。”

男子显得有了热情。他揉了揉眼睛，还用舌头舔舔嘴唇，说：“你不会是忘了我们的约定了吧？”

“什么约定？”

“你指的是哪一个约定？”她并未表现出令商隐觉得应该有的吃惊或兴奋的样子。

“唉！我有点儿失望了。”他说，“那时候，我们站在湖对面的小路边，就像今天一样。”

“想起来了。”

“我们两个约好了一块儿来回忆十年前的往事。”商隐显得很兴奋，“十年前，我们也穿着和今天一样的衣服。蓝色风衣和黑色风衣，里面包裹着我们的青春和爱情。”

“是的。”她说，“不过，好像是和今天的相反，那时你穿着黑色风衣，而我穿的则是蓝色的。”

“这个我真的忘了。不过，这又有什么！算不上什么可怕的变化吧！”商隐越来越激动。天气有些暖和，他们解开了风衣的扣子。商隐身上是一件火红色的毛衣。他看看荆楚，她身上的毛衣是黑色的。他想起来了，那时候，他毛衣的颜色也是火红色的。

湖面上跃起一条小鱼，后面就绽开了一朵洁白的浪花。一瞬间，花朵以它最大的花形和最浓烈的香味表现出来，在他的眼里定格下来。不管怎么说，这条小鱼不就是花的蕊吗？他想。但他没有和她说。

他对她说:“我在湖对面的小路上看见了十年前的我们。”

“我很想听你说说那时的情景。”荆楚说。

2

她站在湖边一动不动,甚至比开始更加冷静。他向前走了几步,然后用食指指着对面的小路。他仿佛看见小路上走来一个女孩和一个男孩。他们蹦蹦跳跳的。这个男孩就是我,他想。我的手一直拉着你的手,我们走到湖边就停了下来。

我说:“你的笑声听起来真美,湖水看起来也美！和天空一样蓝。”

你说:“真是呀！湖面上的一片雾轻柔得像天上的云朵。”

你说:“我期待着完全平静的湖面,它很完美!”

我说:“是,我也是。”

你说:“我又希望看到它里面汹涌的暗流。”

我说:“我也是。”

我们开始接吻。你闭上眼睛,嘴唇是多么柔软,舌头是多么缠绵。你让我感受到了什么是甜蜜,你也让我感受到了什么是激情,后来,我发痴地问你:“我们为什么亲吻?”你笑着不回答,我反复絮叨。一会儿,我又变换了问法:“你为什么要和我亲吻?”你假装生气地跑了起来,还咯咯地笑着。你的身后飘过来深情的话语:“我也不知道,就是想,就是想。”

我跑着追你,呼唤着你的名字。我还对着你大声喊:“我们真幸福!”

当我们坐在草地上时,我和你依偎在一起,我的手放在你怀里。你知道吗？我说我的手放在你温柔的怀里,心里有一种被母性保护的感觉。你说:“你让我感到一种雄壮的力量。”

我们还对了诗呢！你的题目是《湖畔》，我的题目是《雄壮》。

你吟哦——

……

湖畔风光旖旎
湖心深处
你我尝到的是爱的余韵
是生命的甜汁
……

我也吟哦——

……

大水若坚冰寒光烁烁
画屏里千里疆场狼烟四起
遥听历史深处正道沧桑
烈马长嘶如赤兔似的卢绝尘而去

等我们平静下来，你悄悄地对我说："你总是绷得很紧，像个皮筋儿。"

"这样更有力量。"我说，"我觉得我不是皮筋儿。"

"是吗?"你的长发在洁白的脖颈后面被风吹起来，之后飘落在火红的毛衣上。"男人们好像是一个大大的'O'，圆圆满满的意思。"你接着说。

"呵呵！你怎么这样说，女孩才追求圆圆满满的梦呢！"

"听你这么说，我觉得大'O'就是大笨蛋啊！"我哈哈地笑了起来，然后问："你怎么理解这个大'O'?"

你说："你越是追求表面的完美，你的心里就越是一片空白。"

你的话着实叫我吃了一惊。不过只是短暂的一瞬，我说："我的表面和内在都是一样的……"

……

"啊！我们那时候多么完美！"

3

荆楚终于笑了。她在商隐回忆十年前的往事中找到了快乐。但是,后来她就慢慢地哭了。他看见她哭了,眼泪再也抑制不住地流下来。现在呵！他们隔了这么多年才又一次见面。

商隐什么也不愿意想了。他的眼泪也不属于自己,任凭它肆意地流。他只觉得许多滋味都掺在里面流了出来。就是清晨的风吹在脸上,他也感觉不到一点儿凉意。

这时候,从对面雄壮的高山上走下来两个人。他们谁也没有看见。

荆楚说:"我们这是干吗？不至于痛哭流涕吧！"

他说:"是。"他盯着她的黑色风衣看。脸上的表情不像是在看一件衣服,倒像是在很认真地观察一个人。他又说:"你的衣服跟你还有点儿陌生,它还没有和你完全融合在一块儿。"

"奇怪,真奇怪的说法。"她说,"照你说的,难道我的鞋和我的脚也是这样的？"

他嘟嘟囔囔地说:"我不是这个意思,我想说……我想说……"

"我知道你想说什么,我就是这样的人！"

"那你为什么要这样？为什么？"

"我说过,没有办法。"

之后是沉默。他们又盯着湖面上的白雾。商隐听到了白雾里面藏着的声音。这声音像尘埃,是许许多多小小的颗粒聚集而成。每一个都充满活力,它们在白雾里纷纷扬扬地飞。所以白雾才显得飘飘摇摇。

从高山上走下来的两个人也是一男一女。他们这时看见了。

商隐说："你看，对面走过来两个人。"

"噢！"

"他们像我们一样。"

"噢！"

"我们每个人其实都一样。"她冷冷地说。

他无缘无故地笑了。他觉得这样很傻，说不清楚这种笑代表什么。可能别人也很难理解你。

"人有时候极其膨胀，有时候又极其萎缩，是吗？"

她说："也许。"

"因为你一半是自己，一半是别人。而自己的一半又总是被压抑着，它屈服地隐藏起来，始终不能露出头来。"

"你是说我吗？"她说，"是的——世事难料，婚姻也会让人啼笑皆非。爱只能埋在心中。"

那两个人横着从草地上走过去，他们要到那边的小路上。商隐和荆楚都抬起头看着他们。那两个人的样子和周围的景色使他们感觉舒服。

商隐看到她表情的变化，于是就调皮地说："我在湖面上看到你的眼睛了呢！"

"呵呵！"她的嘴角微微一动，"我一直都在湖水深处寻找你的眼睛呢！"

"真有意思，我们想到一块儿了。"他说。

"里面到处都是你蓝色的眼睛，就像你风衣的颜色。"她的眼睛一直没有离开前面的湖水，像是自言自语。

商隐竭力按照她的意思说话。他觉得这样太难了，他的一肚子话都憋在心里。

4

从高山上走下来的一男一女已经到了小路上，他们正沿着小路走向湖边。远远望去，他们的手似乎在摇动，隐约能听到一阵阵铃声。商隐和荆楚静静地看着他们，越来越近，声音也越来越近。那声音开始是慢慢的，后来就急促起来，它由原来的一点一滴变成一阵急促的雨。一会儿，铃声停止。他们走到湖边，伏倒在地，整个身子都贴在地上。一刻钟左右，站起来，他们抓起身体覆盖过的土，用力撒进湖里。女人从怀里拿出一个玻璃瓶子，拨开瓶盖，把里面的东西倒进了湖里。不知道里面是什么东西。这一番动作之后，那两个人双手合十跪在地上，两眼紧闭，脸默默地对着湖面。

他笑了笑，说："这是干什么？"

"不知道。"

商隐突然觉得他们站在这里说了很多没有用的话，简直就是胡扯。他满肚子都是深刻的、令人激动的话，甚至，他的柔情都快化成水流出来了。即便如此，他也不知道怎样说恰当，是不是冷风把一切都禁锢住了呢？荆楚总是给他坚硬冰冷的感觉。他看见她身上有铁一样的光。

一丝微风吹过来。荆楚打了个冷战，她掩了掩敞开的风衣。"我感觉有些凉，你呢？"

"我正在想湖畔的颜色，不觉得凉。这里的色彩可真够丰富的，蓝色、白色、绿色、褐色、黄色……还有你身上风衣的黑色。"

"哦！"

"你喜欢哪一种颜色？"

"没有什么喜欢的。"

"我心里有一堆火的颜色，火红的。"

“没有。这里没有火。”

“火……火……是吗？”商隐自言自语似的，“人就像是一堆燃烧着的艺术，你说是吗？”

“哦！”

“每个人的内心都很丰富，都像火。都是艺术家。”

“在心里是，在现实中可能什么都不是。”

她的冷静让他吃惊。

她接着说：“也许人是柴草，燃烧之后就成了一堆灰烬。”他扭过头看她，只一瞬间，好像受不了似的又扭了过来。两只手从口袋里伸出来，使劲地捏了捏，然后松开。“我知道你害怕改变，没有勇气改变，难道你真的不能改变什么吗？”

“我害怕改变，我也不能改变什么！就像一个异常清醒的人，他不愿靠近泥潭，没有人想掉进去。可是，没有办法，他看清了自己的状况。无可奈何，他只能眼睁睁地看着自己走进其中。好像被什么东西推着拉着一样。这些东西很有力量，很多，很复杂。”

“难道你不想从泥潭里出来吗？”

“想啊！但是你不能把我拉出来。靠别人不行，只能靠自己。”

“你不相信我吗？”

“我不是这个意思。因为我的心在泥潭里，所以谁也无能为力。精神上无论多么相通，都无法改变各自的现实。”

“你怎么这么悲观！”

“不是悲观，是坚强。”

他简直要和她针锋相对了：“精神上的力量是强大的。”

“现实只会对它们视而不见。”她的话显得很短促。

他们说话的时候，湖面上白雾滚滚，变化无穷。

这一段话之后，他们停下来。刚才的气氛有些紧张，商隐不好意思地对她笑笑，她点点头，说：“没什么。”此时空气轻柔，蓝色的湖面，雾是白色的,一切都那么自由清新,那么美。

对面那两个人已跪了十几分钟,他们站起来。很奇怪,他们一个往东,一个则往西而去。越来越远。在商隐他们眼里,只剩下两个小黑点,像是停在了那里,一动不动。

“我也该走了。”荆楚说。

商隐已经知道了最后的结局。他说:“我们再站一会儿吧!”

“我知道你的近况……”商隐幽幽地说。

荆楚说:“我们不谈这个。”

荆楚的妹妹因为难产而死,孩子活了下来,她带着,现在四个月大。她一年前离了婚,儿子三岁,和她一起。第一次听别人这样说,商隐落了泪。现在又想起这,他的眼泪不由得落了下来。

魂　儿

1

天微寒，没有清明雨。何处的天空中悲伤兼着细雨，穆剑不得而知。胸膛包裹心脏，春意弥漫周身。风却淫威不绝，蠢蠢而动。草色花颜只能遥想，近处的孩子们则如林中小鸟般叽叽喳喳。此消彼长，凉意已被热闹取代，他的心也弹出了起起伏伏的旋律。

校园里，孩子们扎着红领巾，在为去烈士陵园扫墓做着准备。有的拿着苍翠的柏枝和洁白的纸花，有的来回跑着买食物和饮料。他们是热情而快乐的。穆剑站在操场上，表情平静，心事却重重。

扫墓队伍走出校园，孩子们的笑脸立刻被大街上的芜杂消融。这里是更大的林子，“鸟”声鼎沸，真实得虚假。他们面若幻影，疾走如兽。穆剑在人们脸上搜寻，众人皆蒙尘，眸子染霜，心生浮躁，蠕虫百千而出。官员的脸虚胖，巨商的脸骄横，小贩的脸贪婪。倚在门口的小商户推销着虚情假意的笑，打工回乡的年轻人鼓噪着金钱的浮华，妖冶的女人卖弄着廉价的性感……孩子们的脸稚嫩纯净，此时却让他心生恐惧。他们是众人的前生,他们也是众人的后世,穆剑害怕孩子们重蹈覆辙。

到了街道拐角处,这里正在修路,一群人拉着一个铁磙子碾着水泥。不远处,切割机尖叫,喷浆吐雾,溅在躲闪不及者的裤腿上。车辆在路边蜗行,司机往日的威风也荡然无存。几个拿着对讲机的年轻人在指挥着交通。队伍只好暂时停下来。穆剑的眼光审视着右边突起的一个石棉瓦棚子,它简陋、蹩脚地插足在这里,显得十分粗鲁和野蛮。

一个男人的吼声引起了穆剑的注意,是一个留着板寸头的胖子,他冲着司机吼道:"都给我长个眼啊,水泥还没有凝结住呢!"

又一声大喝:"别他妈的不长眼睛啊!"

他的旁边站着一个双手叉腰的年轻女人,黄头发,红嘴唇,两只眼睛死死盯着汽车轮子。她是那个"板寸"的女人。

穆剑认识"板寸"。他是本地人,以前在外开饭店,认识很多不安分的人。前几年轰动全县的A矿B事件,他也是其中滋事的一个小头目。后来,因为A矿B事件与县里C局长有关系,此事也就不了了之。去年镇上修缮大桥,车辆只能走桥下的便道,有几个人在那里私自设卡收费,他也是"合伙人"之一。

如今怎么又在这里指挥交通?穆剑心生疑惑。

2

孩子们开始小心地从路边走过去。

"哎呀!哈哈……小家伙们又去扫墓了!"店铺中有人嚷嚷。

"好!就该这样。"

"瞎说!老辈子的事了,如今……"有人把话说了一半。

一个尖利的声音吆喝道:"哈!扯球蛋!别人都忘了。"

穆剑循声望去，只见在拐弯处的一个百货店门前，靠门框站着一个年轻人，上身穿棕黄色西服，下身穿蓝色牛仔裤。此人是铁三，开百货店的。穆剑曾在他这里买过几回东西，后来就不去了，他的东西贵，还有假货。铁三两腿斜叉着，靠前的左腿有节奏地晃着。

“穆老师啊！扫墓啊！”声音里充满嘲弄和不屑。

看见学生时，他的嘴甜蜜了，说：“孩子们，快来，快来，看看需要点儿啥！”

他又赶紧巴结穆剑，说：“穆老师，您进来喝茶。”

穆剑没有进去，他给铁三使眼色，引他看孩子手中的柏枝和白花，说道：“农村人都忌讳这个。”

铁三哈哈大笑，说：“没事，没事，进来吧！该买啥买啥啊！”

穆剑忙说：“还是注意些好啊。”

孩子们听出了老师的意思，没有进去。铁三气得嘴巴噘得像猪拱圈。

3

队伍拐过街道向南而去。穆剑回头看了一眼。那几个指挥交通的年轻人对着司机颐指气使，而交管站敞开的大门里，几个穿着深绿色制服的人解开衣服扣子，跷着腿坐在沙发上喝茶、抽烟，他们的大盖帽就在面前的桌子上胡乱地放着……

脚下是土路了。路旁的草丛中有些不知名的浅蓝色小花，指甲盖大小的花瓣，开得正好看，惹得孩子们一阵赞叹。一个小男生的两只耳朵旁，不知什么时候夹着两朵花。穆剑看见后笑了。有一个小女孩也给他送了一朵，虽然很小，但蓝得妩媚，美极了。他也要像那个男生一样把花夹在耳旁，手抬起来，在空中又凝固不动了，摇头笑了笑之后，想把花扔掉。迟疑一下，到底没有扔掉。他把花轻轻地夹在了耳朵上。孩子们都拍着手笑起来。

走了三四里的样子，出现了一些起伏的小山，眼前的小路，鞭子一样甩过去，蜿蜒而又流畅。又走了一二里，忽现一个刀劈似的小山崖，三四米高，崖面直上直下，露出裹挟得奇形怪状的石头，也有些从崖头上扎进去的树根，像扭曲的胳膊一样缠绕着。路似乎是断了。崖边有一个缺口，从那里下去，走过崖下的一段荒路，再上去，就是烈士陵园了。

走近时，只见陵园旁边停着一辆白色的小轿车，一个戴着眼镜的年轻人在墓地里肃立着。已有很多学生来到了陵园，那个年轻人准备走了。穆剑过来时，正好和他打个照面，他一身端正洁净的西服，戴着一副银色框架的眼镜，透过薄薄的镜片，他看到的是高傲而忧郁的眼神。

目送他离开，穆剑想：他是谁？来这里干什么？

4

陵园里埋葬着的是抗日英雄。几十年过去了，这里显得有些荒芜。

村民们围在周围看着。孩子们把陵园装扮得洁白而翠绿，坟头上仿佛有一只只白色的蝴蝶栖息于此，又好像是天上的白云点点撒地，圣洁之气从一片翠绿之中飘然升起。

默哀后，辅导员开始讲述英雄的事迹。他们就又回到了那个战火纷飞的年代……

一队日本兵趁着夜色出动，来到离县城一百多里的这个村子，他们烧杀抢掠，无恶不作。残忍的鬼子杀死了七十多岁的军属张奶奶，并用军刀割了她的头，悬挂在村子中间的老槐树上。临走时，鬼子们还抢走了刘东江刚过门三天的新媳妇……

因为这里地形复杂,鬼子又是夜里出来,所以就没有缩回县城,而是躲在离村子十多里的一个山上。

八路军某部某团得知消息,急行二百多里赶来。战斗在拂晓打响。八路军大胜,全歼了鬼子,为死去的村民报了仇,也狠狠地打击了日本鬼子的嚣张气焰。

在这次战斗中,有二十三名八路军战士牺牲并长眠于此。

……

孩子们有的哭了,有的紧紧攥起了拳头。穆剑的眼睛也湿润了。

一个须发皆白的老人进了陵园,他一只手拄着拐杖,另一只手不停地哆嗦着。他眼睛红红的,深情地看着每一个烈士的坟墓,还不时把放得凌乱的翠柏和白花重新摆放整齐。他引起了穆剑的注意。

老人从陵园出来时,穆剑走上前去,紧紧搀着老人的胳膊,然后慢慢地扶着他走了出来。他们俩坐在一个土埂上说起话来。

“你知道这段历史吗?”穆剑问。

“啊! 知道,知道,我亲身经历过啊!”

“老爷爷,你亲历了这次战斗吗?”穆剑很吃惊。

“啊! ……那时候我还小……”老人的嘴唇颤抖着。

“要是没有这些战士,我恐怕早就死了!”老人激动地说,眼泪顺着满是皱纹的脸流了下来。

“那个被鬼子割了头的老奶奶,就是……就是我奶奶!”

他痛哭起来。

老人的哭声引来了一些孩子。

“那真是一帮畜生啊!”

老人陷入痛苦的回忆之中。

“当时,我像一头受惊的小牛一样要冲出人群,几位长辈拦住了我,还捂住了我的嘴巴……”

鬼子走了。“我说,我要去报仇!”

“大家伙都说,咱们去了也是送死!”

“最后,他们怕我一个人去,就把我关进一个屋子里,还锁了门。我用脚狠狠地踹门。也不知道踹了多长时间,脚都疼得木了。那门不知咋的开了,我就压低身子往外冲,却不料一头扎进一个人的怀里。”

“那个人是谁?”孩子们好奇地问。

“那个人是团长!”

“他把我揽在怀里,用手摸着我的头。他已经知道了这里的情况,他说一定会给我和乡亲们报这个仇的!”

“八路军真是英雄!”孩子们赞叹着。

“是啊! 真是英雄呀!”

穆剑听到老人说这句话时,两行热泪涌了出来。

停了一会儿,老人恢复了平静。穆剑以为他的话已经说完了,不料,老人却又感慨地说:“我给你说,年轻的老师,有俩人到现在我还忘不了呀!”

“哪两个人?”

“一个是庄上的村民,叫王大牛。一个不知道啥地方的,也没名字,是一个在这儿要饭的……”

“王大牛那时候三十多岁,多好的后生啊! 那个要饭的,谁知道也是个有血性的人!”

“那天,他们俩主动给八路军领路,战斗打响了,枪炮声不断,那个地方像火烧一样亮。战斗结束后,人们找到了王大牛的尸体,血肉都模糊了,在他的手心里找到一只银麒麟,可怜呀! 那是他刚满月儿子的护身符,也没能……”

“那个要饭的呢?”

“要饭的更惨,连个尸首都没有,活着时已经够可怜了,唉! ……听说敌人一炮打过来,正好落在要饭的身上,他就成了炮灰,他那要饭用的铁瓷碗,顺着山坡滚了下来……”

“不过,他俩都是好汉子!”老人坚定地说。

“是的,是汉子!”穆剑说。

“噢! 那王大牛的孙子就在镇上开铺,叫铁三。”

啊?! ……老人走了,穆剑却呆住了。

5

日头暖和了,驱赶着清明的微寒。穆剑抬头向远处看,村子正东面有一条河,此时正闪着金光。

班里有个男生跑到穆剑身旁,悄悄地对他说:“老师,前一段那个民政局干部救人的事儿,就发生在这里。”

穆剑回想起那个事儿来——

大概是去年夏天吧! 县民政局一个干部,好像是办公室副主任,他被上级指派到烈士陵园查看情况。正是三伏天,突然,离陵园不远的河里传来呼救声,他去救人,不料自己却溺水而亡。

这事后来闹吵得很,人们议论纷纷。听说那个干部被认定为救人的英雄了。

穆剑问那个男生:“被救的人家在哪儿? 带我去看看。”

“好!”

男生领着穆剑穿过一个小胡同,又从一个小道里进去,来到一个农家小院的门前。院里的狗叫了起来。不一会儿,他们听到铁门闩吱吱的拧动声,门开了一个小缝,露出一个小姑娘的脸。

小姑娘看见穆剑,先是一愣,而后看到了那个男生,立刻就笑了。

他们走进院子,一只黑色的狗挣着铁链子狂叫。

一个三四十岁的女人从屋里走出来,阴沉着脸。

“有事吗?”她冷冷地说。

“噢! ……噢! 也没什么事……”穆剑说话吞吞吐吐的。

那只黑狗挣得更厉害了,叫声也更大了,两条前腿立了起来。穆剑有些害怕。

看他这样,女人就说:“那就进屋吧!”他们一前一后进了屋,两个孩子跟在后面。

屋子很简陋,后墙的台子上,摆着一张照片,木制的边框,上面还披着一条黑纱,看样子是一个十二三岁的男孩。照片前面放着一碟水果,还有一堆糖果,各种颜色的都有。

女人的眼死盯着孩子的照片,脸色更阴沉,手脚发抖……小女孩站在她的旁边,不敢抬头,只是看着自己的脚,一动不动。

“听说民政局干部是救咱的孩子死的。”穆剑忍不住问道。

女人扭过头,眼睛里闪出一道奇异的光,射得他心里发怵。但她终于又低了低头,嘴角微微地颤抖一下,没有吭声。

“照片上的孩子是……”他说了一半,就觉得不妥。

那女人听了,全身一阵战栗。她还是没有说话。

“小叶婶,那天那个人开着黑色的小轿车。”那个男生突然说道。

“是……是开着……”小女孩也跟着说,但突然又不说了。穆剑看到,那女人的眼正狠狠地剜着她。

“没什么!”女人终于开口了。

“干部是救人的好人!”她的话依然冷冰冰的。

听到妈妈说好人,小女孩似乎是受到了启发,她说:“后来来了好多叔叔……拿了好多红票子钱……”

“瞎胡说!看我不拧烂你的脸!”

小女孩吓得躲进了里屋。

穆剑觉得再也无话可说,也恐怕勾起人家的伤心事,所以就起身告辞了。

6

往回走时,又看见了那个戴眼镜的年轻人,他正和几个村民说着话。

将近中午,学校组织大家回去。穆剑看陵园旁扔了很多食品包装袋,就给校长说留几个孩子捡一捡,校长同意了。穆剑留了他们班的七八个学生。收拾好之后,他们才离开烈士陵园。

一路上,鞭炮零星地响着,从远处的洼地里面,飘起些凄凉的青烟。

又到了街道拐角处,这里已是另一种景象:汽车毫无生气地趴在这里,一步也动弹不得。人们不是先前的杂乱,他们呈弧形围在货车的前头,只留着一排墙一样的后背。铁三站在店门口冷笑不止。

他们几个勉强挤了过去。一辆加长的大货车正堵在十字路口,所有的车辆都无路可走。

穆剑让学生在铁三的店门前等着,自己则走上去看个究竟。

“咋? 咋? 想死哩你!”一个恶毒的声音从人们的裤裆里钻了出来。

紧接着,只听见咚的一声,又咣当一下,好像有人摔倒在地。

人群一阵骚动。穆剑趁机抹了进去。一个浑身油渍和煤灰的人倒在地上,头正靠在货车的前轮上,他肯定是司机。他前面是板寸。板寸呲着牙,身体向前倾着,食指戳向司机。有一道金光闪了一下,仔细看时,板寸向前戳着的手指上,戴着一枚硕大的戒指。

“你给老子站起来! 老实点,照规矩办!”板寸大声喝道。

“快点! ……啊!”令人震悚的声音。

这一声大喝像是有了魔力一样,原来轻松嬉笑着的人群顿时凝固了。一片冰封。

穆剑觉得有一股气憋在胸口,他感到极其难受。他的心跳加快了。他有一种冲动:从人群里站出来,制止他。

最好再有一个、两个、三个……但是,没有一个人站出来。穆剑的脚步也没有挪动。

司机从地上爬起来,小声嘟囔:“大哥,你说让我过去的。”

“你还在前面……在前面给我打手势。”

“放屁!……叫你过去,也没有叫你撞着车呀!”又是一声大喝。

穆剑这才注意到,在这辆货车的后面,停着一辆白色的面包车,它正好和货车紧紧贴在一起。再仔细看时,他不禁纳闷了,面包车的右侧有很大一片空地,它为什么偏偏停在紧挨路的地方?又仔细看时,他有些明白了,那辆面包车车主和板寸有着密切的关系。

看他们一时难以说清,穆剑也就失去了看的耐心。他向来不屑于掺和这些庸俗不堪、丑恶至极的事。就在他准备离开的一刹那,他突然瞥见了一个人。那个在交管站工作的人,他竟站在板寸头胖子的旁边,他穿的是便衣。不远处的交管站,大门紧锁。

人群还没有散开的迹象。他们在看一场精彩的演出。他们的头仿佛是被绳子圈了起来,最大限度地向上提着。

穆剑想:他还是不看这场演出的好!谁要是在后面看了我的演出,那岂不是很狼狈和难堪吗?

7

他回到了孩子们旁边。他们惊恐而疑惑地看着眼前的一切。

铁三依然站在门口冷笑。

穆剑问他:“铁三,到底怎么回事儿?”

“不就是想弄俩钱嘛!修路这些天,弄了不少了!”

“真的?”

“你不信？哼哼！这些人损招儿多着呢！”

“前几天，他们就合伙坑一个外地的司机。”铁三的嘴往左边努了努。

“你看见这一家门前的水泥路了吧！他们大声说，过吧，过吧！没事，轧着没事，人家的前轮刚一上去，坏了，下来吧！三百块，现金，比我卖东西来劲儿多了！”

“现在的人怎么这样呢？”穆剑叹气道，“铁三，咱不说这了，不说了。”

“你说说你们庄上民政局干部救人的事吧！”

“哈！……哼哼！……啥鸡巴救人。”

“都说他是救人的英雄。”

“哈哈！鸡巴英雄！那个干部下来，中午在乡里吃饭喝酒。到了烈士墓，天热，就到河里洗澡，自己呛住了，是那个小孩想去救他的……俩人都死球了！”

“什么？你怎么能这么说！”

“不信算了，不说球了！”铁三显得很不耐烦，嘴角对穆剑露出鄙夷的笑。

一会儿，他又贴着穆剑的耳朵说：“你看我旁边这条路，村村通的，民政局牵的头，听说拨了二十万，只下来十五万，一层一层地扒。主管这件事的，就是那家伙……”

“瞎胡说！可不能造谣啊！”

“嘿嘿……”

穆剑还想和他说些话。谁知，铁三竟向南边跑去，边跑还边对着店里的媳妇说：“你看着铺，我到那边瞅瞅，有一辆车像是等不及了……”

穆剑很纳闷：别人等不及了，碍他什么事？他向南边看去。铁三跑到一辆车旁，司机下了车。他们俩小声嘀咕几句，铁三就伸出一根手指，而司机则伸开巴掌。他们在干什么？铁三的食指仍然直直的，使劲在司机面前抖了抖。后来，司机让他坐进车，车头一扭，顺着小路消失了。

铁三的媳妇从店里出来了，一脸的笑。穆剑问她："铁三在干什么？"

"给司机引路啊！"

原来如此。这家伙……

8

这时候，突然有一个人冲进人群，人群被冲荡出一个很大的缺口。穆剑没看清那个人，他只瞥见了一个单薄的影子。他再次走近人群，只见一个年轻人直直地立在板寸和司机之间。穆剑只能看见他的背影。

穆剑绕过去看，竟是那个年轻人——银色框架的眼镜，薄薄的镜片，高傲而忧郁的眼神。

"板寸"见突然有一个人横在面前，也有些吃惊。司机看起来一脸茫然的样子。他们就这样保持着各自的姿态，就像电影里定格下来的一个镜头。

戴眼镜的年轻人拿出手机，开始拨号码。"板寸"一看，猛地抓过手机，使劲摔在地上。而后，扬起手，狠狠地扇向年轻人的脸。他的眼镜掉了，镜片碎了一地。

年轻人白皙的脸立刻红了，但他仍死死地盯着"板寸"，眼里喷出的火似乎能把人烧毁。在这样的目光下，"板寸"也有些畏缩了，眼里露出一丝不易觉察的胆怯。

……

穆剑没有看到事情的结果。孩子们扯下红领巾，飞快地向学校跑去。他要赶上他们。那些红领巾在空中飘动着，红色在阳光下闪耀起来。

那一夜，穆剑做梦了，他梦见许多自己的影子一直绕着一根巨大的柱子转着。他自己也跑进去了，但无论如何也不能和其中的一个影子合在一起。这个梦让他一夜不得安生，他觉得那些影子就是人的魂儿。

第二天，镇上就有人说起这个年轻人来。有人说，他是喝醉了。也有人说，他是个疯子。还有人说，人家动了刀子，他在俩人之间挨了好几下……

总之，有好几种版本在人民群众的嘴上流传着。

过了好多天，一个阳光灿烂的上午，穆剑又来到街道拐角处。他觉得有一种神奇的力量在吸引着他。他期待能再次遇到那个戴眼镜的年轻人，再看看他那高傲而又忧郁的眼神……

他竟然真的看到了。他不承认这是幻觉。是真的，那个年轻人银色的眼镜框都在阳光下闪烁了，镜片里都射出一道道白光了。它们刺破了穆剑的身体，也刺穿了他的心脏。

功　夫

我真的没有想到，那天中午我泄露出我隐瞒多年的功夫，竟然招来了一场灾难。

那天中午我吃了卤肉和大米，又一个人灌了两瓶啤酒。酒足饭饱之后，随着一声声长长的滋味丰富的饱嗝，我的英雄豪气油然而生。那一瞬间，酒气恍惚中仿佛有阵阵刀光剑影，醉意朦胧中好像有缕缕侠骨柔肠。我身轻如燕，我掌中带风。说时迟那时快，在我对儿子说我要露一手给他看看之后，时间消失了，空间转换，在院子中间的红砖砌成的花坛前——我像一个武林高手，而儿子则像一个身怀国耻家恨的幼苗。

“我能将那红砖切开。”我说。

“哼！”

“我用手掌就可以切开。”

“哼哼！”儿子以他幼稚的桀骜不驯蔑视着我。

“不信，你瞧清楚了……”话音未了，手起掌落，三层红砖应声而断。切口处冒出一股白烟，仿佛是一个刚刚蒸出锅又被人掰开的血馒头。

儿子的惊讶声和震撼的眼神同时出现，装点得那一刻的时空都有点儿神经痉挛。我像一个傲慢的武林盟主，嘴里发出不同以往的冷笑（这种笑是我三十多年以来少有的，尤其是结婚后，它已在妻子的柔情里湮灭了）。儿子整个人好似被闪电击中，身体和心灵都亢奋起来，那程度不亚于男中音拔高了几个八度变成了女高音。

他变了。

我相信他心里肯定受了极大的刺激。之后，他对我的态度发生了180度的转变。我以前是一个被他和他妈欺负的软弱大汉，而那天，我成了一个令人尊敬的英雄好汉，就连他的脸上甚至眼神之中都闪烁着因我而生的耀武扬威的神情。他得到了强有力的武力后盾；他有了征战讨伐的梦想；他联想到了在众伙伴中受到欺负的凄惨；他露出了笑傲"同龄少年"的笑容；他有了一股战败除他自个儿外的所有人的胜利狂想——他的小眼睛里射出的亮光是一道直线，硬硬的，冷冷的，锋利无比，像霜刃。

大地就在他的脚下，众生就死在他的剑下。

看见那时候的他，我不禁倒吸一口凉气。你们不知道，那天是三伏天，我应该吸到热气才对。可是，我从儿子身上却吸到了冷气。但是，我心里清楚地知道，儿子的霜刃指的肯定不是我。虽然我也是一个不是他自个儿的外人，但我是他的爸爸，我养育了他八九年。我是他的亲爸爸。

果然，片刻之后，儿子的眼睛看着我——仍然像一把霜刃，我至今还很疑惑他小小年纪是从哪里得来如此多的冷，似乎还有所谓的恨。只不过，这把霜刃在我面前不是利刃向我，好似我们父子两个共同紧紧地攥住了剑柄，我们的敌人是除我俩外的他人或未知的他物。

儿子说："我要刺死他们！"

"刺什么？傻小子！不听话！"

"哼！你敢跟我作对！你不跟我一事儿？"

“爸爸不是和你作对,爸爸是爱你!”

“你爱我,就要听我的,就要和我一起收拾他们!”儿子狠狠地说。仿佛我俩的谈论之中无爱,而全是恨一样。究竟小孩子的爱和恨是什么?究竟他们的爱和恨是如何转换的呢?

“我希望你赶快长大!”我想转变话题。

“我也是。”儿子说。

我笑了。

“我长大了也要你的一身功夫,爸,你把它传给我吧,好不好?”

“好!”

“我长大了一掌拍死李小车,他都不是一个好东西!”儿子的牙齿咬得嘎嘣嘎嘣响。

我怕了,真怕了,再没有了武林高手的威风。我竟也文绉绉地想起了“高处不胜寒”的儒雅之词。我要是文人该多好,我有豪情壮志了也无非是吟诗作画,也无非是之乎者也,也无非是对酒当歌,大发特发人生感慨。哪里会出现掌劈红砖的惨烈场面!

“儿子,这样可不好!为什么拍死他?”我压住怒火。

“他该死!”

“不许这样说!”

“他该死!”

“我揍你!”

“他就是该死!”

“该死!”

“我——揍——死——你——”最后,我忍不住了。我大喝一声的同时,脸上的表情变得凶神恶煞——大家是知道的,一介武夫本就鲁莽,他恼怒起来肯定是野蛮加粗俗加浅薄加混蛋加仇恨加残忍加……那就不是人的模样了。我胳膊上的二头肌三头肌迅速膨胀起来,大臂上扬,小臂紧缩,手掌聚拢到一块儿,四指如并排的钢钉铁叉,掌面上的一大片肌肉饱满有力，并且还微微抖动着。说时迟那时快，我又大喝一声，胳膊和它末端的手掌如风如闪电，看得见又看不见，一个令人惊叹的孔武有力的弧线划破氤氲的空间，像是杀开了一条血路的吕布之方天画戟。结果可想而知，我想到了关云长温酒斩华雄；我想到了武二郎血溅鸳鸯楼；我想到了司马长风快刀出鞘；我想到了红军战士大刀举起，鬼子的头颅扑通落地，鲜血溅了一地。结果可想而知，我这一掌下去，虽不及大刀利剑长矛钢枪等那般厉害，但也足以让儿子伤筋断骨的了。结果可想而知——我的妻子也就是儿子的妈妈也紧跟着大喝一声："狗子！你这个狗东西！你给我住手！"这一声才真的是石破天惊。我的如风如闪电的手掌落在了半空，亏得我功夫极深，否则，一般人用了这样的力道那是绝对收不回来的。我就这样停了下来，停在了儿子扬起的脸上的灿烂笑容之上。

"老子打儿子，老子打儿子。"我走火入魔般絮絮叨叨。

"打个屁！光靠打能成才？"妻子怒喝。

"你就是个武夫！"

我不敢说话。儿子保持着刚才的光荣姿态，并且继续着他的笑容。笑容不改，只是声音大了起来。他哈哈大笑起来，仿佛是他的哈哈大笑挡住了我的如风如闪电的神掌。

那天，真是一场恶战，我独自一人激战两位"绝顶高手"，结果自是败下阵来。后来几天，我就一直纳闷，我是一个有功夫的高手，我一掌下去可以劈开三层红砖，可我怎么就败在了手无寸铁又手无缚鸡之力的他们手下呢？江湖之深，深不可测，江湖险恶，恶在心术不正，早年师傅曾经告诫过我。可这些用在他们身上似乎不太合适，因为他们是我的家人，而不是随便的别人。其实，是一个情字制服了我，战在未战之际，我注定落败。哦！制人之术不在术，而在于心。心里的恶，心里的魔是最可怕的，难道就是因为这个道理吗？

事情总算平息下来，但事情的结果却影响很大。

儿子对我的态度也时好时坏，时阴时晴，他的天气真是让人不可捉摸。他到底需要什么？他一会儿对我极尽谄媚之态，极尽阿谀之辞，像一个小影子一样贴在我的屁股上。闭上眼我就能想象到他的眼神是多么热情和多么渴望，对我这个大英雄尽可能地倾斜。他的眼神和后面的眼睛，以及连在末端的心脏仿佛要蹦出来一样，它们要炙热地像壁虎的脚一样吸在我身上，我受不了了。

“爸爸，你把功夫传给我吧！”儿子求我了。

“不行！”

“爸爸，我求求你，我求求求求求……你了！”儿子真会缠人。

“求死也不行！”

“现在是文明社会，靠这个不行了，要学科学文化知识。”

“爸爸，靠学习哪能制住人！我语文考一百分，能把张大胖子整倒？”

“你不要狡辩，我就是不教！现在又不是古代，干吗非得斗个你死我活！给你说你也不懂。”

“我不懂？你不懂吧！我们都是这个样子，谁厉害听谁的！我成天叫人欺负，你不知道吧！”

“什么？”我很吃惊，“你为什么不给老师说？”

“给老师说丢人！要自己和他们斗！”

“什么？有什么丢人！怎么斗？”

“有本事你就把他整倒，他就服气了，还给你好吃的。”儿子很不屑，“你不懂！”

“我不懂？笑话！好好的，斗什么？”

“你不懂！”

“我懂！”

“你不懂！”

“我……”

最后，我不再说什么了。我想我眼前是说，不，是斗不过他的。我开始郑重其事地站在武术发展的野蛮或者文明史的高度上来思量“斗”的含义。我想用心掂量掂量“斗”的分量，我想用心称称“斗”的重量。

这时，妻子却在旁边嚷嚷：“你儿子也想学两招，你怎么不教他？”

我说：“你住嘴吧！”

她不住嘴。

她却突兀地说：“你是我见过的所有男人中最不男人的一个。”

我只好顺着她的话也突兀地说：“你是我见过的所有女人中最不女人的一个。”

她还嚷嚷。

我接着又说：“你住嘴吧！”

她不住嘴。

只好我住嘴了。

儿子还是很佩服我的。他经常看着我拍断的红砖头感叹（儿子哭闹着要我保存好那天掌劈红砖的痕迹），嘴巴吸得咝咝响，像是正在吃一个味道甜美的棒棒糖。之后，儿子转变了策略，他开始喋喋不休地问我，企图用问所产生的极度烦躁将我迷倒。其实他又想错了，我在练武之初就已心神俱宁，平静和气是修炼成了的。任凭眼前是闹市嘈杂，或者是风花雪月，或者是名利的浮光掠影，或者是东家长西家短，或者是令人肝肠寸断的生死离别，在我眼里都是虚幻。

儿子先是大声赞叹我会功夫，能把红砖拍开，以后还要说给伙伴们听，谁要是问是不是真的，一定要说是真的，不要让他失面子。然后他开始装嫩，像个三岁小孩儿一样问我能不能把镜子拍碎，能不能把手机、大门、碗、木梳、大树、小树、窗帘、毛衣、皮鞋、枕头、衣柜、床、沙发、书本、石头、房子、飞机、大炮、河水、小猪、小羊、小兔、妈妈、大腿、耳朵、脸、眼睛、头发等，凡是他能看见的或者想到的东西拍碎。他甚至在最后残忍地拔掉了我的一根正生机勃勃的头发，让它在我的鼻子前晃来晃去。

“你把头发拍断吧！”

还让头发爬进我的鼻孔，我只得不断地打喷嚏。他笑，然后又说：“你把它拍断吧！”

我哭笑不得。

当然，他说的东西我一样都没有拍。他看不行，就非要自己试试，几乎把他所说的东西拍了个遍。只不过手掌的力度不一，这才避免了更多更大的财产损失和人员受伤。不过，多少有点儿损失，我粗略计算一下，据不完全统计，折合人民币共计四十八元二角六分。

一天中午，跟我那天拍断红砖一个时辰，情景何其相似，只是斯人改。儿子也跑到花坛前，学着我那时的模样，运气，合拢手掌，样子颇有几分神似。接着，他“哈”的一声，说时迟那时快，手起掌落，红砖纹丝不动，完好无损。儿子却大哭起来，捂住自己的手掌弯下腰去。我心疼死了，忙抱起儿子。

“怎么样？怎么样？爸看看。”

妻子说：“看你这个狗爸爸，你要把儿子害死！”

我说：“滚！”这一声像是惊雷。几年都没有打过这么响的雷了，老天爷！今天倒来了个晴天霹雳。妻子不说了。

儿子还在哭。我轻轻抚摸儿子的手掌，我一看就知道没事，好好的，他可能是疼的原因。但我还在问：“儿子，怎么样？疼不疼？“

“疼！疼死了！”

“一会儿就好了，一会儿就好了！”

“哎呀！爸，你知道不知道？那手掌刚挨着砖头时，就跟火烧住一样，疼死我了！”

听儿子这样说，我笑了。儿子不疼了，也跟着笑了。

距离展示我的断砖绝技那天足足七七四十九天之后的一天。

这一天天气异常。早上清风阵阵，凉爽宜人。上午开始有些闷，天空中一朵一朵的白云白得出奇，像是被阳光晒得死去活来一般。其中有一些例外，总是有一些与众不同的事物会出现在天上人间。有几朵是蓝色的，不是一般的蓝，很蓝。蓝得像蓝天，像大海。对于这种异常的颜色我感到甚是疑惑。而我的疑惑随风扶摇而上，虽然气势磅礴，又锐利无比，但等它到了那几朵蓝云上面却立刻变得软弱无力了。它们附着在蓝云上，再也没有了先前的愤世嫉俗。也许蓝色的神秘和深邃让我感到不寒而栗使然。中午时烈日炎炎，天上的云像是遭了千军万马打击和清洗一样消失得无影无踪，天空只剩下一张单纯而霸道的兽皮。而我仿佛在上面看见了一个个像网眼一样的小孔，虽然是小孔，但个个圆润而有形，像艺术家的嘴、眼，像画布上的一个色块，像书法中的饱满一点。我甚至想象它们是我“断砖神掌”拍上去的一个个掌印，这些只是联想而已。天很大，天很空，天很净。

我们一家热得要命，只得躲在屋里不出来。天上的景色无限美丽又变幻莫测，但它们射到我们身上的却是炎热的利箭。请允许我以武者的身份郑重抗议，上天对我们不公，它违反了公平竞争的原则，因为它们在上面享受如画的美景，却让我们在酷热中煎熬。我们躺在床上，我睡不着，妻子在摇头晃脑的电扇吹拂下睡着了。儿子没有睡，自从我展示我的断砖绝技之后，他一直亢奋。尤其近段他又迷上了武侠，肠胃良好地消化着大量的武侠片、功夫片和枪战片。这让他更加亢奋。他仍然忘不了我的功夫，他仍然在请求我教他。有时候这种情绪又会变异，他开始想象自己也像我一样武功盖世，你知道，这种时候人心深不可测，仿佛什么东西搅动了心之深处的炽热岩浆一样，心之烈火从一个中心喷吐而出，然后又威力无比地向四面八方倾泻，什么都阻挡不了它。他开始在床上向我发起挑战。他像一只螃蟹一样横行霸道，他也像一棵正疯狂生长的速生树一样枝丫杂乱。这情景多像从遥远的梦中飘来，我小时候的影子从小时候的妈妈身旁飞出来，然后就叠印在了我儿子身上。我想到了小时候的石头院子、石头房子，还有院子中间的石盘子、石墩和石锁。妈妈慈祥地端坐一旁，温柔和恬静的气息从她身上弥散出来，仿佛一只只蓝色的蝴蝶一样翩然而飞。我的爹爹一脸严肃，他手捧诗书，像一个私塾先生一样给我念着那些一千多年前的人写的诗。镜头切换，梦又飘到了麦场里，一堆堆金黄色的麦秸垛堆在那里，我们一群小伙伴像战士一样攻打它们。

"哈！吃我一掌！"梦幻中的声音。

梦幻中的声音又飞到了眼前。我真真切切听到了这个声音，同时屁股上真的挨了一巴掌。"哈！再吃我一掌！"是的，是儿子在表演功夫，他的样子像极了那天中午我劈砖的样子。他刚刚在上午看了周星驰的《功夫》，里面的人物和情节让他激动不已。我想，他肯定在里面找到了自己，他也肯定把我假想成了其中的哪个坏蛋。儿子的手掌劈在我的左腿上、右腿上、左脚上、右脚上，劈在胳膊上、肚子上、屁股上。我翻来覆去地躲避，我呵斥不住他。他还要和我对一掌，我不干，他就恼了，两眼发出的光变得凶狠起来，他已经难以控制了。我只好坐起来，装腔作势地跟他对了一掌，然后我就被他击倒在床上。他哈哈大笑起来，我怎么看他的笑都不自然，没有一点儿小男孩的清新和可爱。

就随他的便吧！他的小手掌又能把我怎么样？

儿子大概看出了这一点，他加大了拍打的力度，我的身上啪啪地响，疼痛的滋味也在响声中飘浮出来。我大骂："小兔崽子，住手！"

他哪里能停住！反而更变本加厉了，手脚并用，他用脚使劲地踢着我的屁股，嘴里发出有节奏的"哈，哈"的叫声。我彻底恼了，我爬起来，我要消灭他的嚣张气焰，我再也不能容忍他了，我的心已被他的心给伤害了、激怒了。我想猛地爬起来，于是，我——

然而，一切都晚了。儿子的最后一招出人意料，他龇牙咧嘴地半跪在我头旁，他胳膊上的小二头肌和小三头肌迅速膨胀起来，大臂上扬，小臂紧缩，手掌聚拢在一块儿，四指如并排的小铁叉，掌面上的一片肌肉饱满有力，并且还微微抖动着。说时迟那时快，他大喝一声，胳膊和它末端的手掌如风如闪电，看得见又看不见，一个令人惊叹的孔武有力的弧线划破氤氲的空间，像是杀开了一条血路的吕布之方天画戟。结果可想而知，我想到了关云长温酒斩华雄；我想到了武二郎血溅鸳鸯楼；我想到了司马长风快刀出鞘；我想到了红军战士大刀举起，鬼子的头颅扑通落地，鲜血溅了一地。结果可想而知，他这一掌重重地拍在了我的右耳朵上。我的心一惊，然后大叫了一声："你这个小兔崽子，你想拍聋我呀！"只有我的左耳朵听到了这声大叫，右耳朵对这个声音毫无感觉。

之后，儿子迅速爬起来，跳下床，穿上他的拖鞋，几个大步就闪出了里屋。然后，我就看不到他了。

只听见左耳朵里咣当一声，儿子出了大门径直而去。

阿屁小记

1

今年冬天,天气奇冷。

早上起床后,我心慌神乱,因为我发现我高贵的保温杯被严冬俘虏了,昨夜我灌得满满的一杯热茶现在已凝结成冰。它背叛了我,昨夜我还对它百般呵护,一转眼它就成了冬天的帮凶。真是助纣为虐,它死心塌地的堕落之势已无可挽救。嗟叹!嗟叹!嗟叹!

这是很可怕的事情。是这样,的确很可怕。但我还是忍不住地幻想:到底如何才能拯救它呢?

“瞎!鬼才相信,你有这好心?你一直在利用我。”它居然会说话。啊!世界真是诡秘。

“不!不!我是真心的,我很愿意帮助你,我想把你从严寒中解救出来。”我简直是在大喊大叫了。

“骗人!你只会这样耍弄人,收起来吧!再说,你也不抬头看一看,只有你们才一直身处烈火之中而浑然不知。”

说完，杯子开始对我冷眼相待了。

不管怎么说，它的话有点儿刺痛我了。我的心有些软了，我说："啊！我亲爱的杯子……"

杯子却不再搭理我。它似乎永远也不愿和我说话了。我的话就这样断了。还有什么好说的，没有了。

我只好用手轻轻地拍拍自己的脸。这样之后，一切又恢复了正常。

2

一切都很正常。

于是，我走进厨房，拎起茶瓶往我心爱的杯子里倒水。且慢，暂停，我瞧瞧——水是极热的，冒着热气。杯子里的冰依然是硬的，闪着冰冷的光，像兵器，寒光毕现。

倒吧！热情地倒吧！

噢！哈哈！热水和冷冰接吻了！

哈哈！哈哈！我这样的人就爱看这种低俗的画面，除了接吻，还要怎样？

杯子此时却稳如泰山，一副谦谦君子之相。失望！失望！

我瞪着我牛蛋一样的眼睛朝杯子里看。啊，里面原来是仙境呀！这一看不打紧，我的癫狂病又犯了，我想变成孙猴子——大闹杯中的"天宫"，好不痛快！

"嗤！就你还要大闹天宫，算了吧！"谁在耻笑我！

"我如何不行？你知道我是谁吗？我是神奇的、厉害的、最有骨气的、最有文化的又最不要脸面的天下第一人——阿屁。"

"什么？阿屁！瞎胡闹！你爸妈怎么给你起了这么个名字？"

"我妈无所谓了！她是个傻子。"

“那你爸爸呢？”

“哈哈！谁是我爸爸？连我妈妈都不知道。”

哈哈！哈哈！

哈哈哈哈……

莫笑！莫笑！爷们儿就叫阿屁，怎么了？爷们儿坐不改名立不改姓。不要小看爷们儿，爷们儿有时候说的话也很厉害，知道吗？不信，我把我的痴言妄语说给诸位听听，如何？

3

我阿屁也是懂得爱情的。

我谈过一次恋爱。然而，最后，“丈母娘”说我“钱”途黯淡，坚决反对，所以，我俩就拜拜了，丈母娘和她的爱女就一块儿奔向“钱”途了。

当然了，也未必如我说的那样形象，我们的分手其实也很震撼。文明社会了，现代社会了，干吗这样！腻腻歪歪的，傻不傻呀！“丈母娘”大骂一声，又一个嘴巴飞过去——啪！啊——

我的爱情死了！但我依然健在。

“说什么来着？你该去殉情的！”

一耳光扇死你！

然而，我终究要结婚的，我可不要打光棍。很多人都这样对我说。

谢谢你们！

于是，我阿屁就勇敢地结了婚。结婚好呀！结了婚就有了家。就连我阿屁也有了家。

谁是一家之主？重要吗？

我不管，反正我听话就是！不听话你就打我的脸，没事，不疼的，老婆，使劲点，我不疼！

“你这个婚姻加爱情的狗奴才!”

谁在骂?

“我情愿!”我回击道。

4

我姥爷在农村。回去!看姥爷!

到地里干活。一日,刨玉米秆。天蓝,地黄,玉米秆随风起舞,真美!

“累不累呀?”正在痴想,老婆带女儿来看我。我露出白牙,一脸灰,傻笑。老婆亦笑道:“你太滑稽了!”

我端正了脸色,郑重说道:“老婆,我代表镢头和玉米秆,热诚欢迎你们来此检查、指导工作。”扑扑哧哧,我们狂笑。女儿亦跟着笑,说:“爸爸妈妈,你们不要笑我了,我长大了就会干活了。”

听此话,我甚为感动,于是大声对女儿说道:“孩子,记住!长大了要脚踏实地干活!”

5

看见美丽女子,谁不垂涎?除非太监。我也这样。我想把天下所有美女拥入怀中,可能吗?我又不是皇帝。

欲望太深了——哎呀!要淹死我了!要淹死我了!

女人的屁股怎么那么香呢?屁股何以如此招眼?成群的屁股为什么要到处扭动?

6

一定要否定爱情吗?不!

一定要相信爱情吗？不！

那么，到底该怎么办？去听听那些传奇的爱情故事，这个主意挺好的。

我喜欢听爱情故事，里面的人物为爱死去活来，还有什么比这更让人忧伤、憔悴？还有什么比这更让人销魂断肠？

现实怎么会这样——吵闹，打骂，离婚，甚至反目成仇。爱与恨之间何其短暂！昨夜还在同床共枕，缠缠绵绵，今朝便冷若冰霜，粗言相对，为什么？

我们人类的善变真是天下第一等！

感情的闸门可否由人们自己控制？为什么开了闸门放任你自己？

抛弃一个与你一日夫妻百日恩的她(他)，就如同抛弃一个与你毫无关系的外人，这就是我们人类所谓的爱情吗？可笑！可鄙！可恨！

还有人在乎责任、承诺、怜悯、爱这些虚的东西吗？这才是让我真正感到绝望的。

7

他们都说我是疯子，癫狂的那种，因为我是一个与众不同的人，我的心里有发泄不完的愤懑。

春天很有生机，我也会爱着这样的世界，那花在我看来也是鲜艳的花，那草在我看来也是一样的娇嫩。我会用嘴亲亲迎面吹来的风，我也会亲亲湿润的土，因此，他们说我不正常。

某年某月某日。众村民宰猪，刀进刀出，声嘶力竭，猪黑猪红猪白，一个、二个、三个、四个……一个个白条猪挂在村子里的空场上——白亮亮，肉嘟嘟。我突然觉得，人人都是白条猪，首先我承认我自己就是一个纯种的白条猪。

可我不敢说，因为就连我自己也觉得这样想和这样说的话，我就是不正常的。

“好你个阿屁，你竟敢这样想！”最后，我只好在心里将自己大骂一顿了事。

8

我最爱看《新闻联播》，国家繁荣昌盛，经济飞速发展，祖国建设一日千里，神州大地日新月异。

可是却有许多蛀虫——阴毒的。

社会前进的代价吗？

我们的前前后后，左左右右，到底隐藏了多少不为人知的肮脏？

9

地位、关系、后门、金钱、美色……织成了一张巨大的网，网住了多少挣扎着的生灵！

我的牙齿会咬得粉碎——因为恨。

而那些织了网的人，却正襟危坐着，他们披了最冠冕堂皇的外衣，一副凛然正气的样子，说出来的话是多么的义正词严。

转身冷笑的不是他们吗？

转身贪婪起来的不是他们吗？

转身狰狞起来的不是他们吗？

10

然而，那些没有工作的人呢？无了位置。

如果有了不满，又该向谁倾诉！无了对象，又有何牢骚可生？

像隔壁的小C,学业无成,像无头苍蝇一般乱撞,问之,曰:“混呗!”

真是可怜的人。真是危险的人。

然而,社会之生存有别于动物界之生存。温和者和野蛮者,多情者和无情者,孰对孰错?

唉——

愿好人一生平安。

11

有一次和一个长兄谈话,此人长期漂泊在外,话如下——

他说:“我们并未到了祖辈们饿肚子的地步,我们的生活并无生死之忧,可是,我们似乎都很焦虑,为什么?”

我说:“社会的发展,文明的进步,或许要以牺牲我们为代价吧!”

我又说:“我们可以坚毅地做事,而在心灵上去享受一些各自需要的自由。”

他说:“是啊!我向往平静、自由,甚至想到田园风光,但也仅仅是想想而已。”

到此为止,我无言,他无言,生活仍在继续。

12

我似乎开始正常了。所以——我可以这样问吗?

有了权力就要盘剥吗?

有了利益就要勾结吗?

13

有没有这样的人?

恶疾生在自己身上。犹如一个暗疮,不痛不痒,他并不因此而恐惧,反而又自我欣赏起来。或者将其修饰一番,美得似鲜艳的花朵一样。周围的人鼓掌叫好。

这样的悲哀算不算深呢?

偏偏有无聊的人,硬要指出来。他的麻木自此就消失了吗?他其实会极大地不快,勃然大怒起来,要将使他清醒的人置于死地而后快。

继而又要搔搔自己的暗疮处,独自叹道:“闲着没事,找不舒服呢!”

仍然会有无聊的人大声疾呼:“病!病!你身上有病!”

他依然充耳不闻。要他怎样。

自己打自己的脸,谁有这样的狠心?自己割破自己的暗疮,谁有这样的狠心?自己剪除自己坏掉的器官,谁有这样的狠心?

我希望有朝一日成为一个解剖者!我正常吗?

14

我最痛恨的就是寄生虫,针形的嘴深插在健康的肌肤上,洋洋得意地叫着,俨然一副世界主宰者的模样。

文明发展到现在,怎么还有这样的寄生虫,并且越来越猖狂!

消灭它。

15

丧失了道德，丧失了高尚，丧失了正义，丧失了奉献，丧失了真诚、善良和爱心，那么，我们到底还有什么？

16

某一日，我的眼睛被灼伤了，突然一道金光闪烁，我的眼睛就这样被灼伤了。我伤心呀！悲痛呀！愤怒呀！抗争呀！情绪一时难以控制。

不知道是谁轻轻拍了一下我的脸，我就正常了。但眼睛依然伤着。

看街上的人，他们的眼睛和我一样也伤着。他们自己不知道，或者他们假装不知道。我是知道的——他们的心思只有我一个人懂。

他们的两眼已不再是人眼，慢慢变成了圆形方孔的东西，两个小小的瞳孔正透过那“方孔”射出金色的光芒——这就是灼伤我眼睛的光。

妈呀！他们眼里射出来的光要将我置于死地，我该怎么办？

17

我偏要在热闹中寻出一点儿清静来，与众不同的孤独和悲哀。

妈妈说我是一个笨蛋——“要你有什么用处？把你这个没用的东西扔出去喂狗算了。”

妈妈的话让我伤心了。

我真的一无是处？不！我要干些什么！我要成麻袋成麻袋地驮

钱给她花,我也花,所有的人都花。如果真有那么多,为何不用驴子来驮,它不是天生的会驮吗?

大家都学驴子来驮钱,好不好?——看你们的样子,我就想问一问:是我们掌管着钱,还是钱掌管着我们?

18

我愿沉默在奠基者的脚下。

19

我要写小说。

可笑!

A.着眼于民族精神的追溯和重建。

B.概括时代精神,反映现实生活,表现现代人的内心世界。

C.对公平正义和美好秩序的渴望。

D.对一切美好情感的呼唤和赞美。

E.承认一切,又否定一切;爱一切,又恨一切。

F.忘了我自己!

说出这样的话来,我惊出一身冷汗,哈!谁在笑我?我也跟着笑吧!哈!我再次声明,我是傻子阿屁,你们不用看重我,也不用看重我的话,就当臭屁一串——一阵风就把它吹得无影无踪。

20

我又要做梦了。梦想多么美。可我却讨厌做梦。我说过我要掐死我的梦。可来不及了,一切都不可避免地发生了——

在梦中我见到了那个给我起名字的人,他是一个白胡子老头,原来他才是我真正的主人。他告诉我,我是他派到人间的一个傻子,目的是让我说常人不敢说的话,做常人不敢做的事。

“噢！原来如此。”他们都是聪明人,只有我是个傻子,只有我敢说出那些疯言疯语。

“噢,主人！你说我说过的那些话和做过的那些事儿,你满不满意?”

白胡子老头笑而不语。

最后,他告诉我:“你现在还有一次重新选择角色的机会,你可以做神仙,也可以在人间做达官贵人,或者普通人,还可以选择做自然界中的任何生灵。总之,凡是世上存在的东西,都是你可以选择的。不过,只有这一次机会了。你想想,你想做个什么呢?”

我欣喜若狂,大叫道:“主人,真的吗?真的吗?噢！让我好好想一想,让我好好想一想,我要做……我要做……”

这个问题说简单也简单,说复杂也复杂,但猛然要做出一个决断时,还真是挺难的。

聪明的你们帮我出出主意,我究竟该选择做个什么?

呵呵！这样求大家时,我真的是很不好意思的。

斜眼看世界

1.天上的雪花和鹅毛

李四摸着自己的半截门牙,嬉皮笑脸地说:“我这颗门牙算是贱卖给戏子们喽!”

众人哄笑,都说他痴到家了。话中多少有些埋怨的味道,要说都是近邻,绝对不会看他的笑话。但就没有来头,光想笑。

然而,李四又确确实实是痴人一个。他常用戏子的念白埋汰自己,指尖点着鼻子唱道:“你这个呆子呀!啊!啊!啊!……”声音的尾巴拐了弯,上到坡头噎着了,眼瞅着就要咽气,又忽地出出溜溜地下了坡。还是没到底儿,又噌的一声扬上去,像是有一个鬼在前头拽着一般。

他那颗大门牙就是有一回翻山越岭奔十几里外看戏的半道儿上给摔掉的。

李四是个斜眼儿,天生就这样。但他偏偏就是爱看戏,用他自个儿的话说,他不好看庄儿上人的稀奇事,就好看戏,好听老辈子人传下来的咿咿呀呀的老腔口儿。

以前,他爹老说,戏里埋着乾坤。他似懂非懂。这正常。就他那眼神儿,看书上的字儿着实费劲,所以只勉强混了个小学毕业。知识有限,理解能力就受些影响,但这不影响他看戏。他的耳朵贼灵,小时候,他像鬼影子一样跟着他爹看戏。

其实,为他斜眼的事儿爹妈没少发愁。刚发现有些不对劲时,他爹先是骂他哪儿学的贱毛病,长大了娶不来媳妇打光棍丢死俺祖宗八辈脸哩!骂也不行,还斜。后来,便四处求医,啥地方啥高人啥洋法土法都使尽了,还不见好转。他爹他妈就在背地里偷偷抹眼泪,兄弟姊妹好几个,咋就他这样呢?他妈还走神鬼的道儿,又是烧香许愿,又是敲木鱼拜佛,又是信主,又是摆道场,都没用。

八岁那年冬天尤其严重。有一天,大雪鹅毛一般飘洒下来。他和一群小伙伴在打麦场上疯着,爆米花般的笑声随着雪花飘来飘去。

他突然大声地叫道:"老天爷给咱们发花儿来了!老天爷给咱们发花儿来了!"

他这一叫不打紧,大伙儿都朝他看过来。眼见他歪着脑袋梗着脖子愣子一样,瞪着俩眼咋着也抓不住雪花。大伙儿就都笑起来。

他其实在大伙眼里就有些傻了。

只有一个人不笑,不觉得他傻。他是银子。

银子说:"都别笑了!都别笑了!再笑老天爷就不给咱花儿了,他就生气了!"

大家就散开了,伸出小手跑着逮雪花玩。

小李四还是一个人站在打麦场里,歪着头使劲往天上看,睫毛上沾了几片雪花。

好像过了很长时间,突然一阵咚咚的脚步声传来,接着自己身边的喧闹声就炸开了,他明白过来时,自己已经被不知哪个王八羔子撒起的鹅毛给罩住了。他的身上粘满了鹅毛,鹅粪味儿直往鼻子里钻。

他的眼睛模糊了,分不清哪是雪花哪是鹅毛。他觉着啥都静止不动了,连雪花和鹅毛也都停在半空中,像他一样成了呆子。

小李四的血也凝固了。

可是——

紧接着,他看见了那个撒他一身鹅毛的王八羔子咧开的嘴里的白牙——真白!与其说是看到的白牙让他生气了,还不如说是他听见了那个王八羔子嘴里放出的臭屁一样的话生气了:“斜眼儿四儿——斜眼儿——四儿!你斜着眼儿抓个鹅毛给俺看看。”

小李四像风一样冲上去,又像牛犊子一样一头撞进那个坏蛋怀里。那个坏蛋摔倒在地,像丢了妈的羊羔子一样咩咩叫。

小李四才不管他呢,只顾一个人跑。银子在后面追他,他都不知道。

回去的路上,他觉得风刺着他,雪花也刺着他。最后,他觉得漫天飞舞的不是雪花了,全是那个王八羔子撒的鹅毛。从此以后,他就害怕了鹅毛。

庄儿上有一个老太婆,小孩们在她后面一喊鹅毛,她就发疯,追着他们不放。小李四也这样,听见谁叫鹅毛就跟他翻脸。

只有银子不在他面前叫鹅毛,他只喜欢跟他一块儿玩。他俩都喜欢看麻雀。小李四说他眼里有成千上百个乌黑发亮的小黑豆般的麻雀眼,银子点头,说是,我也是。银子说:“小麻雀可真自在,想往哪儿飞就往哪儿飞。”小李四手舞足蹈地说:“我也要飞,我也要飞。”银子就笑他,你虽然比它个子大,可你的本事却没它大。

有一次,小李四竟然在银子面前夸下海口,说他在河边的悬崖上看见了鹞子的眼——跟俺爷爷棉大衣的大扣子一样大小,金黄色的,亮堂堂的,光直往心窝子里钻。他说,豁出命去咱也得爬上去捉一只。

当然也不过是过过嘴瘾,那鹞子窝在几十米高的悬崖上,他们如何能爬上去呢?

只能在梦里想了,可一做梦,小李四就吓得直哭,因为梦里的鹞子眼像毒辣的日头,好像一下子就能把他的眼睛给啄瞎了。

2.冬天的尾巴抽在了春天的影子上

李四慢慢地长大。成长的确是一个颇费周折的过程,但毕竟是长大成人了。不仅长大成人了,而且李四居然也娶到了老婆。更让他高兴的是,老婆还给他生了个大胖小子。孩子刚出生时,他是既高兴又害怕,害怕儿子也是斜眼儿。去医院查查,好好的,回来给他爹讲,他爹都高兴哭了。儿子长到三四岁时,也没出现斜眼的毛病,真是好。虽然眼睛显得小了些,但是却黑得发亮。小有小的好,聚光。

农村人的日子,无非是种地,挣钱,养活老婆孩子。李四种地比较细致。种麦种玉米地都要打畦,别人都是在边界打上土埂子,中间插几根玉米秆子当标杆就行。他却拉上一根绳,像个木匠师傅一样弄得一墨照一线。菜园地,他更是整得好,没有土疙瘩,一个个都被他砸碎了,管叫你用筛子过一遍。婆婆媳妇们常叫他帮忙整饬地,他也不推托,很乐意。好多劳力也找他帮忙,不是自个儿偷懒,实在是他整得细致,菜秧子长在这样的地里就是舒服,一个个伸长脖子绿莹莹地往上长。李四家种的菜,他老婆去镇上卖,大家都抢着买,他家的菜在当地已经有了名声。

现如今时兴打工,男的女的都要出去弄俩钱儿花。李四大多数时候都待在家里,不是他懒,而是他害怕出去,一进城他的眼睛就不够用了,斜眼的毛病就显得更加严重了,那么多的楼,那么多的人,那么多的车,乱糟糟的,就是把眼睛拉直了也辨别不清。还是在家里舒服,有活儿干就干,没活儿干就歇着。歇着的时候,只要谁喊一声,他就会去帮忙。农村管这叫值官差,就是白干,不给钱。其实这种活儿现在很少有人愿意干,谁愿意白白出力?现在是经济社会,不像以前了,请人帮忙,要么出钱,要么管吃管喝管抽烟。李四偏不这样,兴许是眼斜了,心眼儿也跟着斜了呢!他傻乎乎地在别人家地里跑前跑后挥汗如雨,好像是在自家地里忙活。众人的脸色和眼神上就不免泛起诸多疑惑,估摸着这家伙好像有点儿那个,啥个?那个嘛!傻呗!就跟那弦子断了根弦儿,一拉听起来有些不着调儿。

偶尔,他也得出门打工挣钱,他也得养家糊口。村里跟他一块儿干过活的人都说这货干活跟卖命似的,领头的爱使唤他,顺手省心。不过也有不省心的时候。有一回,有个领头的家伙想扣工分,还三天两头故意找毛病,比鸡蛋里挑骨头还挑,看样子八成是想赖工钱,他就生气了,和那个家伙干了一架,又和几个老乡逼着那个家伙按数结了工钱,活没干完就卷铺盖回了家。临走时,李四斜着眼瞪着那个领头的说:"你这个龟孙,老子不挣你的钱了!老子出力卖命还怕饿死?"

李四就是这样的脾气,倔起来比驴还倔,犟起来比牛还犟。因为这,他爹没少劝他。但往往他爹刚一开口,李四的话就像镢头把儿一样顶住了他爹的下巴颏儿,再也张不开嘴了。他说:"你从小领着俺看戏,啥都看得头头是道儿,现在咋不明白事理了!"

他爹说:"戏里啥都说得很明白,那你咋就越看越糊涂呢!"

李四生气了,说:"我咋糊涂了?戏里坏良心的主儿最后不都被开刀问斩了吗?"

他爹也生气了,说:"那些被砍头的就是你这样的犟劲,二百五,死不开窍!"

李四不买他爹的账,说话像放炮,说:"我咋二百五了,坏人就是坏人,好人就是好人,咋了?好人长命百岁,坏人都没有好下场。"

他爹不再接他的话了。他的话一句是一个大炮,连起来就是一梭子,跟他缠着没意思。

冬天来了,跟二十年前在打麦场里抓雪花时感受到的冬天一样冷。其实年年都有冬天,并且,都有花儿一样的雪。然而在李四看来,它不美。因为雪花让他想起鹅毛,想起鹅毛他心里就不舒服。

今年冬天让他不舒服的是儿子的屁股烫伤了,都怨他老婆。老婆有点儿憨。她胖,身材像桶,上身长下身短,走路得摇摆着往前。两只眼睛像蛤蟆眼儿,也小,眼珠子在里面只露一条线却往外鼓着,从这一点儿上看,他俩倒是蛮般配的。

儿子的屁股在哪儿烫伤了呢?在灶屋。做饭时,老婆没招呼好儿子,他正在灶屋里疯着玩,脚被什么东西绊了一下,身子就趔趄着往后退,退的过程中,腿脚碰着煤炉停了下来,可屁股没停,就一下子坐在了钢精锅上,水正开着,锅盖也没盖,烫得实实在在的。

李四回到家,一群人围着,他往里挤,一圈子人都死拽着。

“咋?不让俺看看儿子的屁股?扯淡嘛!”

“怕你揍老婆子!”

“啥时候了!揍屁!滚开!”

老婆傻站着,脸白得像鹅毛,看见她这张鹅毛脸他就想发疯,他冲过去,眼光像刀子一样斜刺向老婆,双手却抱起儿子,二话不说,跑向镇上的医院。

后来几个男人喝酒,大家七嘴八舌地数落李四不像爷们儿,要是俺们不整死她臭婆娘才怪!李四不说话,一杯一杯地喝酒。他心里窝火,酒就喝得干净。喝醉了他使劲摔酒瓶子。众人不知道是咋回事儿,当他是耍酒风,劝他,不摔了。末了,他指着桌上那七八个白瓷酒盅,见了仇人似的说:“以后再喝,少给老子使这一号儿白酒盅,老子看了不得劲,闹心!”

众人更不明白,全当他喝醉了说的醉话。

其实,他心里明镜儿似的。人要识好歹,老婆虽然有些憨,但心眼实在,像个上了笼套的牛一样给他死拉,像那戏里杨家将一样“忠心保国”,他心里有数。当初,老婆能不嫌弃他这个眼看就要打光棍丢他爹八辈子人的斜眼儿,他就激动得想扑通一声跪在地上给人家磕个响头。现在,哪能亏待人家!

李四他们家穷,人家没有说啥。况且,爹还在他家吃住,老婆不嫌弃自己就算是烧高香了。他妈死得早,撇下兄妹六个。他爹拉扯几个孩儿不容易。老姐很早就出了门,仨哥也都成了家,还剩下小五的媳妇没有着落。他不能叫这个小兄弟一辈子都耍单儿,也不能再叫爹操心受罪。小五这几年在外打工,春节就要回来。李四盘算着弟兄四个帮把手,等来年开春后张罗着盖一处宅子,也好给小五说个媳妇。

想是想好了,就是没有和仨哥商量。要按农村的理儿,这事儿咋说也轮不到他操心。可是爹现在老了,在娃儿们跟前说话没了分量,没办法,人一上年纪就不中用了,弄啥得看小的们脸色。不像年轻当家时,说个啥话比打雷还响亮。要说仨哥得站出来说句话,可是,怎么说呢?老大成天神神道道的,一会儿信主,一会儿信佛,一会儿又信鬼神,你就摸不住他的劲儿。老二成天不在家,跑到外面鬼混,净干些乌七八糟的事儿。老三倒老实,但就跟那木头人一样,半天说不出一句话,就是憋出来一句,也跟屁一样轻,连臭味儿都没有。

冬天里难得有这么好的天。没有一丝风,日头像摸错了季节摸错了地方一样照进他家的院子。明晃晃的,暖和和的。院子里的几棵大杨树被照得发出一层毛茸茸的光,它害羞一样把灰色的粗细交错的影子投到房子的石头墙上,墙根儿上面石头泛起的青白色光气向这些影子逼过去,让它们看起来柔小而单薄。几只土黄色的母鸡踩着地上的阳光觅食,还不时地扇几下翅膀,鸡屎味儿掺着柴垛中散发出的秸秆味儿飘在院子里。老婆胖胖的身体裹着一件蓝色的丝绵袄,看起来更显得臃肿。她手里抓了一把花生边吃边和丈夫蹲在灶屋前闲扯。

李四说:“你说咱小五的事儿该咋办?”

老婆说:“你说咋办就咋办!”

“我看找咱哥们商量商量,中不中?”

“咋不中?”老婆傻笑。

“嗯！你看你那牙还怪白呢！抹白面了?”李四也傻笑。

两口子就在院子里笑，他们的笑声隔着院墙都能听到，而且，笑声还顺着村子七拐八拐的小路传出很远。

“咋没看见咱爹和娃儿呢?”李四问。

“你老早上地，咱爹领着娃儿看戏去了。听说庙后老亿家请一班戏，他儿媳妇生了双胞胎。”

“噢！也该回来了。”

临近午饭时，儿子回来了，却没见爹的影子。再看儿子满脸慌张，小黑豆眼儿失了神，像是受到了极大的惊吓，嘴巴一张一张却说不出一个字。李四急了，拧着他的耳朵，说：“你好歹哼一声，你爷咋了?”儿子“哇”地哭了，说：“俺爷死了。”啥?！啥?！两口子都慌了。李四对老婆说：“你招呼好娃儿，俺去瞅瞅咋了。”

儿子被惊吓住了，像丢了魂一样癔癔症症。李四是后来才知道的。

刚到村口，就看见老刘家的小儿子搀着他爹过来。李四小跑过去，扶着他爹问咋了咋了，他爹一句话也说不出。李四急了，只感激地看了一眼老刘家的小儿子，就赶紧背起他爹往镇上跑去。

镇上的医院离他家不远，也亏得他们赶得及时，他爹总算没有出大事。原来，李四他爹在庙后看戏时，突然觉着口渴得要命。四处找水，喝了还渴，再喝总算不渴了。但又觉着头晕，不知道是咋回事，就是头晕，一会儿就晕倒了。在医院里稳住了事。检查的结果是他爹得了糖尿病，还有高血压。以前咋就没有发现?没有一点儿迹象呀！你说这可咋办?你说这可咋办?两口子急得乱了阵脚，抡起巴掌直往脑壳子拍。真是一头糨糊，把人都弄蒙了。前前后后李四花了好几千，这日后看病吃药少不了花钱，他爹的病除不了根，花钱就没个头。咋办?但不管咋说这病得看，这钱得花。

“你说这可咋办?你说这可咋办?”两口子只有干着急。

“我看还是得找咱仨哥商量商量。”李四说。

顾不得吃午饭，李四就去他仨哥家了。到大嫂家院门口喊一声，大嫂双手叉腰走出屋门。李四刚说几句，她脸色就变了，张开嘴就骂老大没本事，骂得难听死了。间隙里，屋子里一会儿传出诵经声，一会儿传出木鱼声，一会儿又传出了悲痛至极的大哭声：“主啊，救救我这只迷途的羔羊吧！”再看大嫂，她的一片红嘴白牙在李四面前直晃悠，越看越像是老鸹叫，满口都是不吉利的污言秽语。二嫂也好不到哪儿去，头一句话就像发了一个炮弹，一下子就把李四轰了十万八千里，说：“老家伙又不是就整出来一个带把儿的！”三嫂更厉害，李四一喊，黑狗先蹿出头来，幸亏后面有一根铁链子拴着。她的眼和黑狗的眼都盯着李四，黑狗哼哼着伸长爪子扒着。她嘴里把自个儿的男人骂得狗血喷头，祖宗八辈都被她裹在舌头上咬了好几遍。

仨嫂子以前跟着仨哥在城里待过，说话办事都很洋气。平时在人前说话鸟语花香一般，啥季节都像春天，但今儿李四找她们说爹的事就像变了季节，刚开始是秋风刮起落叶一样哗哗啦啦响，一会儿就嗅出隆冬味了，那嘴里冒出的寒气一个劲地往李四骨头缝里钻，疼死了。

李四彻底蒙了。

回到家，他一句话不说就蒙头躺在了床上。眼也不敢睁，睁开眼就看见成群的麻雀乱飞，它们的影子交错着、叠印着，像鬼魂一样。只好闭了眼，可是马上就觉得脑袋大了起来，里面无限的空，空着空着就像个气球一样炸开了——仿佛变成了打麦场，只有李四一个人站在那儿，满世界都是乱窜的雪花，是雪，却是黑的，忽地又变白了，忽地又变黑了，最后又变成漫天飞舞的鹅毛。他想起小时候那个小坏蛋手捧鹅毛撒向天空后朝他狂笑的脸了，他想起自己看见鹅毛像疯子一样伸出手去抓却什么也抓不住的情景来。高高的天空中还有一只鹞子，眼里射出金黄色的光，亮闪闪的。

但是爹和儿子的病得治，花多少钱都得治，不管怎么样，人都得活下去。

老婆说要到上面告仨哥。李四说你别胡闹,丢死人了,还是讲讲兄弟情分。他说他有招儿。老婆说有啥屁招儿,对他们没用。李四说:“好人都是夸出来的,你没看戏,戏上的老公公咋对恶媳妇?逢人就夸,一直夸得她天天早上把荷包蛋端到床前。”老婆说:“你别做梦了,那是在戏里,实打实的话,这招儿屁用都没有。”李四说:“不管咋说,戏里的事儿肯定有它的道理,咱就试一下,行不行?我都想好了,春节时去找仨哥,先给侄子侄女们发点儿压岁钱,再喝酒说话,只字不提家务事,单说小时候在一块儿玩的事儿。比如,我就说,咱几个在河边草滩上放马,马尾巴可没少扫着咱的脸呀!哥,你不知道,有一次您骑马爹拉着嚼子,马一个劲儿地挣,咱爹就死拽着绳。后来好了,您在上面高兴坏了,我在后面美得屁颠儿屁颠儿的,眼气死我了。比如,我就说,有一年咱在河沟里捉泥鳅,这东西身上黏,滑得很,真不好抓,咱几个没少费事,最后抓了好多,可身上也弄得不成样子,都成泥巴人了。”老婆说:“咦!你唱戏哩!一出一出的。”李四就笑了。

随后的日子,李四很有志气地支撑着。他怕又不怕,不怕又怕。天不知他怕啥,地不知他怕啥。只有他自己知道。

3.城市的天空和乡村的路

在家憋了一段时间,李四觉得还得出去找个事儿干。他首先想到了银子,他在城里,听说混得不错,看能不能帮忙找个挣钱的活儿。也是巧了,他去找银子爹,银子爹正准备去趟城里,说是去看看孙子,那就一块儿吧!也能帮忙拿些东西。

坐上车后七拐八拐的,李四就觉着自己像是被扔进大森林一样迷糊,啥路也不认得,啥人也不认得。是不是眼斜的原因?反正迷,迷死了。他抱着膀子,也抱着自己缩成一个铁疙瘩的心。到了城里,李四觉得就像是换了天地。到处都是人，就跟那地里撒的芝麻籽儿一样密密麻麻。到处都是高楼，实在是高，比他们村子北面河边的悬崖都高。

进到银子住的小区，在一幢楼房下，银子隔着阳台上的铁栏杆喊他们。李四抬头看，老高。数数，十六层，银子的家多像村子北面河边悬崖上的鹞子窝。照此说来，银子就是一只鹞子了——霎时，李四的眼里闪过一道金黄色的光，这道光实在是太厉害了，把李四吓了一大跳。

进了屋，不见银子媳妇和儿子在家。银子爹问，孙子呢？想他呢！银子说，这几天不在家，跟他妈一块儿出去玩了。他爹一怔，瞅着银子，脸色有些变化，到底没有兜住。不过，一会儿就正常了，姜还是老的辣啊。午饭时，他们爷儿俩说些无关紧要的琐事，就像是在捞漂在热汤表面的泡沫玩儿。李四偶尔也跟着拾几个笑，就是不说话，也不知道是怎么了，嘴巴像被铁丝拧紧了，只在吃东西时才松开。午饭后，爷儿俩进里屋说话，李四就在客厅里看电视，秦香莲哭得正痛，里屋传出争吵声，他不想听，就把音量开大了些，斜眼儿里就只有戏子人影在晃动，耳朵里就只有戏子的唱腔穿梭来往。晚上睡觉，因为只有两间卧室，银子要李四和他睡一块儿，让他爹睡小卧室。李四不想这样，说睡沙发就行。银子好说歹说的，他只好答应。城里的啥都美。房子美，比那戏台上的皇宫还得劲。银子的床也美，李四都不敢往上躺了，总不能直愣愣地傻站一夜吧！钻进被窝里，那个舒服呀！舒服死了。身体是彻底舒服了，心里咋就恁别扭呢！好像这心已不是自己身体里的那一颗了。他扭头朝床头上面斜了一眼，银子女人正微笑地看着他，和刚进卧室时看到的那一眼一样深情，她的眼里水汪汪的。城里的女人就是漂亮，这才叫女人呀！自个儿的女人跟人家一比就不是女人了，简直是天上和地上的差别。

“你怎么一句话都不说？”银子问他。

“哦！……哦！……你老婆长得真得劲！”这句话说出去，李四的脸刷地就红了，羞死人了，哪能这么说话。说实在话，这回到城里，李四就像个傻子。不但人傻了，连嘴也傻了，嘴片子像被针线缝住了一般，死硬死硬的，动动都生疼。

李四本来还想说说自己的事儿，这一弄，实在不好意思开口了。他们已经不能像小时候说话那样顺溜了。提起以前那些穿开裆裤时干的事儿，他们又多少有了些兴致。李四也觉得嘴巴有些松动了。但也仅限于这些，一说别的，嘴巴就重新被缝住了。他们闲扯了几句，就不再说别的，睡了。

半夜里，李四被银子的鼾声惊醒。他的鼾声比小时候大了粗了，说难听些，就跟猪打鼾一个样儿。李四不能入睡，因为银子的鼾声，还因为自己的喉咙里正发痒。他的喉咙有些毛病，得经常咳嗽吐痰才行。家里的地上随便吐都行，这里不行，地板亮得像镜子。一直没敢吐，实在憋不住，一侧身，扭头吐在地板上。吐完后，赶紧闭上眼，心嘣嘣地乱跳。虽然周围一片漆黑，他也不敢睁开眼睛，眼不见为净吧。到底还是睁开了，扭头朝吐痰的地方看，明明一片漆黑什么也看不见，可李四就觉得自己看见了，清清楚楚的，那口痰像鹅毛一样死死地趴在地板上，一阵恐惧袭来，他的身子不由得抖动起来。稍稍平静了些，他还是悄悄地起来了，用光脚丫子摸那口痰，摸着了就使劲地抹，直到把冷脚板子搓热了，把痰搓干了才停住。银子鼾声依旧。李四的喉咙里这时候更加痒了，忍着，忍着。实在忍不住了，轻咳一下，隔一会儿又一下。奇怪了，他一咳，银子的鼾声就止住，好一阵子都缓不上气，静得吓人，他不出气真吓人。李四正想摸他的鼻孔，谁知那鼾声突然又冲了出来，一阵粗一阵细一阵长一阵短的。银子的鼾声又正常了。

李四的喉咙快被痰堵住了，难受得要死，实在是憋不住了。于是，他蹑手蹑脚地下了床，光着脚黑灯瞎火地摸进卫生间。摸了好一阵子才找到开关，按一下，卫生间里刷地就白了，灯光是白的，墙是白的，镜子是白的。他赶紧把卫生间的门关了，生怕白光跑到别的房间，打扰了他们的睡眠。可是，吐哪儿好呢？想了半晌，比他小时候想算术老师出的最难的应用题的时间还长。终于想明白了，白瓷桶中间那个驴嘴一样的窟窿中，驴嘴里黑咕隆咚的。

白瓷桶却白，跟俺吃饭用的瓷碗一样细白光滑。总算解决了嘴里的难题。肚子又不金贵地咕噜起来，这可咋办？要俺学不要脸拉在吃饭碗一样的白瓷桶里吗？情况实在太危急了，容不得多想，褪掉裤子一撅屁股就蹲了上去。身体没敢坐实在，两条腿马扎一样僵立着，还没有开始解决问题，猛听见头上咚的一声，接着哗哗啦啦有啥东西冲了下来。他吓了一跳，睁大斜眼看，什么也看不见。又一阵哗哗啦啦。上面谁搁那儿弄啥哩？不管了，不管了。他闭了眼，使劲，一下就解决了大问题。虽说解决了大问题，他觉得比没有解决问题还难受。今儿来这儿算是遭罪了。

第二天，李四想回家，但他没有张嘴说。到十点多，银子女人领着儿子回来了。她真的很漂亮，比照片上的还漂亮，她脸上堆着招待客人的笑跟他们打招呼。银子爹笑开了花。只是银子的儿子拉着他妈的手，没有显出见着爷爷的高兴劲儿。银子爹激动地叫着孙子，孙子，他不答应，也不动。咋就恁生分，不像是血脉相连的一家人。银子叫他找爷爷，他这才勉强挪过去。银子爹高兴得胡子直打战，说："不熟，不熟，以后熟了就好了。"李四有许多话在肚子里咕咕噜噜，舌头也在嘴里翻来翻去，到了也没说出一个字。银子问他晚上睡得可好，李四说："好，好得很哩。"银子爹听了，说："好啥，一夜都没睡好，头上有个驴铁掌在叮当。"

银子女人听了，嘲讽道："还不是楼上那个狐狸精半夜方便嘛！"说完，恶狠狠地瞪了银子一眼。银子的表情有些不自在了。银子女人还不过瘾似的，继续说："这个女人是个贱货，经常半夜三更不睡觉，骚扰别人。"银子的脸面挂不住了，人也变得局促不安起来，露出乞求的目光，分明希望女人不要再说了。

银子这样的暗示似乎并没有达到预期的效果,女人更加激动了,准备把憋在肚子里的话都放出来。银子很害怕似的,眼神越来越慌乱,看看他爹,又看看李四,目光最后落在了儿子身上,好像在儿子身上找到了克制女人的办法。他赶紧看了她一眼,说:“儿子在这儿呢!不要说了,有什么话咱回头说,好不好?”

银子女人没有再说什么。几个人都感觉气氛不对,一时又找不到合适的话,就都呆坐在沙发上,屋子里静得叫人尴尬。李四受不了这种折磨了,纯粹是没话找话地说:“嫂子,你们城里有没有鹞子?”之所以这么说,是他感觉刚才银子女人的眼神就像鹞子眼那样厉害。可是,说完这话他就后悔了,傻死了。他一紧张就犯傻,说出来的话一点儿都不着边。

“哪有什么鹞子?只有狐狸精!贱货!骚货!”银子女人接得倒快。

听完她这句话,屋子里几个人的脸都白了。银子儿子的小脸看起来可怜得很,像是马上就要哭出来似的。好在有长辈在,银子爹赶紧站起来圆场,说:“不说啥了,不说了,有啥以后再说。当着孩子的面儿呢,还有李四在这儿……”话没说完,就拉着孙子的手,问这问那的,净扯闲话,好歹把紧张的气氛缓和了些。

吃了午饭,李四就一个人离开了银子家。来之前的打算他没有提。看来银子在城里也有难处,他的家里正闹着呢,他不能再给他添麻烦了。他们的事儿他也管不了,就让他们一家人自己解决吧。他得回自个儿的家,一摊子事等着他回去想法儿呢。坐在车上,他一个劲儿地笑话自己,这回上城里纯属意外,是他净想美事所致。他觉着自个儿分了心,把先前的谋划弄斜了,自己的事儿还得自己想办法解决。

回到家,老婆说她领着儿子上县里看了,医生说这病需要些日子,还要等个好机会。等着了,兴许能给儿子的好脑瓜子弄回来。

转眼间到了三九天。儿子还是老样子,他爹的病越来越重。有一天，天气奇冷，李四觉得冬天越冷人就得越硬气，可是老人却扛不住。后半晌又刮起了老北风，他爹正在椅子上坐着，突然头一歪晕了过去。李四赶紧背起他爹，老婆在旁边扶着，儿子在后面跟着。大冬天的，一家人一路小跑往医院赶去。

雪花开始飘落，北风像带刺的叶子一样拉着人的脸。快到村口时，满天都已是白花花的雪，地上也铺了一层。他们三人踩出的脚印被雪掩盖着，虽然如此，远远地看去还是留着依稀可辨的痕迹，它们一个一个地穿起来，就像是在茫茫大地上开出的一条小路。道路两旁堆满了灰黄色的玉米秸秆，雪淹没了柔软无力的叶片，只有那些又粗又直的秸秆儿筋骨一样倔强而出。有许多麻雀先前栖身于此，此刻，由于受了大雪的惊吓，都扑扑棱棱地飞了起来，它们振动着暗淡无光的灰色翅膀，勇敢地穿过雪幕，画出一条充满了动感韵律的曲线，无数个小黑豆眼在雪雾中闪着黑色的光芒，似乎要刺破大雪的磅礴和苍白。

李四他们一直跑着。风雪更大了，他只得眯着眼，好像什么都看不见，又好像什么都看得分外真切。眼前的一切都是白的，白得一塌糊涂。他似乎深陷于混沌之中了。头脑里先是无边的空白，接着又飞旋起极大的雪花，极大的鹅毛，极大的麻雀的翅膀，那些曾经折磨他的东西开始狰狞起来，使他觉得恐惧、失落、无助。一阵眩晕，他趔趄一下，好在老婆在旁边扶得紧，他咬紧牙关，调整了步子，后背有力地弯成一个平面。他明白了，这个时候可千万不能垮下去，就算一辈子的苦难都向他袭来，他都不怕，关键时候，不能当孬种。

到了镇上，李四突然觉得一切都变了样，看什么都很正，很直。虽然别人看起来他的眼仍旧是斜着的，但是他自己觉得眼再也不是斜的了。以前，他讨厌雪花。此时，他不再讨厌它了，那些曾经的戏谑和嘲笑都不算什么了。他甚至有心思欣赏雪花了——一片片的雪花美极了，不像鹅毛，是最好看的花儿，一朵，两朵，三朵……它们无比地洁白、晶莹、纯净、轻柔，它们正在进行一场美轮美奂的盛大演出。

前面不远就是医院，老婆仍然在旁边用力扶着。这时候，一直跟在后面的儿子突然喊了一声——我爷能救活了！听见这一声喊，李四觉得有一颗滚烫的泪珠从脸上瞬间滑落下来。

刀　舞

1

吕河和宋蓓就在楼上的某个窗口向外注视着。他们是一对恋人，大学毕业一年多了。看起来他们是多么的般配呀！有点儿双剑合璧的意思。

楼很高吗？高。只是，他们所在的窗口并不高，是第四层。

他想对她说，他看见了一切。但他没有说。

她先说道："咱俩站在这儿偷看外面，别人看见了，会不会觉得咱们是偷窥狂呢？"他笑笑说："哪儿会？顶多说咱们是闲着没事儿发神经。"

嘿嘿！他笑笑。这时候的他一脸轻松。

慢慢地，他发现她一点点地陷入沉思，脸色变得凝重起来。女人有这个毛病，真是……真是……怎么说呢？总之是会让男人担忧的。

后来——显然是经过了深思熟虑。她说："咱们总是这个样子行吗？你说行吗？空闲的时候着急、心慌，就是在忙碌时也觉得空落落的。知道吗？咱们真的是一无所有。要不是年轻，咱们连这点时间都耗不起。”

在听她说话时，他变得不安起来。

渐渐地，他简直要恐慌了，不住地对着她点头。好像她脚下有很多豆子，他像只公鸡似的啄个不停。

就在他不住点头时，她的一句话像箭一样穿过他的心脏——

“咱们就这样赤裸裸地悬在半空中吗？”

他很害怕，却也只敢在心里连声惊叹，嘴里发不出一点儿声音，一双原本黑亮的小眼睛瞬间苍白地、灼热地一闪。

她继续说：“我的心都已经处于飘浮状态了，像幽灵一样游荡在城市里。”

听她这么说，他的心里着实一阵惊悚。

因为，这段时间，他也开始有了这种感觉。

2

他是个鞋匠，摊子就摆在街道的一个角落里。很巧，吕河和宋蓓在窗口正好可以看到他，斜对着。

他们让视线从高处俯视下去，搜索，然后定点。

……

3

正是春夏之交的时候，太阳的光线很亮。鞋匠坐在一个小方凳上。修鞋的工具箱就放在他的右侧，箱盖打开。他已经把本来杂乱无章的物品摆放得稍微整齐了一些。要说这不是他的习惯，只因为近段心里特别乱，人就变得懒散了，家什物件什么的也就不像先前那样摆得有规矩有章法了。眼前手里拿的是小钉子，长短不一，形态不一。虽然看起来不显眼，甚至让人觉着有些嫌恶，但都是修鞋时必不可少的。它们原本是一一分类的，用起来得心应手，但上午干活时有些疏忽，是心不在焉的缘故，好多小钉子都乱了套，跑错了位置。原本这家的孩子进了别人家的屋子，另外一家的孩子呢？又偏偏躺在第三家的床上睡起了大觉。

现在，他要把它们放回各自的小木格里。

收拾好钉子，他又从箱盖内侧的皮兜里取出小刀。皮兜是用家乡的黄牛皮做的。上面被隔成几个合适的小袋子，这样就可以装进去刀子、锤子、剪子、夹子、锥子之类的工具了。

取出的刀子不大，是名副其实的小刀。半尺长，小巧玲珑的，精致的样子惹人喜爱。古时候有种说法叫"小试牛刀"，想来那种刀和它会有些相似之处吧！

这把刀是自制的。刀把上镶着黑色的硬质塑料，时间长的缘故，磨得乌黑发亮，握上去手感光滑细腻，像握住了自己女人的手腕子。鞋匠十分喜欢这把刀，用的次数无法计算，又经反复打磨，已经成了弯月形。由刀尖到刀柄是一条让人看了既觉得妖艳又感到畏惧的锋利弧线。

脚下有一块磨刀石，小心地在上面磨了之后，清洗，紧接着一只手捏着刀尖，另一只手捏着刀柄，像端详一件宝物一般擎在眼前。距离一尺有余，胳膊半屈着，手指小心地慢慢转动刀子。他仔细看着，刀身上的所有细节都显露无遗。

在鞋匠眼里，他喜爱的这把刀就像有了生命一样。

某一时刻，角度适合，刀刃反射出一道闪亮的光刺了一下他的眼睛。在这一道刀子闪烁出的光芒之中，仿佛集中出现了女儿如炬的眼神和径直向前指着的食指。他着实吃了一惊，赶紧闭上眼。

就在这一瞬间，他突然想到要去接女儿回家。

将刀身擦拭一遍润滑油后,又把它放回皮兜里。一切收拾完毕,他熟练地背起工具箱。

当鞋匠背着箱子离开时,吕河和宋蓓正在窗户跟前站着。

4

鞋匠朝西走了十几米远,就拐进了一条巷子。十几分钟后,他又走了出来,当然,肩上已没有了工具箱。

现在,鞋匠已站在学校大门口。他禁不住一会儿透过铁大门的栏杆往里面张望,一会儿两只胳膊摆来摆去地来回走动。鞋匠的样子让人觉得他有满腹的心事。

他在想周末要去那个大院子收破烂的事吗?因为一个远亲的照顾,他得以两周一次顺利进入里面做这笔买卖。这是定时定点的好买卖,没有竞争,有时还有人愿意白送。这也让他深深懂得了人情关系的厉害。

他笑笑。

而鞋匠的女儿却爱哭,近段时间尤其如此。他给女儿说话,她也不吭声,再说下去时,她就哭了,是默默地流泪。黄豆粒儿般大小的泪珠在眼角形成,滚落下来,顺着脸颊就滚出一条湿润的小细线,虽然细小,但也很清晰,把一张红嫩而略带粉白的小脸弄得让人觉着怪可怜的。这条湿润的小细线使她的脸看起来像凸起来了一点,或者是凹下去了一点。

做父亲的此时心里很是柔软和疼痛。他有些明白又有些不明白。到底怎么了?不会是为那些事儿吧!女儿的样子让他不得不去想那些自己不愿再想起的事儿。

首先就想到了他的女人。她在哪儿?跟了谁?那个人到底咋样?唉!她这个时候也不知道正弄啥哩!鞋匠很伤心。女人爱热闹,喜欢钱。唉！那些花花绿绿的东西能让她高兴，嘿嘿！想到这儿，鞋匠竟然傻笑两声。她像一只鸟一样飞走了，再也找不回来了。唉！换句话说，就是强找回来，像关在笼子里一样生活，那又有啥意思呢！

如今，他已逐渐在自己的日常生活中把她忘了。这的确是没有办法的事情。

妮儿是不是时时刻刻都在想着她呢？

这时，学校大门开了，学生有说有笑地走出来。一个年轻漂亮的女教师领着鞋匠的女儿走了出来。女儿梳着一条长长的辫子，穿一件红底儿上缀着紫色碎花的棉布上衣。

女教师对鞋匠说："你女儿怎么了？最近突然变得不怎么爱说话了。"

鞋匠说："我也不知道咋回事。农村妮儿，没那么娇嫩，按理说不会这个劲儿，谁知道她咋会这样呢？拿不准，拿不准。"他看了看女儿，她的嘴唇一动不动。

女教师看着她说："你一向是个乖巧懂事的学生，有什么事要好好和爸爸沟通哦！"

他们看着女孩。她没有反应，仿佛全然没有感觉似的。

女教师离开了，她还是一副发呆的样子。父亲很担忧，可是又没有什么办法。

他讨好似的对女儿说："我带你去超市买东西，什么好吃的、好玩的、爱穿的都行，好不好？"

女儿仍不为所动。

鞋匠说："是不是想你妈了？——我知道，可是我不是没本事吗？她……我实在是没办法。"

女孩似乎已经麻木了。流出的眼泪也好像已经迷失了方向。

鞋匠又说："我不想提这事儿，可是你这个样子不是逼我吗？"女儿突然扭头瞪了他一眼。

他怔在那里。

停了一会儿,鞋匠又连连地摇头,并且嘴里还絮絮不止。女儿逼着他想了那么多,女儿又逼着他说这么多话。几十年了,他都是默默地干活挣钱,没操过这么多闲心,没说过这么多闲话。

“你是不是要我给你讨个说法啊?咱哪有那么大的本事呢!”

“咱们家的状况你也知道,我一个烂鞋匠,有啥用?找了他几次,你也是看见的了。谁能把他怎么样?背后有些事儿你不懂,你小,不知道大人们那些复杂事儿。总之,咱是斗不过人家的。听爸的话,哦!小乖妮儿,爸我真是没办法。让你心里受屈儿,我也不好受呀!你就听爸的吧!别想那么多,也别问到底因为啥,有些事儿啊,我不会给你讲,小孩子家还是不知道为好。”

鞋匠其实不想想,也不想说。但是,如今,实在是没有办法。

女孩似乎是在认真地听着。但看不出她脸上有什么变化,听的过程中好像有摇头和点头的动作,拿不准她心里想的是什么。

一瞬间的工夫,她的眼睛突然睁大起来,里面闪烁着炽热的光芒。接着,她自言自语般地说:“我看见了,我看见了。”

她的话跟爸爸的话没有因果关系。

显然眼前没有什么特别值得注意的东西。父亲疑惑地看着她。

她正斜着头向上面看。

她的眼睛是多么清澈,多么平静呀!里面是一汪洁净沁凉的泉水。现在,因为突然之间有什么东西使她内心激动,所以,这两眼洁净沁凉的泉水就起了波澜。水面上闪着希望的光芒,看上去美极了。

眼睛是泉,睫毛就是旁边的水草。

做父亲的盯着女儿的眼睛看。

看着看着,他发现女儿的眼睛里有两只蝴蝶,它们在泉水上翩翩起舞,姿态是多么精巧和灵动。

原来,女孩这时候看见了两只蝴蝶,它们在她的眼前飞舞。

这两只蝴蝶身上的色彩是如此绚丽，简直令人惊叹。它们在女孩眼前颤动，一会儿左，一会儿右，还上上下下扇动翅膀，流连，徘徊，久久不肯离去。

后来，它们渐渐地往远处飞去，她盯着看，它们变成两个模糊的小点儿——消失了。

5

当两只蝴蝶掠过吕河和宋蓓的窗口时，他们正站在那里。吕河看见了，指给宋蓓说："你看，两只颜色多么鲜艳的蝴蝶！"

她说她没有看见。即使后来她伸长了脖子向窗外张望也一无所获。所以，她扭过头对着他生气地说："你又发什么呆呀！根本就没有什么蝴蝶，我觉得是你的幻觉。"

吕河说也许就是幻觉。他不愿为此纠缠不休，而宋蓓却不依不饶。

"不说蝴蝶了。"他说。她没有听见似的，接着说："两只蝴蝶多么缠绵，我记得你说过，我们两个是不可分离的。"

他打断了她的话："不要再说了。"

其实，吕河心里很清楚她要说什么，之所以不让她说，是因为他很害怕。真的，他很害怕，害怕有朝一日他们两个会不得不分开。

他说："我们两个多像天使，浮在半空中深情地看着人间。"说完就笑了。她接着说："心灵是可以飞上天的，可身体太沉重了，只能落在什么地方。"

吕河听到了宋蓓的冷笑声。

6

好像是为了寻找那两只蝴蝶，女孩和她的父亲来到公园里。

薄暮时分，人迹稀少，他们站在一棵高大的梧桐树下。它不像是原本就生长在这里的，也许是从很远的乡村移植过来的。真有点儿奇怪，这种树在农村司空见惯，到了这里就十分珍贵。树的四周用砖块和水泥砌成围墙，身上还挂着一个小牌子，用来说明它的名称、树龄，以及所属纲目等。

他们在树前凝视着。做父亲的在控制自己，尽量不让悲伤显现在脸上。女孩的脸出人意料地平静，只是眼睛看了使人顿生怜悯。那里面的光气变化不定，浮在一层快要溢出的水面之上。

他们又来到标本馆里看蝴蝶。

这里简直是蝴蝶的世界，它们个个看起来都栩栩如生。女孩直勾勾地盯着一只粉红色的蝴蝶，仿佛是在期待它能在某一瞬间飞起来。它不可能飞舞起来了。

她的眼睛里流露出各种光芒和气息，有喜悦、惊奇，有忧伤、失望，有希冀、梦想。这些光芒和气息似乎都已幻化成了鲜活的蝴蝶。眼前和周围的空间里，这些舞动的影子好像是无处不在的。

尤其那只她盯了很久的粉红色蝴蝶，它最灵动，身上负着华丽的梦想。善良和爱的光芒使它看起来耀眼而夺目。它是这个舞动着的空间的中心和焦点。

鞋匠知道，女儿的妈妈是在家门口的梧桐树下离开他们的。她嫌家里穷，像蝴蝶一样去追寻更加绚丽多彩的花海了。女儿知道妈妈喜爱粉红色的蝴蝶。如今，她把它当成了妈妈的化身。

7

后来，他们离开这里，走到街道和小巷的交叉口处，就要转弯时，女孩扭头向那扇窗户看了一眼。

女孩看见了吕河。这已经是他们多次隔着窗户和街道“相望”了。

此时,宋蓓站的位置正好给女孩一个完整的背影,她的一头长发看起来不错。

当看着父女俩走进小巷里时,吕河突发感慨,真是情不自禁。有时候,他有这样的毛病。

他长叹一声说:“她也是有自己的尊严的。”

“另外,我们每个人内心深处一定都要有自己所坚持的东西,那会让你看起来更像一个人。”

宋蓓因为没有看见鞋匠父女俩,因而不理解他这些话的意思。

她说:“不知道今天你为什么这么神经,说的话都是上不着天、下不着地的。”

8

晚上,父女俩在租住的小屋里面。

外面,夜晚的黑暗应该准确地罩住这个地方。然而,因为月光的缘故,这里的色调被调和成一种隐约的透明。

月亮在天上是多么的岑寂。

相对于城市璀璨斑斓的灯光,月光显得很冷清,很孤独。城市的灯光和各种声音混合之后,抽象出一种什么东西,感觉好像是一种明明确确的东西,但又很奇怪,嘴巴却无论如何都说不清楚。

它们使月亮看起来有些复杂和怪异。

做父亲的正忙着自己的事。将近八点,一个圆形的塑料小闹钟准确记录着时间。从布满灰尘的顶棚上垂下一盏白炽灯泡,可能是功率小的缘故,灯光昏暗,好像还不及外面月亮投进来的光亮。

月光从一个小窗户进来,照在他的前面。他正坐在一把椅子上,两腿半曲着向两侧叉开,中间放一个半米高的铁架子,顶端是一个鞋底模样的铁质平板。这个铁板比一般鞋底短了些,宽度有它的一半,看起来像极了拉长的舌头。鞋匠的那把刀子此时正摆在上面。未见刀刃只见刀柄,因为它身上套了一个汽车内胎做的套子。

一把装在套子里的刀。套中刀!他现在没有摆弄刀。

刚把白天用过的细小物件收拾好,重新放回工具箱,箱子已被他放在身体左侧不远处的墙边。现在鞋匠在数钱。一元以下的零碎票子不多,更多的是一元的纸币和钢镚儿,也有两元、五元、十元、二十元的,被他整整齐齐摆放在右侧的方凳上,下面有一张崭新的百元大钞。

他的眼睛盯在一摞子钱下面的百元钞票上,水红色的。随着他的目光的到来,灯光和月光也禁不住诱惑而至,小屋子里的焦点瞬间聚集于此。

听见一阵收拾书本的声音,他知道女儿已经做完作业。他扭头朝灯光下书桌前的女儿看去,她收拾完东西放回书包里,又把凳子轻轻搬起放到书桌下面,站起来,怔怔地看着父亲。

她的眼神看不清楚,像灯光一样微弱。

电压猛地高了一下,灯泡就使劲闪了一下,如果时间稍长一点,它恐怕就会爆炸。这一闪使昏暗无处躲藏,似乎到处都充满了它们抱头鼠窜的影子。

月光也被惊得呆立不动。

暂停之后,恢复自然的流动。

灯光似乎不依不饶一样,又暗了一下,这个小小的空间,连同忠实而公正的记录时间的钟表也都被蒙上黑幕。其他的光亮包括眼神仿佛也因此惊悚不已。空气的流速开始有些不均匀了,小的波折,小的起伏,小的停滞,小的混乱。内在的震颤正像水墨滴在宣纸上一样氤氲开来。

他们两个没有说一句话,语言在这里是多余的。

女孩本就不喜欢多说话,尤其是心里面的。如今她更是一句话也不想说了。

当听到父亲在舌头一样的铁板上敲出声音时，她走过来，站在他身旁。

9

刀子不知什么时候碰出了几个小缺口儿。

刚才鞋匠从套子里拔出刀子时，屋子里所有的光亮都被它吸引了过来。他左手捏着刀柄，刀身平放在铁板上，右手握一把铁锤，抬起来，第一下落下去之后，刀身上的光就像盛在水盆中的水受到震动时一样战栗起来。

一下，两下……

当！——当！

当！——当当！

当当当！——当当当！当！

敲出来的声音很有节奏，像敲在他和她的心脏上似的。有时两者的节奏是一致的，有时则发生了紊乱。

缺口儿渐渐地被碾平。刀子还是月牙形，刀刃是一条锋利的向上翘起的弧线了。女孩的目光沿着这条弧线走了一遍，好像看见了一道闪电尖利地撕开了深沉的天幕。

看过之后，她向前挪动几步，侧对着父亲站着。月光洒在他们身上。她的眼睛不再模糊不清，也不再是微弱的，而是充满了干涩的光芒，虽与周围环境的气氛不一致，但却显示出一种冲动，一种决心。从她幼稚可爱的眼睛中透出这种坚韧，实在让人觉得心痛，又让人觉得好笑，像是在做游戏时，因为一点儿小小的误会就要大动干戈的样子。

似乎，要不了多长时间就会消失。一切都会平静下来——

好起来。

当！当！——当！当！

此时，敲出来的声音单调而缓慢，像一个体弱多病的老太婆只能吃力地说出一两个字来。

锤子落下去砸在刀子上，刀子下面是舌头一般的铁板。每一次敲击，除了刀子发出的“当当”声外，还有铁板受到撞击后的“嗡嗡”声。这种声音和刀子发出的声音差别很大，不在一个档次上，简直可以忽略不计。不过，“舌头”终于有了舌头的功能，虽然它没有说出话，只是传达了一些声音。但它毕竟是发出来了，而且也已经影响到了自己存在的空间。

这种声音，和一个肚子上放着一块大石板，嘴里憋着气的壮汉，当一个大铁锤砸在石板上，他的腹腔里发出的声音一样。激烈、突然，又很沉闷、隐忍——隐藏着某种危险性。

刀子上发出的声音像刀子一样明亮。

鞋匠修理好小刀，放好铁锤，折身回来，擦拭刀刃，插入套子。端详一会儿，把它挂在身后的墙壁上。刀柄上有一个小圆洞，正好可以穿进去一根绳子，绳子打上死结，挂在墙上的钉子上正好合适。

整个过程，女孩的眼睛都盯着刀子移动。

刀子挂在墙上时，她的眼睛眨了一下。

一切完毕，父亲仍然坐在刚才的凳子上。她还站在刚才的地方。

10

现在，月光越来越亮。院子正中央有一棵高大的榆树，给人的感觉好像要摆脱什么似的。它看起来显得清瘦，是真实的，又似幻影一般。四周的角落里堆放着各种杂物。有一些废弃的汽车轮胎，棱角已经磨掉。一辆失去了轮子的自行车空架子歪倒在地上。门前左侧，一只烂皮鞋像死老鼠一样躺在那里。

吕河要到女孩家看看。他以前曾去过。

没进院子前，吕河又想起了宋蓓。

他们刚刚发生了激烈的争吵。宋蓓一定气坏了，现在，她在干什么？她一定伤心透了，吕河心里也很难受。现在，她是不是很失落？觉得什么都不值得相信，什么都是不可靠的，人生就是无边无际的摇摆和虚空。他理解她——现在，你应该消消气，你可以狠狠地骂我，怎么骂都行。严格地讲，你骂我，很对。我也应该自己骂自己。你不觉得，我和你是不可分离的吗？我们是一个人。

他们俩吵架，不是因为她最近总是接一些莫名其妙的电话。他相信没人能偷去她的心。即使有人能偷去她这个人，但他永远不会得到她的心，她的心是和吕河在一起的。

是因为他执意要到女孩家里吗？吕河要帮助他们。如果不是，又是为什么？

似乎一直以来他们都没有找到原因。

难道真是因为这件事？多么小的一件小事！多么微小而不值得一提的小人物。当宋蓓高傲地昂起头时，她的眼角断不会夹一下这样的人的。可他不行，他不会狭窄到如此地不容“小事”。呵呵！究竟是怎么了？他们怎么了？生活怎么了？世界怎么了？

他们两个居然到了针尖对针尖、麦芒对麦芒的地步。灾难一触即发，像两个电极，无形之中的高压。

吕河将他们的最后的对话在脑海里一一展开，就像展开一页一页珍贵的信纸。

他说：“我是一个彷徨着的思考者。”

“哼哼！好像别人都没有思想，只会吃、喝、拉、撒、睡一样。”她的冷笑自成一格。只是到目前为止，这冷笑锋利的一端还没有折过来对准他。

“我厌恶我作为一个肮脏的人活着，我更厌恶我作为一个没有精神的人活着。”

“哼哼！你可真会高看自己。”锋利的矛头有一点折过来的趋势。

“人的最高道德准则是怜悯之心。”

“呵呵！呵呵！谁会来怜悯你！”

“每一个人都是平等的，自由的。每个人都是有尊严的，包括那个十一二岁的小女孩。”

“是，是。”

她怎么这么平静？

不过，无论怎么说，她能够很现实，她也应该很现实。

11

事情说来话长。

首先讲吕河和宋蓓，他们是已毕业的大学生，像浮萍一样漂在城市的洪流中。然后是鞋匠和他的女儿，他们是从农村来到城市的。吕河他们租住的屋子是四楼，透过窗户可以看见鞋匠女儿回家的路。吕河是一个爱有事没事站在窗前看外面景致的人，像个影子人物。他无意中看到了女孩被一个水果店老板打了的全部过程，就莫名其妙地想帮帮这个女孩。事情就是这样，就是这样简单。

随着了解和接触的深入，事情变得不那么简单起来。有时候他禁不住感慨，任何一件事都不能深究，因为里面都暗藏玄机。

不过，事情本身倒是越来越清晰，像白纸上的大黑字一样明晰。

女孩走到水果店摆在外面的摊位时，拿了一个价格昂贵的进口苹果，她用手擦了擦后，又凑到鼻子上闻了闻。恰巧此时店主出来——一个四十岁左右的脑后梳一个小辫子的家伙。他以为她要偷苹果，就不由分说地扇了女孩几耳光，又一脚把她踹倒在地。拉起来，女孩已是泪流满面，浑身瑟瑟发抖。令人心碎啊！长辫子和紫色碎花棉布上衣的女孩。店主可不管这些，又当众羞辱女孩一番，大声地说她是一个来自农村的贼。可能他店外的摊位上经常丢水果吧！他就怀恨在心，逮着这个机会好好发泄发泄。但女孩并不是偷吃他苹果的，吕河看得清清楚楚。那时候刮起一阵风，苹果上蒙了一层灰尘，原本娇艳欲滴的苹果蒙了尘。她拿起苹果只是想擦拭上面的灰尘。

事情就是这样，这事曾在网上热闹了一阵，现在凉了。女孩的冤无处申诉。

他的父亲领着她找店主几次，然而，店主说话振振有词，鼓噪嚣张。无果。

此后，她就不大说话了。急死人了。再去，她只是倔强地用食指直直地指着店主。

吕河决定帮帮她，他是认真的，他已经和鞋匠有过初步的沟通。这只是他和宋蓓发生矛盾的导火索，他们有更严重的问题和分歧。

他准备找店主交涉：或者轻描淡写地彼此沟通，等他道歉；或者义正词严、针锋相对，像一场真正的较量，也够味；或者走上法庭，来一场公正的审判。

吕河期待着，审判人心。

现在，他已准备寻找另外的目击者了。

宋蓓说他神经了，癫疯了，中邪了。自己六神顾不着六神，还有闲工夫管别人的事，典型的吃饱了撑的，她很生气。他也是。

所以，他寻思：是不是在这时候那个人才趁虚而入呢？虽然吕河很自信，但……虽然他不爱猜忌，但……

12

吕河敲门，开门的是鞋匠。女孩还是那个梳一条长长的辫子，穿着紫色碎花棉布上衣的女孩。

鞋匠招呼他坐在床上说话，女孩则安静地坐在墙角的一个凳子上。

鞋匠说现在他又不知道该咋办了。他不知道女儿想干啥,她就是不开口说话。听得出来,鞋匠正强压着胸中的怒火。

吕河说:“我是目击证人,我们还可以寻找另外一些证人。或者我们可以再跟店主谈谈,对此我很有信心,人总是要讲道理的,他一定会道歉的。”

“我不知道俺闺女是咋想的,她始终不张嘴吭一声气,总不能为这事儿打她一顿吧!不过,依……依我的意思,这事儿就算了,咱忍忍就过去了,不算啥。”

吕河说:“千万不能那样。”他觉得今天鞋匠有些不对劲儿。人怎么能说变就变呢?

鞋匠给吕河说起一个神秘人物。很奇怪他今天话怎么这么多,吕河怀疑他从来没有集中说过如此多的话。

他说:“这几天又有一个人来找我,戴着眼镜,文质彬彬的。看样子很体面,像个做官的,也像个做生意的,还像个搞学问的。弄不太清楚,问他他也模模糊糊没说清。”

吕河问:“那个人找你干什么?”

鞋匠说:“乱七八糟讲了好多,原来也是为妮儿的事儿,他说他保证把这件事摆平了。他好像说过一句‘我就是帮你解决一切问题的’的话。他还说他可以把这事儿策……策……策啥呀!”说到末尾鞋匠吞吞吐吐的。

吕河接过话头补充道:“是不是策划?”

“对,就是策……划。他说能策划成一个老百姓都关注的热点事件,什么道德事件、法制事件、文化事件,甚至是民族事件,一场啥啥运动……他吹得老高,俺都有点儿不相信他了。”

吕河说那个人有可能是骗子。鞋匠反驳说:“那他骗俺图啥呢?”

吕河只好对着他笑笑。

“他给俺三个条件,俺不懂得。”

“什么条件?”

鞋匠竭力地想,想不起来。过一会儿,他猛地站起来,走到床前,掀起破旧的床单,从底下拿出一张纸条。他把纸条递给吕河,上面写了三句话:

一、索赔一万元以上而鞋匠一方承诺不要一分钱。

二、事实是什么,完全由我方说了算。

三、以后你们的一切信息的发布权归我方。

看完后,吕河禁不住哈哈大笑。

这时候,鞋匠的女儿走到挂刀子的墙前,她看起来有些激动,用力地蹦起来想拿住刀子。试了几次,都没有成功。

鞋匠强忍着怒气把女儿拉到窗前。

“妮儿啊!人家说自古至今官是官、民是民,要爸说确实是,官大一级压死人,你太小还不懂。有戏词说啥?说是敢把皇帝拉下马,纯是瞎胡闹,平常人哪有那个胆儿!人家是大老板,开着好几家名贵水果连锁店,还和别人投资开矿,有的是钱。上面关系也硬实,道儿上还有一大帮子朋友,怪吓人的,唉!咱是明眼人,可不能吃那样的亏啊!能忍则忍,咱不跟他们斗,咱得躲着些,是不是?”

女孩站在那里一动不动。

“咱们惹不起!”

吕河说:“话也不能这么说,现在社会不讲那一套。”

鞋匠说:“你年轻,不懂得。跟人家对着干的都是些二蛋子。”

吕河觉得这话听起来分外地刺耳,又羞又惊的,脸红了起来。他陷于两难的境地中了。不仅自己和宋蓓因此而有了矛盾,即便是他的心里也一直在斗争。现在鞋匠又想打退堂鼓了,这可真让吕河左右为难啊！莫非他又有什么想法了？那么自己又是何苦呢？

女孩这时突然抬起头钉子一样盯着吕河的眼睛。他一时竟惊慌失措起来，她的眼睛紧紧地抓住他，使他不能动弹。他有些失态，但他又不能回避她的眼神。她的眼神里透露出许多微妙的东西，有些显得坚硬，有些显得生涩，有些给人残缺的感觉，而有些又显得分外地纤细柔弱，还有一些含着针锋相对的意味。

说不清楚，好像他一时陷于一种深邃之中不能自拔，里面是一个复杂而富有变化的世界。

他想起了宋蓓说的话——“店老板真的会道歉吗？”她冷笑道，“不可能，他的性格里已没有这样的基因了。”

在他们争吵得最为激烈时，宋蓓说他是个大傻瓜，“那个店老板和你吕河托后门找个好工作的人有关系啊！你们真是大傻瓜啊”！

吕河突然感到深深的恐惧，对，是恐惧。

他头脑中有些东西碎了，然后复原；再碎，再复原……

过了一会儿，鞋匠看着女儿，女儿也扭头看他。她突然点点头。

父亲不明白怎么回事。他问：“干什么？你想说啥就说吧！我知道你心里想什么，说吧！说吧！”

她听了这句话，先是没有反应，然后又开始点头，很慢，一直不停，满腹心事的样子。

父亲接着说：“不要再点头了，停下。”她停下了点头。

“有啥你倒是说呀！”他生气了，站了起来。她仍然没有说话。即使嘴巴已经张开了，但还是没有发出声音。脸上的肌肉抽搐一下，鼻子微微翕动，眼泪就滴落下来。

“哪儿见过你这样倔的妮儿！这脾性儿，非要了你的命不可。”

突然，没有一点儿预兆的，女孩转身跑到挂刀子的墙边，用力向上蹿了几次，她的目标是刀子。没有摸到。于是，她急忙跑到书桌旁，弯腰拉出凳子，抱过去，放在墙边，踏上去站了起来。她的手可以摸到刀子了。从墙上取下刀子后，她拿着它走到窗户前，离窗户还有一米左右的距离，然后站住。

鞋匠和吕河呆住了，只能看着她做出这一切。

一段时间后，她小心地抽出刀子，慢得好像时间被拉长了似的。

一道，两道……她握紧刀子向空中划去。角落里的昏暗，还有正面的月光、灯光，包括这里的气氛，还有人，一个个失魂落魄地把惊恐的眼神闪现在锃亮的刀刃上。

刀刃之上，仿佛映出了妈妈的身影。她出走了，她现在在哪里？何时回还？也映出了打女孩耳光的男子的小辫子。他应该道歉，他应该忏悔。还能看见一群孩童模样的人在上面跳着、跑着。

其中就有这个女孩。她的手指直直地指向前方，像刀子一样质问着世事人心。

吕河呆住了。他们都呆住了。

所以，当外面突然响起了敲门声，他们几个谁都没有动弹一下。

是谁？到底是谁？究竟是谁？这是他们共同的疑问。

吕河觉得自己的身体开始下沉，而灵魂却向高处飞舞。他想，也许在未来的某一个时候，他会和这个女孩再次相遇，那时候她就会滔滔不绝地说起话来。

敲门声又响了几下。

屋里静静的，静静的。他们几个谁都没有动。

照　片

熟悉我的人都叫我画家和摄影师。先前我还是很在乎这些称呼的，现在无所谓了。只有我自己知道这是为什么。当然，他们知道的事情也挺多。他们知道我正在忍受着丧妻之痛，并且在想尽办法安慰我。

一切对我都是毫无意义的。我对现在感到痛苦，我对未来感到恐惧。所以，我就产生了一个相当怪异的想法：退回到过去，去寻找那些虚无的往事和影像。可是，当我真的这样做时，朋友们说我是个十分荒唐的家伙。我不管，我只按照我自己的想法去做。

可以这么说，我现在做的是最艰难、最痛苦，也是最绝望的追寻和锁定。简单地说，我要用镜头追寻亡妻的灵魂。

十多天了，我仍然在路途上。不是旅游者，像一个彻头彻尾的苦行僧。有时候，我会嘲笑自己是一个找罪受的朝圣者。

我曾经遇到过一个诗人。他特意为我“摄影师”的称呼送了两句话：

相机是上帝伸向世界的敏锐触角。

照片是人的欲望冷静后的真实呈现。

他不知道我是个画家,我没告诉他。他看了我挂在脖子上的相机,判定我是个摄影师。我告诉他:“我要寻找亡妻的灵魂。”

“好啊!”他的表情没有发生一点儿变化。而且,他不像别人那样对我关怀过度,又是询问妻子是怎么去的,又是安慰我要节哀顺变。这些我都不喜欢。

“好啊!你一定会找到的。”

当我问他怎样才能找到时,他却定在那里沉默不语。他双眼紧闭,双手倔强地插在米黄色牛仔裤两侧的口袋里,每个手的五根手指都有力地隆起来,使胯骨上像是凸起了两块怪异的骨头。他脚上穿一双李宁牌运动鞋,装束随便,给人一副风尘仆仆的样子,而他站着不动的姿势却像佛。

我给他讲了我和妻子之间的事。我想她,我天天在梦里和她相见。最常出现的是她一头长发的样子。还有她歪着脑袋用纤细的小拇指缠绕一绺头发的模样。我对她说,这叫“绕指柔”。不管对不对,我当时就是对她这样说的。

我还保留着她的物品,把它们都当成宝贝。她的鞋竟然这么多,摆满一间屋子的地板绰绰有余。出发前一周,我劝自己要更细心一点,一定要留意那些很微小却能勾起幸福往事的东西。它们或许会让我更伤心,可我愿意这样。比如一枚扣子、一朵装饰头发的花、一把小梳子等。知道吗?从梳子上找到几根她的头发后,我竟像真正见到她一样激动万分。显然,这种激动过后是更深的绝望。

其实,我家里有许多她的照片。那又怎样?电脑、手机等里面也有她的视频,我无数次地看。但每看一次,都是对我思念之情的致命打击。我发现,越是清晰地看到那些画面,越是让我的痛苦成倍增加。所以,我抛开了这些曾经离她最近的东西,而要去遥远的地方寻找她的灵魂。

当我和诗人一起站在我国西南方的一个古镇时，我已经毫无结果地寻找了十多天了。

我问他："我们可不可以一块儿？"

他说："不行，你寻找的是逝者的灵魂，而我寻找的是活人，不能同行。"

他要寻找一个像林黛玉一样忧伤和让人忧伤的女子。我想说他这样很没意思，但到底没有说，我们只好作别。他最后给我来了一个粗犷的动作：左臂像翅膀一样飞翔起来，右臂肘部高高昂起，右手握成酷似孔雀头的姿势。先躬身、弯腰，然后突然仰面朝天，"孔雀头"缓缓移至嘴边。

我明白他的意思。我盯着他看，然后双手抱拳，使劲地甩了三下。就此别过。

我又开始了忐忑不安的寻找，有些失魂落魄。短途的步行，路远的乘交通工具。一路上我坐过火车、公共汽车，也坐过出租车、三轮摩托等。甚至，有一次还有幸坐了一回拉红薯的牛车，感觉不错。应该坐飞机，说不定在机舱里，透过窗户就可以看见妻子的灵魂在飘荡。

当我坐了一天一夜的长方形铁壳子（别人都叫它客车）来到这个地方时，心里充满了惊喜。这是个小岛，能找到它我太高兴了。有山有水，风景秀丽，又不是那么热闹，这样的条件是求之不得的。

出来这么长时间了，我还没有拍到一张照片。我想拍下来亡妻的灵魂，这好像是疯子才有的想法。虽然很不现实，但我总想让自己拍一张有她影子的照片。别人什么都看不见，只有我才能看得见。

在这座安静小岛上的一个简陋旅馆安顿下来以后，我就带着相机四处走。第三天，我发现了我的镜头可能感兴趣的两个人，是一男一女。

男的穿一身深蓝色的西服，像是结婚的礼服。女人是坐在轮椅上的。她还很年轻，比我的妻子年轻。她蜷坐在轮椅里，下半身被一条毛毯包裹着，几乎看不到脚，好像穿了一双粉红色的棉鞋，卧室里穿的那种。头上戴一顶粉红色的样式非常时尚的帽子。但很显然，病魔已经快要吞噬她了。原本她是健康的，漂亮的。这一点毋庸置疑。她的脸上还隐约可见以前的影子。

他们两个经常选一处适合看山的地方，长时间呆立不动。男人站在女人的后面，扶着轮椅。一高一低，有构图上的层次，色彩有深有浅，是搭配上的互补和映衬。背影看起来很感人，其实也让人心酸。我和他们保持着适当的距离。我想给他们拍一张照片，又觉得不合适。然而，这个愿望又太强烈，没有办法控制。

第五天，我终于开了口，我说，给你们照一张相，行吗？男人瞪着我看，眼睛里的愤怒在增加。女人眼睛眨了一下，然后就面无表情了。他们不同意。

终于找到一个合适的机会。那天他们显得精神特别好。男人把轮椅收拾得五彩缤纷，用的是各种各样的丝带、绢花，或是其他闪闪亮亮的东西。这吸引了我。他还在轮椅的扶手上插了一朵鲜花。当然是插在瓶子里的，花在里面生活得挺好。

男人离开了轮椅，可能是女人想单独待一会儿。我就走上前去和他搭讪。他还是很迟疑，仿佛在想该不该和我说话。

我顾不了那么多了。我说："你很爱你的妻子，我也很爱我的妻子。"他看了看我，没有张嘴说话。

"但我的妻子她现在不在了。"我接着说。这句话是不应该说出来的。本来，我也没有打算给他说出实情，这是很不恰当的。可是，我自己控制不了自己。

他听了伤心起来，脸上的肌肉短暂地抽搐了一会儿，然后牙关紧紧咬起来，腮部鼓起了两块肌肉。我看见他的眼泪快要掉下来了，它们在眼里打转儿。

但他又突然变得愤怒了。

我害怕他会骂我，或者用拳头揍我一顿。他没有发作，只是说："你妻子也……"

他又看了看我，我明白他的意思。我说："不是，她是出车祸去的。"

"对不起。"

我们沉默了一会儿。

他突然说："那倒没什么痛苦。"我不知道该怎么回答。那时我是很痛苦的。所以，我就对他说："但我很痛苦。"

他点了点头。这些话有了效果，他的眼神里没有对我的敌意了。

"我回去和她商量一下。"

下次碰到他们，他拿出了几张照片。我不知道他是什么意思。这些照片很不错。技术不错，人也不错，是两个人的合影。男的显然是他，女人应该是这个女人。可是——差别简直太大了，任凭哪一双雪亮的眼睛也分辨不出来。

他说他们商量过了。她不想照，她让他拿出几张过去的照片，如果有兴趣就翻拍这些吧！

我给他解释，怎么说都不行。看着不远处沉默着的女人，我感到了深深的绝望。

就在他们离开的前一天，男的找到我，说她同意拍照。我就在他们经常看山的地方为他俩拍了一张照片。这一次，他们把背影留给了险恶的山峰，它也是这张照片的背景。男的站在轮椅旁，女的坐在轮椅里，他们几乎没有什么表情。他们应该笑。男人真是有心人，拍照时，他悄悄地把轮椅上的花拿在了手里。

按动快门前，那一朵小花的颜色集中成一个点弹进我的眼睛里。突然之间，我的世界一片鲜红。我想起妻子被车撞倒后躺在血泊中的模样。我骂了自己一句，我清醒了，我按下了快门。两个人露出了微笑，小花也在微风中颤动，真是一个有诗意的镜头。

他们给我留了通信地址，以便以后寄照片给他们。他说他很理解我的做法，这没什么。让我吃惊的是，他说他们不是夫妻，她是他的未婚妻。

以此为开端，我开始从虚无的怀旧中向特定的现实影像靠拢。这是一个艰难而充满痛苦的过程。慢慢地，我觉得妻子在我心中的地位变化了。她不只是妻子，也不只是爱情，她可能会代表一种更深的东西。深得有些虚，又有些使我害怕。

先前，因为那对“夫妻”，我猜想这个小岛是个神奇的地方。又一对夫妻的到来，更加印证了我的观点。这里的确是一个神奇的地方。

这一对夫妻，怎么说呢？在我眼里，他们可是幸福的一对，是完美夫妻的典范。

他们第一次出现在我的视野中时，我并没有太在意。当时，我们都在这个“孤岛”靠近海水的一侧。天气晴好，海水一动不动，有几只灰色的水鸟飞来飞去，它们飞翔的姿态和特别的叫声使人印象深刻。周围还有一些人，很少的。我和这对夫妻之间也有一些距离。他们面朝大海而立，长时间地向远处眺望。因为职业习惯，我留意起这两个人来。

男人穿一件黑色的毛呢大衣，女人穿的跟他的款式差不多，是银灰色的，像海鸥羽毛的颜色。他们年龄四十多岁，看起来是一副事业有成的样子。

男人给人一种儒雅的感觉。女人呢？猛一看给人时尚妩媚的感觉，细一看有一些端庄的气息透出来。他们的脸部形象一定很上镜，虽然我是从侧面看而且还有一段距离，但依然可以合理地做出这样的判断。他们并排站在远离海水的沙滩上，手都斜插在上衣口袋里。我虽然被他们吸引住了，但也不能长时间地盯着他们。

看一下海吧！有一阵海风吹过来，海面上平静的蓝绒布被揉碎了。我赶紧扭头看他们一眼，我觉得他们的沉静应该被打破。是女人被风吹得飘起来的长发打破了他们的状态。她的头发可能是抹着男人的脑门了，他下意识地扭过头来。他没有看见妻子此时的眼神是什么，却看到了不远处盯着他们的一双眼睛。这对于他和我都是个意外，他没有思想准备。我虽然时时提防着，但也有点儿猝不及防。我很尴尬，赶紧收回目光，可为时已晚，我们的眼神已经不自然地碰撞在了一起。更可怕的是，当我扭过头时，眼睛里闪了一下女人的眼神。只是一闪，但她冷漠的眼神已使我禁不住战栗起来。我从来没有见过如她这般绝情的眼神。

我逃跑似的离开了这里，但我还是想拍一张他们的照片。女人的眼神告诉我，他们是不会答应的。

怎样才能开始沟通的第一步呢？然后，接下来怎么办？简直是苦思冥想了。

凡事都需要一个契机。我不知道和他们有没有这个契机。如果有，它在哪里？什么时间会出现？对此我一点儿信心都没有。但我仍然期待着。

突然，有一天，那个男人提出让我给他们照相。我感到很奇怪。我不能从女人的眼神中看出点什么。但是，不管怎么说，眼前的这个女人看起来真不错。我没有别的意思，只是觉得这样的女人特别讨人喜欢。当然是站在男人的角度上讲的。

我问他："为什么要我照相？"

他说："我想让我身边的她和她身边的我永远地定格在一起。"

很饶舌的说法，但我听了却很有感觉。应该和他们多交流一点。我想开口说——但又突然改变了主意。不知道是为什么，也许是因为刚刚看到他们之间的一个细微动作造成的。他的身体侧向前倾着，一只脚就要迈出去，同时伸出的右手想抓住她的手，任何一只手都可以。结果没有抓住。她没有躲，只是没有主动地送过去。他没有走出这一步。

我说:“你们两个真幸福。”好像是在掩饰什么。

女人侧转身,脸正对着我,说:“你结婚了吗?”

“是,我们关系很好。”我有一种想回忆幸福生活的愿望。虽然只是一种回忆而已,但那也是令人心碎的啊!我有些动容,眼睛有点儿湿润。

她盯着我看,似乎察觉了我的异样,眼睛里充满疑问。

“我……我……”我有些紧张。我应该告诉她妻子已经去世,我很想念她。真的很应该。不知为什么,我没有说出真相。只是说:“我们……暂时分开一段时间。”

“我们会再相聚的,我们会永远在一起的。”我对她强调说。

她听了轻声叹息道:“婚姻会渐渐地磨损,它需要我们为它疗伤。”

男人听她这样说,也好像有了很多感触:“是啊!是啊!有时候,我们需要暂停生活,暂停婚姻,努力缓和一切矛盾。”

原来他们是一对婚姻出了问题的夫妻。那他们是误解了我和妻子的关系了。

接下来,男人很认真地对我说:“你是不是常常回忆起你们之间的美好往事呢?”

难道他准备对我倾诉衷肠吗?我可是一个与他完全陌生的人啊!

他接着说:“有一次,我们在家,”他指了指女人,“是个早晨,灶上放着茶壶,我看着它,它正在冒着热气,一直向上很有力地喷着,水要开了。我一只手拿着书,一只手拿着孩子的课本,正在给他挑生字。一个叫‘国’的字,挑一个组词‘国王’。儿子正埋头写字。听到水开的声音,我赶紧跑过去,茶壶吱吱地叫着,上面那个小盖子欢快地蹦着。在这个过程中,妻子一直在拿小镊子修眉毛,一会儿肯定还要修指甲。当然,我没有埋怨的意思。一会儿,我还得做早饭。其实,有时候做一些家务也很刺激,很满足,很有成就感。我的意思是说——这就很幸福。”

女人显得很平静。他干脆对着她说:“你很好,但你在钱上太强悍了。另外,你不和我争吵,只把一件事,哪怕只是一件很微不足道的事化成沉默,化成一个冷漠的气氛。这很折磨人的。还不如直截了当地骂一顿、打一顿更痛快。”

这个男人在女人面前有些撒娇。我被他们弄得莫名其妙,像一个被强拉来的听众。

女人笑了,真是一个令人舒服的微笑。然后,她说:“你忘了吗?过一个什么节气,那一天你喝醉了,真是醉得一塌糊涂,我很生气。第二天一整天你都没吃一点儿东西,吃了药,第三天好了些,早上也只喝了一点儿粥。唉!”说到这儿,她轻叹了一声。

“你不是爱吃包子吗?为了给你的胃补补亏,我在市场上买来了瘦肉、葱,自己动手和面、擀面。真是作难了,好长时间不干这个了。你的嘴特别刁,包子的面要精面,和得要细腻,葱和肉的搭配要合理,尤其作料放得要合你的口味。费劲,真费劲。现在想想,我都还在佩服我当时的勇气。结果呢?我就包了整整三十五个肉包子。蒸熟后,揭开锅盖,看起来真是好。你几乎是一口气就吃掉了一半的,嘴里吧唧吧唧的。你说你可算是过了包子瘾了,这辈子都不想了。你知道吗?你恐怕到现在还不知道吧!为捏包子上的褶儿,我的手指僵硬而且酸痛了一周。哦,对了,包子上的褶儿不是有数的吗?我就一个一个地数,捏一个数一遍。就是这样,一、二、三……直到十八,然后回头再来。”女人说着,食指和拇指合在一起,不断地捏着。

他们说得够多了,我已经很不耐烦了。我想走,男人拉住了我。我看看女人,她也微微点了点头。我几乎忘了自己想要给他们拍照的事儿了。

他们背朝大海站着。大海这两天可真够平静的了。我几乎忘记了它汹涌澎湃的样子。这幸福的一对进入了我的镜头。里面的他们比实际的看起来更漂亮。

里面一切挺好。我要按动快门。还在等什么？没有出现我想要的。不能等了，要赶紧拍。

照片拍完后，我感到一身轻松。问他们地址，竟然是一个城市的。自然都留下了联系电话。

又待了几天，差不多是离开这里的时候了。我开始有点儿明白，我所做的事就是一个荒唐的笑话。

这天清晨，我起得早，外面阳光一片灿烂，把什么都照得金碧辉煌。我脖子上挂着相机走出门外，离开旅馆大门有几十步远时，前面过来两个人。他们像是一路争吵着过来的。

到了跟前，是一对五十多岁的老夫妻。男的瘦小，头顶已经没有了头发，周围的头发也被剃得很短，一层白刷刷的硬刺，标准的农村小老头。女的却有着高大的身架，原来应该比现在胖许多，酱紫色的宽脸庞，一双眼睛因为里面的黑色部分多，显得厚重有力，估计以前瞪一眼就能把人吓着了。她头上戴了一顶毛线织的旧帽子，大概已有十几年的历史了。细看，还是有些异样，帽檐下面是亮堂堂的头皮。可能……怎么会呢？

他们还在争吵着，他们让我觉得很有意思。

先是男的说："照！一准儿得照。"女人说："行，咋不照？"

后是女的说："照！咱俩死也得照。"男人说："好，就是照！"

听不明白他们俩谁跟谁吵的，哪个愿意哪个不愿意。合在一块儿理解：他们俩要照相。

他们俩看见我，不再争吵。快步过来，一人一只胳膊地抓住了我，好像已经确认了我就是他们要捉的"罪犯"。

"走，你得跟着俺们走！"几乎是异口同声。

我几乎要蹦起来了，说："你们这俩人是要干什么？干什么？"

他们俩像是被叫醒了，松开我的胳膊，满脸堆笑，站在两侧。小老头的脸羞得通红,女人则搓着双手。

她不好意思地对我说:“俺们硬拉你到俺们家做客。听人说你是个大摄影家,专门给两口子照相,俺们俩想在农田里照一张合影,您看咋样?”声音先是有股豪放的味道,然后又像拉家常,最后竟然听出毕恭毕敬来了。

我一时没有反应过来。

小老头补充说:“俺们就离这儿没多远,几里路。求求你了,求求你了,俺们就是想让您给照个合影。”他的小眼睛和说话时的腔调使他显得很卑微。

我是万万没有想到要给这样的夫妻拍照。但看他们的样子,我还是心软下来。我答应了他们。

他们家是一个农家小院。傍晚时分,夕阳西照,万物沐浴在一片温馨的橘红之中。我给这老两口拍了一张照片:他们站在已经收获了的农田里,他们在这里耕种了一辈子。他们并肩站着,虽然挨得挺近,但几次说让拉着手,他们都没有照做。他们有些局促,眼睛红润,似乎是夕阳的缘故。这张照片,也还可以。

晚上,很难得,我和老两口子聊了聊。他们有两儿一女,儿子都已成家,带着全家在外打工。女儿已出嫁到外地,只剩下了两个老人在家。

四年前,女人患了子宫癌,中间动了两次手术,子宫已经切除。今年早些时候到医院复查,大肠也有了癌变,肾里还有几块结石。小老头说,她可是受了罪了,原来是铁塔一样的身体。唉! 原来如此。

就是到这步田地了,他们还坚持着自己种田,喂猪。女人不服输。治病的钱也是他们自个儿拼出来的,儿女们给的钱他们不花。女人说,用不着他们的钱。

小老头不善言谈,大多数时候都是女人在说。

女人说了一件有趣的事,小老头听了也忍不住嘿嘿地笑。

"咱这附近有个矿山,铜矿,好多老板在那儿开矿挣钱。矿工多,就有些人在那儿弄了几个'鸡窝子',养了些姑娘干那事儿。便宜得很,村里好多男人隔三岔五地去。有人鼓动俺男人去,说你老婆得了那号病了,办不成事儿了,你不去解解渴?他不去。有一回我就骂他,你咋恁笨哩,你不会自个儿去,你就恁不中用?他就是不去。我咋骂他他都不去。"女人说话有很重的方言味儿,使人不大容易分辨出她的感情倾向到底是什么。

小老头说:"她可是动了真格儿地骂我哩!"

"可不是嘛! ……你说俺老头这人儿真是的,任凭你咋说都不去。"她看看老头,又说,"我可是真不管你了,死命地劝,你也不去,我是没法了,没法了!"

听着听着,我的心里酸溜溜的。

晚上睡觉,想想这老两口,想想去世的妻子,我再也控制不住自己,眼泪像泉水一样涌了出来。

第二天离开了这里。一路上我还想着这两个老人——给他们拍的照片真不错。回到家,我还经常想起他们的样子。他们的照片,应该是最好的了。

我期待着见到那三张照片。回去后我就把底片送到"极光"图片社。付了费,留下地址。洗两份,一份给我,一份由图片社寄给那三对夫妻。

我在想,我应该怎样处理这三张照片?它们与我追寻妻子灵魂的旅程又有什么关系呢?她的灵魂到底在哪里?如果真的可以追寻得到,哪怕只是一点点影子,究竟又将其安放在哪里呢?这让我异常苦闷。

我想和她说说话。要是真能这样了,我就说:"老婆,我想和你说说话。"

老婆会说:"我和以前不一样了,别傻了。要照顾好自己啊!"

我说:“我想你,老婆,我想你了。”

“我想找到你,或者你的灵魂。你知道,我出去很长时间都没能找到你,连我的镜头也不能够摄入你的一点点影子了,这到底是怎么了?我勉强地拍了三张照片,我觉得里面应该有你的一些影子,你说是吗?”

老婆听了,显得很平静。她没有说话——她再也不能说话了。

照片还没有拿过来。我得认真看看的。我去了“极光”图片社。情况令人震惊。第一对和第三对夫妻的照片正常,都还挺不错。应该是非常好。问题出在第二对夫妻上,他们的一张照片变成了三张。

我是这里的老主顾,老板没有瞒我。他说,其中一张是原版。另外两张,怎么说呢?稍微有点儿复杂。一张是男人和另一个女人的合影,一张是女人和另一个男人的合影。也就是说,他们两个都被别人捉住了狐狸尾巴。嘿嘿!再说得清楚一点儿,那个男人抓住了女人越轨的把柄,有照片为证;那个女人也抓住了男人的把柄,也有照片为证。就是这么回事。而且,送来底片的就是他们自己。

“老伙计,你说这事儿怎么着合适?”

这事儿有点儿绕,他们给整复杂了。我也不知道该怎么处理这几张照片了。